陈氏注骆研究

贾军 著

北京师范大学出版集团
安徽大学出版社

图书在版编目(CIP)数据

陈氏注骆研究/贾军著.—合肥:安徽大学出版社,2017.8
ISBN 978-7-5664-1447-2

Ⅰ.①陈… Ⅱ.①贾… Ⅲ.①陈熙晋(1791—1851)－人物研究②唐诗－注释 Ⅳ.①K827.7=49②I222.742

中国版本图书馆 CIP 数据核字(2017)第 205291 号

陈氏注骆研究
Chenshi Zhuluo Yanjiu

贾 军 著

出版发行:	北京师范大学出版集团 安 徽 大 学 出 版 社 (安徽省合肥市肥西路 3 号 邮编 230039) www.bnupg.com.cn www.ahupress.com.cn
印　　刷:	安徽昶颉包装印务有限责任公司
经　　销:	全国新华书店
开　　本:	170mm×240mm
印　　张:	16
字　　数:	222 千字
版　　次:	2017 年 8 月第 1 版
印　　次:	2017 年 8 月第 1 次印刷
定　　价:	38.50 元

ISBN 978-7-5664-1447-2

策划编辑:李加凯	装帧设计:李 军 丁 健
责任编辑:李加凯	美术编辑:李 军
责任印制:陈　如	

版权所有　侵权必究

反盗版、侵权举报电话:0551－65106311
外埠邮购电话:0551－65107716
本书如有印装质量问题,请与印制管理部联系调换。
印制管理部电话:0551－65106311

咸豐癸丑新鎸

臨海全集

唐駱賓王著 同里後學陳熙晉註

松林宗祠藏板

清咸丰三年（1853）松林宗祠刻陈熙晋《骆临海集笺注》扉页

去在舫中詠誦聲既清會辭又藻袂送駐聽久之遣問吾
簽云是袁詢汝耶諷詩即其詠史之作也尚卽迎升舟與
之詢論申旦不昧自此自名譽日茂安王粲七哀詩南登霸陵岸回首望長安寒更承夜永涼景向
秋澄岸青春受謝則接武平臯素秋澄景則獨酌虛空
離心何以贈自有玉壺冰朱鮑照代白頭吟直如玉壺冰

晚渡黃河

千里尋歸路一葦亂平源爾雅釋水河出崑崙虛色白所
小曲千曲一直詩衛風誰謂河廣一葦杭之孔穎達
疏言葦也書禹貢揚州島夷卉服厥篚織貝詩七百里一
一根渡也庾闡揚都賦於是乎浮水上而渡若桴槎然非
日橫渡也書闌陽揚都賦於水正絕流郭璞注林阜恩蔭
島颿進水急龍門狀爾雅釋水河浩汗遍波連
馬類進水急龍門傳水平源太平寰宇記河上廣下狹
州樂陵縣馬類河在樂陵史馬頰河勢上廣
志云篤馬河亦馬頰河也縣東六十里從滴河縣北界來興地

目 录 MULU

绪 言 ·· 1

第一章 陈氏生平事迹与治学思想 ··· 6
    第一节 出身 ··· 6
    第二节 仕履与交游 ·· 12
    第三节 学统与治学思想 ·· 29
    第四节 著述稽考 ··· 44

第二章 陈氏注骆的成书与传递 ·· 54
    第一节 成书 ··· 54
    第二节 刊刻 ··· 56
    第三节 流传 ··· 58

第三章 陈氏注骆的编订与整理 ·· 63
    第一节 编订 ··· 63
    第二节 辑佚 ··· 110
    第三节 校勘 ··· 120
    第四节 编年 ··· 123

第四章 陈氏注骆的笺释与考证 ················· 131

    第一节　训诂与考据 ························· 131
    第二节　史事笺证 ··························· 151
    第三节　诗文诠释 ··························· 172
    第四节　订疑纠谬 ··························· 180

结　语 ······································· 218

附　录　陈氏遗文辑录 ························· 225

主要参考文献 ································· 243

后　记 ······································· 249

绪　言

本书所言之"陈氏注骆",即指清嘉庆、道光年间学者陈熙晋及其为唐人骆宾王的诗文集所撰《骆临海集笺注》。众所周知,在文学史上颇富传奇色彩的"初唐四杰"之一、诗人骆宾王,因随李敬业广陵起兵讨武则天而失败,其诗文在身后多有散佚,中宗朝郗云卿奉敕搜集,其集才得以流传后世。骆集历经宋、元、明、清各代,其间多有传本。至于注释本,明、清以来约有十多家。万曼《唐集叙录》云:

> 除明代颜文选、陈魁士二种外,在清代有《骆侍御全集》四卷附《考异》一卷,题明宛上颜文原著,邑后学陈坡节删……又《骆临海集笺注》十卷,义乌陈熙晋注。①

万曼这里提及的骆集注释本,即指明颜文选《骆丞集注》四卷和陈魁士《骆子集注》四卷,清陈坡节删本《骆侍御全集》四卷和陈熙晋《骆临海集笺注》十卷。按:《笺注·凡例》载《骆丞集》并称《侍御集》,疑万曼《唐集叙录》所称"陈坡节删"本《骆侍御全集》即为颜文选原注。《唐集叙录》又载:

> 《骆子集注》四卷,《天禄琳琅》后编十八著录:明陈魁士注,书四卷……前有……万历己卯魁士自序……《廉石居藏书记》云……又

---

① 万曼:《唐集叙录》,北京:中华书局,1980年,第28～29页。

> 有《灵隐子》六卷,明舒城令陈魁士注,陈士科刊……莫友芝《郘亭知
> 见传本书目》:陈魁士注本十卷,又陈天祥刻陈魁士注本六卷。①

可知《骆子集注》四卷、《灵隐子》六卷与莫友芝藏十卷本、六卷本,皆署名为明万历陈魁士注。《唐集叙录》又载:

> 《廉石居藏书记》云:"陈魁士注本十卷似与古合,然题云'文抄
> 评林'。"②

可见,陈魁士注本即有五种,且卷数不一。此外,《唐集叙录》还载有《千顷堂书目》所收明黄用中注本《骆宾王集》十卷。③ 其实,除万曼所举数家外,据《中国古籍善本书目》载,骆集注释本还有如下各家:

明林绍刻本,但不署注者,《新刻注释骆丞集》十卷;

明王世贞注,《镌刻太仓王氏音释骆丞集》十卷;

明虞九章等注释,《唐骆先生文集》六卷,虞九章等又有订释本六卷;

明黄兰芳评注,《重订骆丞集》六卷;

明王衡等评注,《唐骆先生集》八卷;

明陈继儒注,《类选注释骆丞全集》四卷;

明梅之焕释,《刻梅太史评释骆宾王文抄评林神驹》四卷;

明施凤来(羽王)评注,《鼎镌施会元评注选辑唐骆宾王狐白》三卷。④

其中,不署注者的和陈继儒的是注释本,王世贞的是音释本,黄兰芳、王衡和施凤来的是评注本,梅之焕的是评释本,虞九章的有订释本和注释本两种。但王重民《善本书提要》指出:陈继儒注本实为坊贾偷刻陈魁士注本而成,并云:"余校以陈魁士注本乃不差一字……陈继儒当亦托名。"⑤

---

① 万曼:《唐集叙录》,北京:中华书局,1980年,第25~26页。
② 万曼:《唐集叙录》,北京:中华书局,1980年,第25页。
③ 万曼:《唐集叙录》,北京:中华书局,1980年,第25页。
④ 中国古籍善本编辑委员会编:《中国古籍善本书目》,集部(上),上海:上海古籍出版社,1989年,第41~42页。
⑤ 王重民:《善本书提要》,上海:上海古籍出版社,1983年,第496页。

综上所述,明清骆集的注本大致有注释本、音释本、订释本、评注本和评释本等五种十二家。

然而,除陈熙晋笺注本外,后人认为其他诸注家"亦多荒谬,无甚可取"。①著名学者马茂元认为:"明清两代流行的骆集有各种不同的本子,除四卷本外,也有分为六卷或十卷本的,但所收篇目,大致相同,陈熙晋笺注的《骆临海集笺注》后出,最为完善。"②陈熙晋在借鉴颜文选注本的基础上,广征典籍,用功数十载,遂成《骆临海集笺注》(以下简称《笺注》)一书,后人许为精博。今人骆祥发的《骆宾王诗评注》,以陈注本为基础,重作新注。马茂元先生总结陈注的主要特点有二:一为注释全面,二为陈氏注释骆集时运用了"知人论世"和"以意逆志"的方法。陈氏生平活动主要处于清嘉庆、道光两朝,其不仅对骆宾王诗文的笺注用功甚劳,成绩突出,而且在方法上,也颇能体现出清人治学的特点,尤其是乾嘉学派对陈氏的影响也颇能从中体现出来。但是如此"完善""精博"的注本,迄今较少被重视和研究。目前,论及陈氏《笺注》一书的,大致有如下几处:

马茂元《论骆宾王及其在"四杰"中的地位——为重印〈骆临海集笺注〉作》,③万曼《唐集叙录》,④上海古籍出版社出版之《骆临海集笺注》前言部分,⑤骆祥发《骆宾王诗评注》前言部分,⑥俞樟华、梅新林《四十年骆宾王研究概述》部分内容,⑦李厚培《骆宾王仕履有关问题辨正》部分内容,⑧陶敏、李一

---

① 傅璇琮、罗联添主编:《唐代文学研究论著集成》,第三卷,西安:三秦出版社,2004年,第350页。
② (唐)骆宾王撰,(清)陈熙晋笺注:《骆临海集笺注》,附录,上海:上海古籍出版社,1985年,第437页。
③ (唐)骆宾王撰,(清)陈熙晋笺注:《骆临海集笺注》,附录,上海:上海古籍出版社,1985年,第425页。
④ 万曼:《唐集叙录》,北京:中华书局,1980年,第29页。
⑤ (唐)骆宾王撰,(清)陈熙晋笺注:《骆临海集笺注》,上海:上海古籍出版社,1985年,"出版说明"第1~2页。
⑥ 骆祥发:《骆宾王诗评注》,"前言",北京:北京出版社,1989年。
⑦ 俞樟华、梅新林:《四十年骆宾王研究概述》,《文史知识》,1991年第12期,第109~115页。
⑧ 李厚培:《骆宾王仕履有关问题辨正》,载《青海社会科学》,1999年第1期,第85~89页。

飞合著《隋唐五代文学史料学》有关章节。① 此外,2004年三秦出版社出版,由傅璇琮、罗联添主编的《唐代文学研究论著集成》对相关内容和成果的介绍,比较全面:

> 陈氏《骆临海集笺注》……辑前人辑本之大成,而纠谬补缺,考核精审,复多方辑录佚文,分体编排,得成完本。陈氏笺释于史事、舆地、职官、典章制度,皆引用原始资料,翔实丰富,并从诗文出发,参以史实,发幽探微,考证骆宾王生平形迹,多有发明,堪补史传之不足,又辑各家旧序、新旧《唐书》本传、明清学者所作续传补传以及历代文人评赞骆宾王之诗文,作为附录,向称精博,为学林所推重。惟引文略嫌繁杂,亦稍有牵强附会之处。②

然上述众家所论,都不外乎对陈氏注本的内容与特点作一简单的概括而已。对陈氏注本的具体内容、注释方法和特色以及陈注本的价值等则未展开深入而详细的论述。至于陈熙晋本人及其笺注本成书、刊刻等情况,则记述极为简略,而陈氏笺注本《凡例》及其序跋于此又语焉不详。只有近人杨冰梅《〈骆临海集笺注〉注释研究》③和葛亚杰《〈骆宾王文集〉版本研究》④分别涉及《笺注》注释方法、版本源流两个方面的研究,二家也是在之前笔者有关研究的基础上就某一点有所拓展,然而尚未对陈熙晋《笺注》及陈氏生平、学统、治学等进行全面、系统的研究,且个别地方有待商榷。

因此,对这一注本进行整体性研究,无疑颇有文献学和文学文本阐释学等方面的意义。本书尝试以比较和归纳的研究方法,拟从陈氏的生平、著述及其《笺注》在编订、辑佚、校勘、编年、注释及其价值、意义等方面进行探讨,

---

① 陶敏、李一飞:《隋唐五代文学史料学》,北京:中华书局,2001年,第66、72页,即其中第一章第三节的"清人整理唐人别集要籍简介"和"清人隋唐五代别集整理工作的成就与局限"部分内容。

② 傅璇琮、罗联添主编:《唐代文学研究论著集成》,第一卷,西安:三秦出版社,2004年,第189页。

③ 杨冰梅:《〈骆临海集笺注〉注释研究》,陕西师范大学2010年硕士论文。

④ 葛亚杰:《〈骆宾王文集〉版本研究》,浙江大学2011年硕士论文。

对陈氏注骆的成果作出分析与概括,主要探析陈氏注骆在文献学和古典解释学等方面所体现的方法和特点。一方面使人们能够比较全面地认识陈氏在整理骆集上所付出的心力与贡献;另一方面,通过对这一注本的研究,在一定程度上透视清人在文献整理方面的经验教训,以期抛砖引玉。

  本书共分四章。第一章通过征引正史、地方志、杂著、别集以及史志类著作等有关文献,对陈熙晋生平事迹、交游及其著作存佚等情况进行考述,以探求陈氏的学术背景及其治学思想。

  第二章依照一般古籍传递的规律,主要对陈氏《骆临海集笺注》的成书、刊刻及其流传情况进行了考察,揭示了陈氏《笺注》本在古今流传递经中的一些情况和特征。

  第三章以比较分析的方法,从文献整理的角度,考察了陈氏整理《骆宾王文集》的特点。骆集在历代的流传中乖讹百出,且版本繁芜,陈氏遂参考骆集宋蜀本、《四库全书》所收明万历颜文选本以及其他众多本子,将其重编成帙,并给予辑佚、校勘和编年。陈氏以《文苑英华》所收骆集校宋本的诗文通校其辑集,是其整理骆集的重要特征之一。

  第四章是对陈氏注骆的内容和方法的探析。首先,通过抽绎陈氏注骆在文字、音韵、训诂以及考据方面的典型例证,归纳出其主要特征是"据守"和"通核"。这一方面,清乾嘉考据学派对陈氏的影响亦大。其次,通过借鉴和吸收当代学者郝润华等人在古典解释学上的理论,具体论证了陈氏注骆在古典解释学上的特点,即陈氏在笺释骆宾王诗文的思想内容时继承运用了清初钱谦益以来的"诗史互证"法。其诗学思想则体现了自孟子以来的"知人论世"和"以意逆志"这一中国古典解释学的优良传统,当中亦渗透了宋代汤汉注陶渊明诗所发明的以"古典"释"今典"的解读方法。

  在结语部分总结了陈氏注骆的主要成就及其学术价值,并分析其缺点与不足。

第一章　陈氏生平事迹与治学思想

由于陈熙晋文集的散佚,以至于研究其生平缺乏直接的史料。本章以知人论世的思路,根据史书、别集、杂著、地方志等相关文献,考察陈熙晋生平事迹、治学思想及其著述的存佚等情况,为研究陈氏注骆取得较为全面、深入的背景知识和理论根据。

第一节　出　身

一、生卒年疑义

钱仲联主编《中国文学家大辞典·清代卷》"陈熙晋"条载:

> 陈熙晋,生卒年不详,原名津,字析木,号西桥,浙江义乌人。嘉庆优贡生……居官仁恕简易,善谳狱,乡人为之立生祠,有"宿儒循吏"之目。平生沉潜经学,积书数万卷……(陈汉英撰)①

郑伟章《文献通考》:

> 陈熙晋(?—1810),原名津,字析木,浙江义乌人,生年不详,卒于

---

① 钱仲联编:《中国文学家大辞典》,北京:中华书局,1997年,第472页。

嘉庆十五年。优贡生,以教习官贵州开泰、龙里、普定知县,擢湖北宜昌知府……熙晋邃于学,积书数万卷……藏书处曰"日损斋"。①

上述钱仲联先生认为熙晋生、卒年皆不详,郑伟章先生认为熙晋生年不详,而卒年在嘉庆十五年(1810)。综观钱、郑两家所言,似皆源于《清史稿》和《清史列传》。考《清史稿》和《清史列传》,二者所载有关陈熙晋的史实,几乎无有不同。《清史稿》卷四百八十一,儒林二,"陈熙晋"条②;《清史列传》卷六十八,"陈熙晋"条③,二者都有相同文字的叙述:

陈熙晋,原名津,字析木,义乌人。优贡生……乞养归,未几卒。

《清史稿》和《清史列传》对于陈熙晋生卒年皆不载,或是未有凭据。据笔者搜罗,迄今,有关记载陈熙晋生卒年的原始文献,容易获见的是清道光、咸丰间王柏心的《百柱堂全集》(以下简称《全集》),其卷四十云:

公姓陈氏,字熙晋,自号曰西桥,浙江义乌人……疾,唯以封公年八十不克终奉为恨,弥留时语家人曰:"余将莅任青州,与宋洪容斋迈受替东都,分司名冯起者频来邀余,符到便行矣。"咸丰元年五月九夜事也。阅二日遂卒,年六十有一。④

咸丰元年为1851年,上溯六十一年,当为1791年,即乾隆五十六年,可知陈熙晋生于乾隆五十六年,卒于咸丰元年(1851)。因此,可把陈熙晋的生平事迹、治学的主要时期置于嘉庆、道光两朝来考察(详见后文)。王柏心与陈熙晋基本为同代人,且有关于两人交游的记载(详见后文),盖王柏心对陈熙晋生卒年的记述应该是较为可信的。今人江庆柏《清代人物生卒年表》所

---

① 郑伟章:《文献家通考》,北京:中华书局,1999年,第389页。
② (清)赵尔巽:《清史稿》,卷四百八十一,第43册,北京:中华书局,1976年,第13221~13222页。
③ 不著撰者:《清史列传》,卷六十八,第104册,周俊富辑,清国史馆原编:《清代传记丛刊》(综录类2),台北:明文书局印行,1985年,第501~502页。
④ (清)王柏心:《白柱堂全集》,卷四十,《续修四库全书》,集部,第1527册,上海:上海古籍出版社,2002年,第625~627页。

载陈熙晋生卒年为1791(乾隆五十六年)至1851(咸丰元年)年①,其考证亦出于此。

综上,钱仲联、郑伟章二先生的考证和记载恐有疏漏,尤其郑氏所云熙晋卒年为嘉庆十五年(1810),与实际情况则大相径庭,不知何据。陈熙晋《春秋述义拾遗自叙》文末云:"道光二十八年岁在著雍涒滩人日,义乌陈熙晋序于宜昌郡宅。"②由此看来,郑氏所云熙晋"卒于嘉庆十五年"有失斟酌。

二、家学传承

陈熙晋家学传承,迄今已载册难索,其族谱亦难获见,清光绪间义乌人朱一新《寄张少萝侍御》云:

> 陈之著述虽多,兵燹后存者无几,其姓氏已不能尽人皆知……③

故陈氏族谱也可能毁于兵火。关于朱一新与熙晋同乡,详见后文。"兵燹",应指太平天国兵扰江浙一事,亦详见后文。此处,笔者仅据所能收集到的清嘉庆七年(1802)所刊的《义乌县志》和清后期的两部诗集《两浙輶轩录》和《两浙輶轩续录》以及清道光、咸丰间王柏心的《百柱堂全集》等有关记载来考证陈氏家族。王柏心《全集》卷四十"西桥陈公传"条云:

> 公姓陈,字熙晋,自号曰西桥,浙江义乌县人。先世居江西弋阳,明季始来徙,代有淳德,四世祖珩,高祖为章,孝行著闻,邑志有传;曾祖能宽,服勤不懈;祖凤来,邑增生,亦以孝友称,及公贵,赠如公官,父敞如公官……④

---

① 江庆柏编:《清代人物生卒年表》,北京:人民文学出版社,2005年,第462页。
② (清)陈熙晋:《春秋述义拾遗》,卷首,清光绪十七年(1891)广雅书局校刻,国家图书馆藏本。
③ (清)朱一新:《拙盦丛稿》之《佩弦宅杂存》,卷上,沈云龙主编:《近代中国史料丛刊》第二十八辑,第272册,台北:文海出版社,1966年,第1632~1633页。
④ (清)王柏心:《百柱堂全集》,卷四十,《续修四库全书》,集部,第1527册,上海:上海古籍出版社,2002年,第625~627页。

按:《清史稿》,"熙晋"当为陈氏之名,而非其字,陈氏字析木,王氏此处记述恐有误。① 今人屠旭云在其《鸿儒太守陈熙晋》中说道:"陈熙晋先祖于北宋末年为避金兵,从山东迁居义乌湖清门。"② 与清人王柏心所记不同,笔者按:王柏心与陈熙晋都是道光、咸丰间的学者,且二人又有交游,盖王柏心所传较为可信,而今人屠旭云其文后无相关文献来源的注释,不知何据。王、屠所叙不同说明陈氏家族并非当地土著,而是外来移民,历经宋、明、清三代,其宗族能获"代有淳德"的佳誉,实非一般。

嘉庆七年(1802)刊《义乌县志》,其时熙晋尚处幼年,事迹不载于邑志。关于其家族背景,《义乌县志》仅寥寥数语,卷十六"实行"目下"陈珩"条云:

> 陈珩,字楚玉,幼失恃。继母黄氏,生二弟,父令各炊,力贫度日,朝夕贡问,孺慕不懈。康熙甲寅,土寇充斥,时两弟尚幼,珩弃妻子,负母携弟奔避,备尝艰苦。黄泣谓曰:"吾儿如此,天必有所报也。"由是爱如己出。后珩果寿至九旬。嘉庆辛酉,知县追诸奖,以纯孝可风。额子为章、为启亦能顺养其亲;孙八,皆克家。为章子能宽,尤诚笃好施,尝倡捐千金,当祖派之,分于次、幼二房,鼎建祖祠,其余文庙书院,无不助赀襄成。儒学俞章、申列、宾延皆珩之教也。③

陈珩,即王柏心《全集》所云熙晋之"四世祖珩",《义乌县志》所载,与《全集》互为印证,王氏所云"代有淳德""邑志有传",盖不虚载。但《义乌县志》所言陈珩次子为启、陈珩学弟俞章、申列、宾延三人以及《全集》所载熙晋祖父凤来、父敞等陈氏族人的事迹,《县志》均未载,由于资料有限,暂且不能深入探讨。从《义乌县志》和《全集》的有关记载中可以看出,陈氏家族非但以孝行著闻乡里,亦为书香儒礼的世家,如《义乌县志》载,"儒学俞章、申列、宾延皆珩

---

① (清)赵尔巽:《清史稿》,卷四百八十一,第43册,北京:中华书局,1976年,第13221~13222页。
② 屠旭云:《鸿儒太守陈熙晋》,载《文史天地》,2004年第12期,第32~34页。
③ (清)诸自谷修,程瑜纂:《义乌县志》,卷十六,台北:成文出版社,1980年,第393页。

之教也";《全集》又载,"祖凤来,邑增生,亦以孝友称"①;王柏心《全集》卷四十"西桥陈公传"条云,"赠公奇爱(熙晋)焉,负之入塾,封公督课甚严,诵率至夜分云云"②。可证陈氏家族对于后代的教养要求极为严格,为熙晋终成为一方硕儒提供了一个良好的家学环境。

关于熙晋的子嗣家传,《全集》卷四十载:

> 子元棐,才笔冠流辈,年十九,声隽一黉,俄而力学,早死……侧室吴氏子元梧,监生;元颖,贵州候补典史;元构,庠生;元棐,优廪生,早卒;元馥,业儒;孙应炎、应莹……③

熙晋有五子二孙,即梧、颖、构、棐、馥和炎、莹,子取元字辈,孙取应字辈,皆非儒即官,且四子元棐才冠当时,文笔富赡,盖承袭于熙晋家传孝义与学风的熏陶。五子二孙除却元颖外,其他均于史传无载,即使是元颖,也是籍载无几,仅数语寥存,今一并据引,以供参考,《两浙輶轩续录》卷四十六"陈元颖"条:

> 陈元颖,字天逸,号栗园,义乌人,官贵州县丞。④

与王氏《全集》所载元颖官"贵州候补典史"这一情况基本吻合。

《清史稿》卷一百十六,职官三:

> 知县一人,正七品,县丞一人,正八品;主簿无定员,正九品;典史一人,未入流,典史掌稽检狱囚,无丞、簿兼领其事。⑤

---

① (清)王柏心:《百柱堂全集》,卷四十,《续修四库全书》,集部,第1527册,上海:上海古籍出版社,2002年,第625页。
② (清)王柏心:《百柱堂全集》,卷四十,《续修四库全书》,集部,第1527册,上海:上海古籍出版社,2002年,第625页。
③ (清)王柏心:《百柱堂全集》,卷四十,《续修四库全书》,集部,第1527册,上海:上海古籍出版社,2002年,第626~627页。
④ (清)潘衍桐辑:《两浙輶轩续录》,卷四十六,《续修四库全书》,集部,第1686册,上海:上海古籍出版社,2002年,第733页。
⑤ (清)赵尔巽:《清史稿》,卷一百十六,第12册,北京:中华书局,1976年,第3357页。

《中国历代官制》"清朝官制演变"条：

> 县设知县一人，佐官有县丞、典史各一人。①

《中国历代官制》"内地政权机构和职官·县"条：

> 典史一人，未入流，管全县监察和刑狱，如县无县丞和主簿，则职权更大。②

据上述，典史虽然未入品级，但实质上与县丞职权几无差别，且权有超逾之时。元颖由候补典史任县丞，确有可能，故可证此元颖即为熙晋季子，即王柏心《全集》所载之"元颖"无疑也。

《中国历代官制》"选官制度"条：

> 优贡朝考一等者以知县补用，二等以按察司经历、散州州判、府经历、县丞分省补用。③

按：《两浙輶轩续录》所记，元颖学历当与其父熙晋同。《清人别集总目》云："陈元颖，字天逸，号栗园，义乌人，有《栗园诗草》一卷，民国二十二年排印本，今存南京图书馆、杭州大学图书馆。"④《两浙輶轩续录》收元颖诗《诸将》六首、《抵韶州》一首；《义乌兵事纪略》亦收《诸将》六首，与《续录》同，又收《乱后入城》《高阳台》《和江岑杂诗》三首，⑤皆太平军乱后诗作，意尽黍离之悲。

关于陈氏家族，下面又有两处记载，可供参考：

《义乌县志》卷十一"贡士"目：

> 陈能声，字鸣远，乾隆十八年广东连州通判。⑥

---

① 孔令纪、邓晓军等编：《中国历代官制》，济南：齐鲁书社，1993年，第328页。
② 孔令纪、邓晓军等编：《中国历代官制》，济南：齐鲁书社，1993年，第359页。
③ 孔令纪、邓晓军等编：《中国历代官制》，济南：齐鲁书社，1993年，第370页。
④ 李灵年、杨忠主编：《清人别集总目》，合肥：安徽教育出版社，2000年，第1262页。
⑤ （清）黄侗著：《义乌兵事纪略》，沈云龙主编：《近代中国史料丛刊》第七十六辑，第755册，台北：文海出版社，1966年，第275～293页。
⑥ （清）诸自谷修，程瑜纂：《义乌县志》，卷十一，台北：成文出版社，1980年，第268页。

《两浙輶轩录》卷二十九“陈能声”条：

陈能声，字鸣远，一字晓园，义乌拔贡生，官连州州判。[①]

《两浙輶轩录》收其七言律诗《郑公墩玩月》一首，诗境清阔。综合两书记载可得：陈能声，字鸣远，义乌人，官乾隆十八年(1753)广东连州州(通)判，与王柏心《全集》所述熙晋曾祖“能宽”为同一“能”字辈。熙晋为乾隆五十六年(1791)所生，乾隆十八年距五十六年凡三十有八年，按常理推断：能声任连州通判宜为四十岁左右，则熙晋出生时能声为八十岁左右，故能声为熙晋曾祖辈人还是有可能的，但限于无直接史料来予以印证，王氏《全集》又不载能声行事，权当推论而已，待来者确考。

综上可知，陈熙晋家族虽不显赫当时，亦为当地望族，其特征是：孝行闻乡里，诗书承家缨；捐施实可赞，仕宦亦有名。

第二节　仕履与交游

一、宦游西南

陈熙晋一生宦游西南，居官数十年，史册多有记载。《清史稿》卷四百八十一“儒林”二，载其仕宦行迹云：

……优贡生，以教习官贵州开泰、龙里、普定知县、仁怀同知，擢湖北宜昌知府。[②]

《清史列传》卷六十八：

……优贡生，以教习官贵州知县，历知开泰、龙里、普定县，仁怀

① (清)阮元辑：《两浙輶轩录》，卷二十九，《续修四库全书》，集部，第1684册，上海：上海古籍出版社，2002年，第177页。

② (清)赵尔巽：《清史稿》，卷四百八十一，第43册，北京：中华书局，1976年，第13221～13222页。

同知,擢湖北宜昌府知府。①

《碑传集补》卷三十九"陈熙晋"条:

  陈熙晋,原名津,字析木,义乌人,优贡生,以教习官贵州开泰、龙里、普定县、仁怀同知,擢湖北宜昌府知府。②

《清儒学案小传》卷二十(亦见《清儒学案》):

  陈熙晋,原名津,字析木,号西桥,优贡生,以官学教习议叙知县,分发贵州,历知开泰、龙里、普定等县事,擢仁怀同知。……后官湖北宜昌府知府。③

清光绪间义乌学者朱一新《拟国史儒林文苑传稿》(以下简称《拟稿》)"陈西桥先生传稿"条:

  陈熙晋,一名津,字析木,号西桥,浙江义乌人……举优贡生……以教习官贵州广顺、开泰、锦屏、永从、龙里、普定诸知县,历仁怀、普安同知、湖北宜昌知府。④

王柏心《全集》有关记述,比上述诸家更早,其卷四十"西桥陈公传"条云:

  ……嘉庆己卯,科考取优贡生,庚辰□朝考充镶黄旗教习……官学期满,引见以知县用。道光五年,拣发贵州,权广顺州政事……已补龙里矣,大吏谓才可治剧,奏调桐梓,格部议不果。权开泰,治如广顺……公善政……在普定亦如是……治龙里三年,大计卓异,

---

① 不著撰者:《清史列传》,卷六十八,第104册,周俊富辑,清国史馆原编:《清代传记丛刊》(综录类2),台北:明文书局,1985年,第501~502页。
② (清)闵尔昌:《碑传集补》,卷三十九,第3册,周俊富辑,清国史馆原编:《清代传记丛刊》(综录类5),台北:明文书局,1985年,第425页。
③ 不著撰者:《清儒学案小传》,卷二十,周俊富辑,清国史馆原编:《清代传记丛刊》(学林类),第5册,台北:明文书局,1985年,第613~614页。
④ (清)朱一新:《拙盦丛稿》之《佩弦宅杂存》,卷上,沈云龙主编:《近代中国史料丛刊》第二十八辑,第272册,台北:文海出版社,1966年,第1568~1569页。

兼权郎岱同知及安平县……擢仁怀同知……往返三载……再权开泰……权普安直隶同知……权都匀府……道光二十一年,选授湖北宜昌府知府……①

《宜昌府志》卷十二"名宦"目下只大略叙述了熙晋为官踪迹:

陈熙晋,字西桥,浙江义乌人,嘉庆己卯优贡生,考取官学教习,以知县拣发贵州,累擢知府,道光二十一年知宜昌知府。②

综合上述《清史稿》《清史列传》《碑传集补》和《清儒学案小传》四种史料,所载熙晋官履基本一致,即均载熙晋曾任开泰、龙里、普定知县和仁怀同知,最后擢升宜昌知府;而朱一新《拟稿》所载,除上述各地外,又记熙晋历任广顺、锦屏、永从三地知县和普安同知;王柏心《全集》所载更为详尽且亦有所异,熙晋任龙里、开泰、普定三县知县与上述诸家所载相同,不同的是,熙晋曾被奏调桐梓,"格部议不果"而未行,任龙里知县时又兼权郎岱同知和安平县,再权开泰知县,权都匀府同知。现在,笔者以王氏《全集》所载为原始记述,并参考其他诸家所记,大致勾勒一下熙晋官履的先后次序:广顺(州政事)、开泰、锦屏、永从、龙里知县、权郎岱同知及安平县、普定知县、仁怀同知、开泰知县(再任)、普安直隶同知、都匀府同知、宜昌府知府,除道光五年(1825)权广顺州政事和道光二十一年(1841)擢宜昌知府外,其他任官时间皆无明确纪年,苦于资料有限,待来者续考。

朱一新《拟稿》载熙晋任"广顺知县",但王氏《全集》称"权广顺州政事",按清代官制,州、县有异,《中国历代官制》载:

与府有关的行政单位还有州,州也分直隶州和散州,前者有属县,直隶于省,与府平行;后者没有属县,分隶各府,与县平行……直

---

① (清)王柏心:《百柱堂全集》,卷四十,《续修四库全书》,集部,第1527册,上海:上海古籍出版社,2002年,第625~626页。

② (清)聂光銮修,王柏心纂:《宜昌府志》,卷十二,台北:成文出版社,1970年据清同治三年(1864)刊本影印,第468页。

隶州知州为正五品,散州知州为从五品……下属有州同,从六品,州判从七品。①

《清史稿》卷七十五：

> 贵阳府：冲,繁,难,巡抚、布政使、提学使、按察使同驻……广顺州,难,府(贵阳府)西南百十里。②

由上可知,广顺州嘉道时属贵阳府,广顺州应属散州。笔者按：熙晋在广顺为初任,则其在广顺最高职位仅能做到州同或州判,从六品或从七品。

《清史稿》卷一百十六"职官"三：

> 知府一人,初置正四品,乾隆十八年改从四品；同知,正五品；通判,正六品,无定员……县,知县一人,正七品。③

陈熙晋从嘉庆己卯,即嘉庆二十四年(1819)科取优贡生直至道光二十八年(1848)由宜昌知府告官归乡,先后入京都官学以及任官贵州、湖北各处,历时近三十年,记功累迁,由通判或州同而至知县、知州、同知、知府,官衔大致由从六品或从七品升至从四品,《宜昌府志》《仁怀厅志》④《广顺州志》⑤等都将其列入"名宦"传,且政绩卓然(后文将述),堪称一代名宦。

二、为官之道

陈熙晋一生居官清正,为人正直、仁恕又恭守孝道,时人皆有口碑。嘉庆

---

① 孔令纪、邓晓军等编：《中国历代官制》,济南：齐鲁书社,1993年,第358页。
② (清)赵尔巽：《清史稿》,卷七十五,第9册,北京：中华书局,1976年,第2352～2354页。
③ (清)赵尔巽：《清史稿》,卷一百十六,第12册,北京：中华书局,1976年,第3356～3357页。
④ (清)朱一新：《拙盦丛稿》之《佩弦宅杂存》,卷上,沈云龙主编：《近代中国史料丛刊》第二十八辑,第272册,台北：文海出版社,1966年,第1570、1572页。
⑤ (清)王柏心：《百柱堂全集》,卷四十,《续修四库全书》,集部,第1527册,上海：上海古籍出版社,2002年,第627页。

二十四年（1819）科取优贡后，入官学数年，于道光五年（1825）走马上任，①历任州判或州同、知县、同知、知府，最后以宜昌知府致仕。于此，《清史稿》《清史列传》《碑传集补》《清儒学案》《宜昌府志》《拙盦丛稿》《百柱堂全集》等史料均有记载，现就上述典籍所记，举同存异，略析如下。

《清儒学案》卷二十"诸儒学案"九：

……发伏摘奸，民感其德，及去，龙里、仁怀均为立生祠祀之。后官湖北宜昌府知府，值境内大水，修缮城郭，以工代赈，毕力抚绥，守宜昌十年，循绩卓著，咸丰初，以亲老乞养归，未几卒……②

《清儒学案》重于学术考察，于陈氏本人所述甚少，所载熙晋守宜昌十余年，与他书所载不符（《宜昌府志》言其"守郡八载"），但从"民感其德""为立生祠"等来看，说明熙晋做官清正廉明。

王柏心《全集》卷四十：

公政尚仁恕，缘饰儒雅，用法最平，节目简易，然奸豪强扞斗者未尝少贷。吏民服其聪明，不敢欺，才敏捷而且学深，应机立解……平反甚多……深入民心，因俗而治，不尚锋厉，不立名誉，至则人人安且乐，去则怅然有所失，久则思之不忘，龙里、八寨、仁怀皆为之立生祠，广顺人辑州志，采公入名宦传。③

《宜昌府志》卷十二：

（道光）二十八年楚大水，下游诸郡流民多聚，晋给赀资遣，留者尚多，乃募赀，遂缮城垣，以工代赈，会秩满，奉部行取，留六阅月，蕆

---

① （清）王柏心：《百柱堂全集》，卷四十，《续修四库全书》，集部，第 1527 册，上海：上海古籍出版社，2002 年，第 625 页。
② 周俊富辑，清国史馆原编：《清代传记丛刊》（学林类），第 5 册，台北：明文书局，1985 年，第 613～614 页。
③ （清）王柏心：《百柱堂全集》，卷四十，《续修四库全书》，集部，第 1527 册，上海：上海古籍出版社，2002 年，第 627 页。

事,亲为文纪之以石乃行,士民闻公去,送者数千人,皆挥涕。①

《清史稿》卷四百八十二、《清史列传》卷六十八、《碑传集补》卷三十九所载均同:

> 权开泰时,教匪蒋昌华扰黎平,将兴大狱,熙晋缚其渠而贷诸胁从,全活无算。龙里民以钉鞋杀人,已诬服,而凶验不合,心疑焉。一日,方虑囚,见从人中有曳钉鞋睨者,命执而鞫之,痕宛合,遂款服。普定俗纠聚相雄长,号其魁曰"牛丛",其获盗,不谒之官,辄积薪焚杀之,先是,挟仇焚三尸者,吏不敢捕,熙晋期必得,重绳以法,风顿革。②

朱一新《佩弦宅杂存》卷上:

> 权开泰时,滇省檄捕王士林党之在黔者,出不意尽获之,穷鞫迄无状,及以情报,得减等。③

> 永从有湖耳、永安二土司,辖五十余寨,距府窎远,而锦屏苗疆窄,欲割二土司属之;锦屏之毛坪子寨产杉,贾贩辐辏,多争讼,欲于毛坪设巡检,条上大吏,不果行,乃存其义于所著《水道记》(《贵州水道记》)中。④

> 老人道死,无主名,熙晋廉,得有小儿同行,密呼儿,啖以果饵,儿遽效老人堕树状,遂得实,龙里人为立生祠,仁怀亦如之。⑤

---

① (清)聂光銮修,王柏心纂:《宜昌府志》,卷十二,台北:成文出版社,1970年据清同治三年(1864)刊本影印,第468页。

② (清)赵尔巽:《清史稿》,卷四百八十二,第43册,北京:中华书局,1976年,第13221页。

③ (清)朱一新:《拙盦丛稿》之《佩弦宅杂存》,卷上,沈云龙主编:《近代中国史料丛刊》第二十八辑,第272册,台北:文海出版社,1966年,第1569页。

④ (清)朱一新:《拙盦丛稿》之《佩弦宅杂存》,卷上,沈云龙主编:《近代中国史料丛刊》第二十八辑,第272册,台北:文海出版社,1966年,第1569页。

⑤ (清)朱一新:《拙盦丛稿》之《佩弦宅杂存》,卷上,沈云龙主编:《近代中国史料丛刊》第二十八辑,第272册,台北:文海出版社,1966年,第1569页。

守宜昌六载,结积牍千七百余事。①

王柏心《全集》卷四十:

公听狱必平心研治,探其情,揆诸理,尝援经史断之,不规规法家言,及爰书出,莫不惬当。凡谬辖掩匿,他人所听荧者,公勘扶剖析,不过数语,无不输露情实,或推甲以验乙,或测彼以证此,出人意表,百不爽一。②

权都匀府,见民间租帖,毋许种麦,惧瘠稻也。公曰:"《礼》重乞麦,《诗》称来牟,讵可废哉?"亟谕止之。有为匿名揭帖,用公移达台省者,当途揣其事,出清平人檄。公往察,至则坐县斋,日取堆案讼牍阅之。俄而得一牍,呼其人,入勾距而获,盖讼师也,果不谬,牍辞意调与揭帖略相仿,云方伯李公象鹍手书,称可为用智之法。③

役竣,再权开泰,始尝代前令补仓谷而纳采,买价银于郡,库为郡守侵牟,当事与公有隙,列公名分赏,挤令受篆,邑固硗堉,谷不可骤得,实陷之也。民闻公至,皆担负竞输,得谷万七千余石,仓储顿足,以旬日取办。④

居官廉,所履皆瘠区,甑尘恒满,不以介意,又恬以进取。⑤

道光二十一年,选授湖北宜昌知府,入□觐后,假旋省亲,为迎

---

① (清)朱一新:《拙盦丛稿》之《佩弦宅杂存》,卷上,沈云龙主编:《近代中国史料丛刊》第二十八辑,第272册,台北:文海出版社,1966年,第1570页。
② (清)王柏心:《百柱堂全集》,卷四十,《续修四库全书》,集部,第1527册,上海:上海古籍出版社,2002年,第625页。
③ (清)王柏心:《百柱堂全集》,卷四十,《续修四库全书》,集部,第1527册,上海:上海古籍出版社,2002年,第626页。
④ (清)王柏心:《百柱堂全集》,卷四十,《续修四库全书》,集部,第1527册,上海:上海古籍出版社,2002年,第626页。
⑤ (清)王柏心:《百柱堂全集》,卷四十,《续修四库全书》,集部,第1527册,上海:上海古籍出版社,2002年,第627页。

养计,封公惮远涉,唯朱太恭人至署,备伸色养,为留数岁乃归。①

公之行也,拟陈情乞养,途次,朱太恭人讣至,驰归哀毁骨,立观者感动。②

熙晋为官爱民如子,恩威并施且时有建树,如永从、锦屏之举措;学术深敏,判案援引经史,揆理探情能够明察秋毫,学以致用,勤于政务,清正廉洁,深受吏民爱戴,是封建时代的清官典范。

三、亦官亦学

清朝嘉道时学风渐衰之际,能够一边做官,一边又认真治学、手不释卷,勉励后进,陈熙晋堪称典范,其《骆临海集序》云:

临海,志士也,非文士也。集编自郗云卿……西陵郡斋,公余多暇,因取箧衍旧稿排次之。③

熙晋于公余闲暇治学,可谓用力勤苦,他称骆宾王为"志士"而非"文士",说明熙晋十分崇敬骆宾王这样一位忠君恋阙的义士,很能表达他做官济世的思想。

王柏心《全集》卷四十:

公善政,植诸境至龙里,创莲峰书院……政暇亲为诸生说章句、析疑义,指授文艺之法。

权都匀府……所属八寨厅,学校未立,请于大府建学官,置学额六名,蛮獠由是乡化。

莅仁怀,本任地,新设无志,乘始手纂为二十卷。

---

① (清)王柏心:《百柱堂全集》,卷四十,《续修四库全书》,集部,第1527册,上海:上海古籍出版社,2002年,第626页。
② (清)王柏心:《百柱堂全集》,卷四十,《续修四库全书》,集部,第1527册,上海:上海古籍出版社,2002年,第626页。
③ (清)陈熙晋:《骆临海集笺注》(附录),上海:上海古籍出版社,1985年,第376页。

士距行省远，艰于赴试，为衷干缗，置产取息，乡会宾兴，以济立义。

公守宜昌六载余，郡少事。固多山水，永叔所旧游也，物产丰昌，民气愿悫，公顾而乐之，一镇以宽静，宏大体，去苛察，吏民咸悦，承风而化。即墨池书院，课士商榷评骘，崇尚雅正，士竞劝于学，踵登贤书。属邑拔萃，旧多阙额，兴山等邑有阙至七十余年者，公至，始皆充数。

所居楼三楹，庋书充栋，病中自定省外恒楼居，手不去图史。

在楚时，大府欲移首郡，布政使遵义唐欲举公卓异，皆力辞，咸服其高节，不之强。公于学极邃，尤以致远为务……晚而耽研经学，其《刘炫春秋规过考信》九卷、《春秋述义拾遗》八卷、《古文孝经疏证》五卷与《宋大夫集笺注》三卷，皆守宜昌时撰。①

从以上记载来看，熙晋官任每处，基本都要修建书院、学宫，"乡会宾兴"，且不似一般封建官僚附庸风雅、做表面文章，而是身体力行，"说章句""析疑义""指授文艺""课士商榷评骘""崇尚雅正"，使"士竞劝于学"，纯化乡里学风。守宜昌八载，熙晋施行仁政，倾慕欧阳永叔，劝学墨池书院，承风而化，与民同乐，秉持高节，力辞举荐；邃于经学，且著书不辍，乃至病老弥留之际仍"手不去图史"，亦官亦学，堪称一方鸿儒。

熙晋一生为官行事，有其诗为证，《黄陵庙》诗云：

明德思神禹，丛祠祭武侯。一江天地险，三峡古今流。②

即景抒情，抒发对先人无限思慕之情，同时表明自己为官的志向。《西陵怀古》诗云：

希文言事投荒去，永叔贻书作令来。直道岂应招党祸？先生非

---

① （清）王柏心：《百柱堂全集》，卷四十，《续修四库全书》，集部，第1527册，上海：上海古籍出版社，2002年，第625~627页。
② （清）陈熙晋：《征帆集》，卷二，清咸丰元年（1851）刻本，国家图书馆藏本。

但为人才。朱弦寥落琴三弄,绛云缤纷酒一杯。回首莱公亦羁宦,至今峡口断猿哀。①

可以看出,熙晋为官与处世又不被名利所拘,心虑纯净,致力于学问,看淡仕途,顺其自然。

四、交游

陈熙晋交游形迹,于史传无载,今据陈氏著述的有关序跋和他人别集中零散诗文略加考证。

清光绪义乌学者朱一新在《复张带耕秀才》中称:

> 吾郡百余年来,学人推西桥、丹邨两先生为最。丹邨先生之名,尚见《续畴人传》,所著《翠微山房算书》,亦风行一时;西桥先生沉潜力学,不骛声华,远宦黔南,交游中胜流甚鲜,故嘉道年间名人集内罕见其名,微特外人知之者鲜,即同里后生亦几忘其为"宿儒循吏"矣。②

关于朱一新,《国史儒林传》原稿载:

> 朱一新,字鼎甫,浙江义乌人,同治九年举人,官内阁中书,光绪二年进士。③

朱一新为晚清同光间知名学者,《清史稿》中载他"乡举对策,语触时忌",④观其《无邪堂问答》,⑤亦多切中时弊之辞。鼎甫先生以其远见之识,推

---

① (清)陈熙晋:《征帆集》,卷二,清咸丰元年(1851)刻本,国家图书馆藏本。
② (清)朱一新:《拙盦丛稿》之《佩弦斋杂存》,卷上,沈云龙主编:《近代中国史料丛刊》第二十八辑,第 272 册,台北:文海出版社,1966 年,第 1627~1628 页。
③ (清)朱一新:《拙盦丛稿》,卷首,沈云龙主编:《近代中国史料丛刊》第二十八辑,第 272 册,台北:文海出版社,1966 年,第 15 页。
④ (清)赵尔巽:《清史稿》,卷四百四十五,第 41 册,中华书局,1976 年,第 12463 页。
⑤ (清)朱一新:《拙盦丛稿》,沈云龙主编:《近代中国史料丛刊》第二十八辑,第 272 册,台北:文海出版社,1966 年,第 21~526 页。

誉乡人陈熙晋、张丹邨亦属情理之中。其《复张带耕秀才》又云：

> ……自惭见闻浅陋，于嘉道人著述未窥崖略，阁下……倘有所见，凡事涉西桥先生者，均录示乡贤一席，本有此意，近例须其人没后三十年方准题请，西桥先生已符新例。①

此处记述的背景盖为：朱一新在为撰写《国史儒林传稿》而四处搜求乡贤陈熙晋的行状，其重视和急切的心情溢于言表，却无奈于熙晋"远宦黔南""交游中胜流甚鲜"这一事实，对此深表遗憾。

根据朱一新所记，陈熙晋在"嘉道年间名人集内罕见"，以至于"知之者鲜""同里后生亦几忘"，其原因就是先生"沉潜经学，不骛声华"，且又"远宦黔南"，远离中原腹地，故知者甚少，笔者同意此说。

与陈熙晋同时而驰名西南的大儒郑珍，笔者通览其诗文集和熙晋诗集《征帆集》，亦不见郑珍与熙晋有交游方面的记载。

《清史稿》卷四百八十二载：

> 郑珍，字子尹，道光五年拔贡生，十七年举人，以大挑二等选荔波县（今贵州荔波县）训导。②

又，郑珍有《送唐子方方伯奉命安抚湖北兼寄王子寿柏心主事》诗，云：

> 知应抱成竹，江边迟故侯。见时道问讯，此意还疑不？早晚持檀具，相逢黄鹤楼。③

郑珍于道光十七年（1837）选任荔波县训导，熙晋于道光二十一年（1841）任宜昌知府，则此时还应在仁怀、普安、都匀一带做官。又，熙晋与王柏心交游频繁（见下文），郑珍与王柏心交游亦不凡，故陈、郑二人有王柏心为中介，

---

① （清）朱一新：《拙盦丛稿》之《佩弦斋杂存》，卷上，沈云龙主编：《近代中国史料丛刊》第二十八辑，第272册，台北：文海出版社，1966年，第1628页。
② （清）赵尔巽：《清史稿》，卷四百八十二，第43册，北京：中华书局，1976年，第13288页。
③ （清）郑珍：《巢经巢诗后集》，卷一，《续修四库全书》，集部，第1534册，上海：上海古籍出版社，2002年，第481页。

且同在黔南一带任官,据常理,亦有交游才对,但记无载册。因此,熙晋"交游中胜流甚鲜",朱一新所言极是。

《清史稿》卷七十五:

> 都匀府:要,隶贵东道,副将驻……荔波,要……
> 则荔波属于都匀府。①

《清史列传》卷六十九:

> 咸丰五年,判苗犯荔波,知县蒋嘉谷病,珍率兵据战。②

据前文,熙晋任宜昌知府,即道光二十一年(1841)前,官任贵州最后一站为都匀府,而郑珍于道光十七年(1837)任荔波县训导,直到咸丰五年(1855)还在荔波,则陈、郑应该为上下僚关系,即使二人不交游,也应有政务往来,彼此应该相互了解。

《近代名人小传》"郑珍"条:

> 清代黔学不昌,及咸丰末,乃有郑、莫(指郑珍与莫有芝)……以进士授知县,自乞就教职,复被荐擢,称病不出,主其乡校,殁于家。③

看来,郑珍虽官,亦是一位沉潜力学、不骛声华的孤直耿介之士。

今容易考见的与陈熙晋交游之人首推王柏心。

王柏心,《清史列传》卷七十三有传:

> 王柏心,字子寿,湖北监利人,道光二十四年进士,授刑部主事。少以孝闻乡里,长博涉经史,肆力诗古文辞。按察使唐树义见其文,奇之,谓人曰,子寿乃叔度林宗之俦,非今世之人也。总督林则徐闻其名,礼致之,许以国士……同治元年,柏心进呈经论,复应诏陈言

---

① (清)赵尔巽:《清史稿》,卷七十五,第9册,北京:中华书局,1976年,第2356页。
② 不著撰者:《清史列传》,卷六十九,第104册,周俊富辑,清国史馆原编:《清代传记丛刊》(综录类2),台北:明文出版社,1985年,第630页。
③ 费行简:《近代名人小传》,沈云龙主编:《近代中国史料丛刊》第八辑,第78册,台北:文海出版社,1966年,第38~39页。

八条……上嘉纳之,九年,丁母忧,逾年卒,年七十。……柏心学务笃实,为文经术湛深,议论纯正。①

王柏心于同治九年(1870)丁母忧,十年(1871)卒,卒年七十三,则其生年应为嘉庆四年(1799)。按:陈熙晋生于乾隆五十六年(1791),则熙晋年长柏心九岁。

王柏心《西桥陈公传》云:

> 公守彝陵,贻书与柏心论交。每道经南郡,过从谈艺不辍,尝就质疑滞,语及子、史、三通、历朝会要,滚滚若成诵者,窃叹公默识过人也。今其孤邮公行事述遗,命请为传,公名应"循吏""儒林",谨掇其卓荦者次于篇,令后之良史有所采焉。②

陈、王二人交游的目的是"谈艺",且王向陈"就质疑滞",对陈的学问素养甚为敬佩,陈之后人请王为其立传,王对陈的鉴定颇为中肯,言其应入"循吏""儒林"传内,对其才绩颇为推崇,并云"卓荦"。

王柏心《简陈西桥太守》诗云:

> 秋到西陵郡阁开,风流坐啸拥楼台。碧鸡山绕蛮云变,白马滩飞峡雨来。过客苏黄词并壮,州民屈宋古多才。何时竟鼓扁舟兴,绛雪春深一举杯。③

又,《寄陈西桥太守》:

> 部下班春久,河东上计迟。浮荣流水澹,幽兴故山期。高论来

---

① 费行简:《近代名人小传》,沈云龙主编:《近代中国史料丛刊》第八辑,第105册,台北:文海出版社,1966年,第90页。
② (清)王柏心:《百柱堂全集》,卷四十,《续修四库全书》,集部,第1527册,上海:上海古籍出版社,2002年,第627页。
③ (清)王柏心:《百柱堂全集》,卷十二,《续修四库全书》,集部,第1527册,上海:上海古籍出版社,2002年,第239页。

惊座，虚名愧下帷。离居俄浃岁，何以慰铜饥。①

仔细品读"风流坐啸""竞鼓扁舟""一举杯""浮荣流水澹""高论来惊座""虚名愧下帷"等诗语，再联系王柏心的记述和陈熙晋一生行事可得：陈、王二人之交以学问文章为共同的志趣，是君子之交，并非一般官场的应酬和名利之交。按：王柏心时居要职，与朝廷大员如林则徐、唐树义等有过往，且应诏陈言，皇帝嘉纳，可谓名驰一时。柏心又与熙晋常有学问、诗酒往来，过从甚密，熙晋才识和政绩亦非一般，柏心应举荐熙晋才是，但事实又截然相反。道光二十八年（1848），熙晋秩满归里，仍手不去图史，沉潜力学。柏心于道光二十四年（1844）乞养归，且孝闻乡里，博涉经史，肆力诗古文辞，学务笃实，与熙晋行事不谋而合：为官不图名利，不骛声华，治学笃实，重在经世致用。

熙晋任官之际，与之相交的还有萧山蔡聘珍、监利龚绍仁②、常州宋翔凤以及万承宗等。

蔡聘珍在道光二十七年（1847）丁未为熙晋作《春秋规过考信序》云：

……与盲左相发明，是乃《春秋》之功臣，光伯之知己，武库之谅友，虽杜孔二氏复生，亦当心折而无可置喙，请即付剞劂，俾后来之读《春秋》者得有指归。③

蔡聘珍于史无传，清人徐世昌《清诗汇》诗人小传"蔡聘珍"条云：

蔡聘珍，字迪椽，萧山人，嘉庆庚午举人，官湖北长乐知县，有《小诗航诗钞》。④

今观其诗，亦无与陈应和之作。蔡聘珍为嘉庆庚午（即嘉庆十五年，1810

---

① （清）王柏心：《百柱堂全集》，卷十二，《续修四库全书》，集部，第 1527 册，上海：上海古籍出版社，2002 年，第 241 页。
② 龚绍仁，史无传，陈熙晋《征帆集》卷首龚绍仁题辞自称是监利人，详见《征帆集》卷首序言部分。
③ （清）陈熙晋：《春秋规过考信》，卷首，清光绪十五年（1889）广雅书局刻，国家图书馆藏本。
④ （清）徐世昌辑：《清诗汇》，卷一百二十一，北京：北京出版社，1996 年，第 1914 页。

年)举人,科取亦早熙晋数年,应该年长于熙晋,观《序》中,蔡称陈为西桥先生,盛誉熙晋《考信》为"指归"之作,倍为推崇,二人当有交游。

又,蔡聘珍于道光二十六年(1846)为熙晋作《征帆集》序,云:

> ……兹读西桥先生《征帆集》而愈憬然矣。先生以经儒硕德筮仕黔中……辱荷先生谬谠不才,为道义文字交,彼此偶有所得,每互相参证忘形骸……①

蔡聘珍言"彼此偶有所得,每互相参证忘形骸",据此,陈、蔡二人有交游。

王柏心于道光丙午(道光二十六年)中秋为熙晋作《征帆集》序,云:

> ……先生与蔡篴椽大令为道义文字交,柏心缘大令而得读先生诗,先生又于大令书中谬称谠柏心为能诗……监利王柏心书于鄂城寓斋。②

上文蔡篴椽即指蔡聘珍,可知,陈、王、蔡三人皆有交游。

龚绍仁为熙晋作《春秋述义拾遗跋》,云:

> 然高山仰止,景行行止,仁独何人?岂无心哉?谨约是书之旨,还以质诸先生,先生必有以教我也……后学龚绍仁。③

龚绍仁,史不立传,《清史列传》卷七十三《王柏心传》提及:

> 柏心复与胡大任、龚绍仁共为赞议,期于益国,便民至今。④

可知龚绍仁亦为当时一位俊才之士,与王柏心为同僚,于熙晋谦称"后学",则龚曾应问学于熙晋,二人应为师友关系。

---

① (清)陈熙晋:《征帆集》,卷首,清咸丰元年(1851)刻本,国家图书馆藏本。
② (清)陈熙晋:《征帆集》,卷首,清咸丰元年(1851)刻本,国家图书馆藏本。
③ (清)陈熙晋:《春秋述义拾遗》,卷末,清光绪十七年(1891)正月广雅书局校刻,国家图书馆藏本。
④ 不著撰者:《清史列传》,卷七十三,第105册,周俊富辑,清国史馆原编:《清代传记丛刊》(综录类2),台北:明文出版社,1985年,第91页。

龚绍仁为熙晋《征帆集》题辞：

> ……艰哉吏道迫,谁惜《大雅》渝。我公砥中流,凤来观国宾。文章接正始,忠孝迈人伦……①

从诗句可观,龚对陈是极为崇敬的。

宋翔凤于道光三十年(1850)为熙晋作《春秋规过考信叙》：

> ……正义伸杜抑刘,是疏家之体,其文具在好学深思,瑕瑜自见,此西桥先生《考信》之所为作也……绅绎兼句,叹为渊海,然就师承,间有疑义,如汉之大儒董生言："春者天之所为,正者王之所为,王者上承天之所为,下以正其所为,此夏时冠周月说所由出,唐虞三代皆存,二王后以通三统正朔,三而改其来,自古秦以建亥为正,而太初历未定,闰月皆在岁终,与归余之义亦难可通,秦之变古易常,宜儒者所不道。左氏为不传《春秋》,复鄙心之所执,惟厥数事,未感雷同,姑存斯理以俟后来。②

宋翔凤此叙,与龚、蔡二人不同,略持异议。宋翔凤,《清史稿》卷四百八十二有传：

> 宋翔凤,字于庭,常州人,嘉庆五年举人,官湖南新宁县知县,亦庄述祖之甥,述祖有"刘甥可师,宋甥可友"之语,刘谓逢禄,宋谓翔凤也。翔凤通训诂名物,志在西汉家法,微言大义,得庄氏之真传……咸丰九年,重赋鹿鸣,逾年卒,年八十二。③

据上述,翔凤卒于咸丰十年(1860),且卒年为八十二,则其生年应为乾隆四十三年(1778),早于熙晋十三年。若二人有交游,翔凤宜居熙晋师辈之列,且翔凤之学出于庄述祖。《清史稿》载述祖"覃思独辟,洞见本末,著述皆义理

---

① (清)陈熙晋：《征帆集》,卷首,清咸丰元年(1851)刻本,国家图书馆藏本。
② (清)陈熙晋：《春秋规过考信》,卷首,清光绪十五年(1889)广雅书局刻,国家图书馆藏本。
③ (清)赵尔巽：《清史稿》,卷四百八十二,第43册,北京：中华书局,1976年,第13268页。

宏达,前贤未有",①庄为乾嘉时期知名学者,翔凤之学授于述祖,又有《过庭录》传世,学力颇深,故翔凤对陈氏《规过考信》盛誉外兼有质疑,亦为颇见根底之论,比之龚、蔡二人更为中肯。按:王柏心《全集》载,熙晋于道光二十八年(1848)致仕归养,卧病中仍"手不去图史",可见,此时熙晋于治学犹勤而不辍。故道光三十年(1850)宋翔凤为其作序时,陈亦当有就质疑滞、求教蒙训之意。从此管窥,宋氏庄学恐怕对陈也有一定的影响。因此,二人当有交游,但不得确考。

万承宗于道光三十年为熙晋作《征帆集》序:

> 《征帆集》者,西桥大兄先生运铅时作也。余尝与同宦黔中,悉其治行称最而未获一聆,其学洎守吾楚彝陵,省垣聚晤,备闻绪论,于经史靡不淹贯……②

据此,万承宗与熙晋曾为同僚,其对熙晋的评述与王柏心等人不爽毫厘。

又,自称是骆宾王后裔的义乌松林骆祖攀于咸丰三年(1853)为陈氏《骆临海集笺注》作《跋》:

> 余祖于千载下又受知于先生,非偶然也。由是观之,余祖之受知,始于中宗,继以诸先贤,而终之有西桥先生,遂令余祖为不朽之完人。③

骆祖攀为熙晋之同里乡人,在熙晋殁后两年作此跋。祖攀自称为宾王后裔,自然出于感激与倾慕之心,将熙晋与唐中宗以及历代先贤并举,且认为陈氏注骆乃是功莫大焉之举。骆祖攀名不见经传,但通过跋文内容及其风格来看,祖攀当为骆氏家族中的文学贤良之士,对陈氏的学问根底断不会没有了解。

综上,陈熙晋学贯古今、博通经史,与人交游不好声华,不戚戚于仕进和

---

① (清)赵尔巽:《清史稿》,卷四百八十一,第43册,北京:中华书局,1976年,第13215页。
② (清)陈熙晋:《征帆集》,卷首,清咸丰元年(1851)刻本,国家图书馆藏本。
③ (清)陈熙晋:《骆临海集笺注》,附录,上海:上海古籍出版社,1985年,第424页。

名利，而倾心致力于学问，其学识和见解多为交游中人所称道和推崇。

第三节　学统与治学思想

一、与文端公关系辨正

据前文可知陈熙晋生于乾隆五十六年（1791），卒于咸丰元年（1851）。因此，可把陈熙晋的生平事迹与治学的主要时期置于嘉、道两朝来考察。

就陈氏与其入仕举荐者，即督学文端公之关系而言，晚清王柏心《百柱堂全集》卷四十载：

> 汪文端公继视学，按试金华阖郡，诸生列超等者一人而已，即公卷也。次日文端持视诸生，大奖誉以国士目之。嘉庆己卯科考，取优贡生；庚辰朝考，充镶黄旗教习。文端喜公……因发其箧，尽读之……官学期满，引见以知县用。道光五年，拣发州……文端公致书相勉，大旨言砥节力政，锄豪强，兴教养，行之以实，守之以恒……公遂恪守此训。①

从上可知，文端公为熙晋科考入仕的举荐者，其作用举足轻重。然文端公究竟为何人，王柏心在此并未明言，似难确知，而朱一新《拟国史儒林文苑传稿》云：

> 侍郎汪由敦督学浙江，奇其文有国士之目，举优贡生，尽发所蓄书，恣披阅，学益进。②

---

① （清）王柏心：《百柱堂全集》，卷四十，《续修四库全书》，集部，第 1527 册，上海：上海古籍出版社，2002 年，第 625 页。
② （清）朱一新：《拙盫丛稿》之《佩弦斋杂存》，卷上，沈云龙主编：《近代中国史料丛刊》第二十八辑，第 272 册，台北：文海出版社，1966 年，第 1568～1569 页。

今人屠旭云等也沿用朱一新此说,①即认为汪文端为汪由敦,但是经笔者多方核实,事实并非如此。与陈熙晋所处同代且做到侍郎一级、殁后谥号均为"文端"者有三人,即汪由敦、王杰和汪廷珍,现在分别以"××侍郎""汪文端(公)""督学浙江""按试金华"等几个关键词入手,对三人的仕履形迹和卒年做如下考析:

1. 汪由敦

清钱维成《加赠太子太师吏部尚书谥文端汪由敦传》载:

> 汪由敦,字师茗,安徽休宁人,雍正元年疏荐引见……二年三月举顺天乡试,八月成进士……乾隆元年入直南书房……三年授吏部左侍郎……调兵部左侍郎……九年转户部右侍郎……二十二年转吏部尚书,二十三年正月卒于官,年六十七,谥文端。②

清钱成群《光禄大夫太子太傅吏部尚书赠太子太师谥文端汪公墓志铭》载:

> 公讳由敦,字师茗,号谨堂,又号松泉居士,徽州休宁人……雍正二年……成进士……乾隆十四年……加太子太师……二十二年春,晋吏部尚书……明年正月,卧病……二十二日,知不起……口授遗疏……谥文端。③

《清史稿》卷二百二载:

> 汪由敦,字师茗,浙江钱塘人,原籍安徽休宁。雍正二年进士……乾隆二年……左授侍读学士……十六年,调户部侍郎……二

---

① 屠旭云:《鸿儒太守陈熙晋》,载《文史天地》,2004年第12期,第32~34页。
② (清)钱维成:《茶山文钞》,卷十一,《续修四库全书》,集部,第1443册,上海:上海古籍出版社,2002年,第74页。
③ (清)钱仪吉:《碑传集》,卷二十七,北京:中华书局,1993年,第899~900页。

十三年卒……谥文端。①

《清史列传》卷十九载：

汪由敦，浙江钱塘人，原籍徽州，雍正二年进士……乾隆元年充山东乡试正考官……六年……五月迁礼部右侍郎，九月调兵部左侍郎，十月充顺天武乡试正考官……九年调户部右侍郎，晋工部尚书，八月充顺天乡试正考官……二十年六月调工部尚书，十一月署吏部尚书，二十二年实授，二十三年卒……谥文端。②

《清七百名人传》③所载同上，此处从略。

《清史》载：

乾隆二十三年正月乙酉，汪由敦卒，壬子，刘统勋吏部尚书。④

综上可得，汪由敦卒于乾隆二十三年(1758)，谥文端，祖籍安徽休宁，后移居浙江钱塘，曾官任户、礼、兵部侍郎；《清史列传》又载其充任山东、顺天等地文武乡试考官，但无"督学浙江"或"按试金华"诸语。由敦卒于乾隆二十三年，据前文，熙晋生于乾隆五十六年(1791)，则由敦卒时，熙晋还未出生，怎么会有举荐之事？朱一新与熙晋同乡而异代，时隔久远，判断有误，今人不加考证，遂以讹传讹。

2. 王杰

《清史列传》卷二十六载：

王杰，陕西韩城人，乾隆十八年选拔贡生……二十九年提督福

---

① （清）赵尔巽：《清史稿》，卷二百二十，第35册，北京：中华书局，1976年，第10456～10458页。
② 不著撰者：《清史列传》，卷十九，第98册，周骏富辑，清国史馆原编：《清代传记丛刊》（综录类2），台北：明文出版社，1985年，第297～300页。
③ 蔡冠洛：《清七百名人传》，沈云龙主编：《近代中国史料丛刊》第六十三辑，第623册，台北：文海出版社，1966年，第139页。
④ 张其昀等编：《清史》（四），《仁寿本二十六史》，台北：成文出版社，1961年，第2150页。

建学政……三十六年……晋内阁学士兼礼部侍郎,充江西乡试正考官,旋督学政,三十九年署工部右侍郎……四十一年仍督学浙江,四十二年回京署礼部右侍郎,转吏部右侍郎,仍兼署礼部右侍郎……四十四年二月转吏部右侍郎……四十五年……复奉命督学浙江……嘉庆元年□疾乞退……七年以病请致仕……十年正月初七日召见……初十日杰卒于邸舍……赠太子太师,入祀贤良……谥文端。①

《清史稿》卷三百四十载:

王杰,字伟人,陕西韩城人,以拔贡生考铨蓝田教谕……嘉庆元年,以足疾乞免军机、书房及管理部事……九年,杰与妻并年八十……明年正月,卒于京邸……赠□太子太师……谥文端。②

《清七百名人传》载:

王杰,字伟人,号惺园,一号畏堂,陕西韩城人,乾隆十八年选拔贡生……嘉庆元年以骹疾乞退上书房军机处及兼管礼部各任……十年正月初七日召见,初十日卒于邸舍……赠太子太师……谥文端。③

清姚鼐《光禄大夫东阁大学士王文端公神道碑》云:

公讳杰,字伟人,姓王氏,先世居山西洪洞,迁陕西韩城。居五世……长以拔贡生得教谕未任……嘉庆七年,公以老病乞休……十年正月十日薨于京邸……赠太子太师……谥曰文端。④

---

① 不著撰者:《清史列传》,卷十九,第 99 册,周俊富辑,清国史馆原编:《清代传记丛刊》(综录类 2),台北:明文出版社,1985 年,第 166~174 页。
② (清)赵尔巽:《清史稿》,卷三百四十,第 37 册,北京:中华书局,1976 年,第 11085~11088 页。
③ (清)蔡冠洛:《清七百名人传》第一编,沈云龙主编:《近代中国史料丛刊》第 63 辑,台北:文海出版社,1966 年,第 185~188 页。
④ (清)钱仪吉:《碑传集》,卷二十七,北京:中华书局,1993 年,第 942~943 页。

清朱珪《东阁大学士文端王公杰墓志铭》云：

> 韩城王相国，受两朝恩遇，嘉庆七年年七十有八矣。以老疾屡陈告休……乙丑（嘉庆十年）正月……以考终闻。……赠太子太师……谥文端。……公讳杰，字伟人，号惺园，晚号葆淳，王氏先自洪洞迁韩城……公生于雍正三年……终于嘉庆十年乙丑正月……①

综上可得，王杰，陕西韩城人，卒于嘉庆十年（1805），谥文端，曾任吏、户、礼、刑、工部侍郎，且于乾隆四十一年（1776）、四十五年（1780）两次督学浙江，似与朱一新所言相合。按：王柏心《百柱堂全集》云："（熙晋）年十三……补博士弟子……汪文端公继视学，按试金华阖郡……举以国士目之"；熙晋生于乾隆五十六年（1791），则其十三岁时适为嘉庆八年（1803），而王杰已于嘉庆七年（1802）以病致仕，无由赴浙江督学按试，且最后一次督学浙江在乾隆四十五年（1780），此时熙晋尚未出生，故假如王柏心笔下有误，误"王"姓为"汪"姓，按上述两种情形，也都不会与熙晋相遇。《百柱堂全集》又云："道光五年，拣发贵州……文端公致书相勉，云云"，按：王杰于嘉庆十年（1805）卒，即使与熙晋有交游，也断不会于道光五年（1825）"致书相勉"，前后事实相乖忤。由此可得，柏心所谓之文端公亦非王杰。

3. 汪廷珍

《清史稿》卷三百六十四载：

> 汪廷珍，字瑟庵，江苏山阳人，少孤……力学……成乾隆五十四年一甲二名进士，授编修……嘉庆元年……擢侍读讲学士……督安徽学政，任满复督江西学政，累迁侍读学士、太仆寺卿、内阁学士，皆留任。……十六年授礼部侍郎，复直上书房，侍宣宗学……十八年典浙江乡试，留学政，任满回京……二十三年迁礼部尚书……道光二年典会试，教习庶吉士……二十四年……坐率忽，降侍郎，逾年复

---

① （清）钱仪吉：《碑传集》，卷二十七，北京：中华书局，1993年，第940~941页。

授礼部尚书……五年回京，协办大学士，七年卒……赠太子太师，入祀贤良祠……谥文端。①

《清史列传》卷三十四载：

汪廷珍，江苏山阳人，乾隆五十四年一甲二名进士，授翰林院编修……嘉庆八年……四月升内阁学士兼礼部侍郎……十六年五月充教习庶吉士，十一月擢礼部右侍郎……十八年……六月充浙江乡试正考官，八月旋授浙江学政，九月转左侍郎，二十一年任满回京……二十四年充殿试读卷官……八月署吏部尚书……十月降补礼部左侍郎，二十五年三月复授都察院左都御史，四月充殿试读卷官总裁……七年闰五月因病乞假……七月卒……谥文端。②

《国朝先正事略》卷二十二载：

公讳廷珍，字瑟庵，江苏山阳人，年十二岁而孤……乾隆乙酉（即五十四年）一甲二名进士……其后督学江西及浙江……道光二年，命典礼部试……三年二月奉手敕……是年仍礼部试，所得多知名士……八年薨……予谥曰文端。③

《续碑传集》卷三收《淮安府志》"汪廷珍传"云：

汪廷珍，字玉粲，号瑟庵，其先自徽州来迁……早孤家贫，攻苦力学，志趣高简，不事声气结纳……乾隆己酉（即五十四年）会试以一甲第二人及第，授编修……道光三年临雍礼……五年授协办大学

---

① （清）赵尔巽：《清史稿》，卷三百六十四，第38册，北京：中华书局，1976年，第11424~11426页。
② 不著撰者：《清史列传》，卷三十四，第100册，周俊富辑，清国史馆原编：《清代传记丛刊》（综录类2），台北：明文出版社，1985年，第161~166页。
③ （清）李元度：《国朝先正事略》，卷二十三，沈云龙主编：《近代中国史料丛刊》第12辑，第111册，台北：文海出版社，1966年，第1156~1158页。

士。卒赠太子太师……谥文端。①

《国朝耆献类征初编》卷三十八收姚莹《小录》载：

> 协办大学士礼部尚书山阳汪公廷珍，乾隆己酉一甲第二人及第，典试文衡者二十余年，学行文章天下仰之……道光三年二月十七日晋加……于师道、臣道可谓兼备……七年卒，谥文端。②

综上可得，汪廷珍，字瑟庵或玉粲，江苏山阳人，嘉庆十六年（1811）授礼部侍郎，十八年（1813）典浙江乡试，留学政，即朱一新所谓"督学浙江"，二十四年（1819）充殿试读卷官，复授礼部尚书，又署吏部尚书，道光二年（1822）典会试、教习庶吉士，七年（1827）卒。按：《国朝先正事略》又作（道光）八年（1828）卒，谥文端。

据《中国历代官制》载：各省设有提督学政一名，由中央各部院中进士出身的官员担任，掌管学校政令、省内科举，选拔贤能；又，学政使负有向清廷举优秀生员之责，因荐举方式不同，所荐生员分为岁贡、优贡、拔贡、恩贡、副贡，称为五贡。③ 按：王柏心《百柱堂全集》卷四十云，"汪文端公按试金华阖郡"，据上述记载，应为嘉庆十八年（1813）。是年，廷珍又"留学政"于浙江。因此，廷珍身为浙江学政，奖掖和提携熙晋也是职内之事，符合朱一新所言之"举优贡生，尽发所学蓄书"。《百柱堂全集》卷四十又云："己卯科考，取优贡生；庚辰朝考，充镶黄旗教习。"己卯为嘉庆二十四年（1819），庚辰为嘉庆二十五年（1820），据《清史稿》载，嘉庆二十四年和嘉庆二十五年，廷珍分别任吏部尚书、礼部左侍郎、都察院左都御史、殿试读卷官、实录馆总裁。加之廷珍对熙晋的学识推崇备至，诚如朱一新所言"举优贡生"，是顺理成章之事。《百柱堂全集》卷四十："道光五年，拣发贵州，文端公致书相勉。"廷珍又最早卒于道光

---

① （清）缪荃孙：《续碑传集》，卷三，沈云龙主编：《近代中国史料丛刊》第 99 辑，第 991 册，台北：文海出版社，1966 年，第 981 页。
② （清）李桓辑：《国朝耆献类征初编》，卷三十八，周俊富辑，清国史馆原编：《清代传记丛刊》（综录类 7），第 140 册，台北：明文书局，1985 年，第 266 页。
③ 孔令纪、邓晓军等编：《中国历代官制》，济南：齐鲁书社，1993 年，第 355、370 页。

七年（1827），故从时序上而言，道光五年（1825）廷珍致书相勉应该是非常可能的。廷珍"服用俭朴""立趣简高""不事声气"，且《百柱堂全集》又云其致书熙晋曰："兴教养，行之以实，守之以恒。"由此考见，文端公前后言行一致，熙晋为官之勤勉，盖于廷珍的谆谆教导亦不无关系。

综上所述，王柏心所言之汪文端公实为山阳人汪廷珍，字瑟庵或玉粲，历仕乾隆、嘉庆、道光三朝，官至礼部尚书等职，学术宏富，应为陈熙晋进学业师和入仕的举荐人。

二、学统问题

陈熙晋学统，即其师学承传，于史籍不详，江潘《汉学师承记》亦不见载。今就所见，略论一二，俟方家指正。陈氏从学经过，有如下记载：

《百柱堂全集》卷四十：

> 少而凝重宽博，处童稚中嶷然有远大器，赠公奇爱焉，负之入塾，封公督课甚严。
>
> 年十三，以《冬笋赋》受知刘金门学，使补博士弟子，食饩。
>
> 文端喜公，至延课其孙，遂历主朝贤钜公宅，得窥秘藏诸籍，因发其箧，尽读之，穷日夜，谢人事，总览博稽，钩探研索，皆穷其本原而竟其端绪。骛文所入，悉购奇书，渔猎寝馈，略无遗漏。出与耆儒硕彦相质证，则鸿通渊雅，本末该洽，诵述如流，辩议不穷，浩浩乎无有涯涘，诸生皆大惊，叹为匡刘复生。
>
> 它无所嗜，惟喜读书，俸入皆市简籍，终其身未尝一日释卷。①

《清史稿》卷四百八十一：

> 熙晋邃于学，积书数万卷，订疑纠谬，务穷竟原委，取材精审。②

---

① （清）王柏心：《百柱堂全集》，卷四十，《续修四库全书》，集部，第 1527 册，上海：上海古籍出版社，2002 年，第 625 页。
② （清）赵尔巽：《清史稿》，卷四百八十一，第 41 册，北京：中华书局，1976 年，第 13221 页。

故吴晗于《江浙藏书家史略》中,把熙晋列为清代两浙藏书家之一①,且熙晋《春秋规过考信自叙》中署名自己的书斋为"愿规我过之斋"。② 按:郑伟章《文献家通考》云,"熙晋藏书处为日损斋",据上则非。《日损斋笔记》为元黄溍著,熙晋复考证,名曰《日损斋笔记考证》,此处郑先生之误恐出于此。

从上述有限的记载来看,封公为熙晋之启蒙业师,其姓氏不可确考,而熙晋师承何人又载之不详,但凭借与汪廷珍的关系,遍阅群书;又多与"耆儒硕彦"相质证,此处所言之"耆儒"与"硕彦"亦难确知其名姓。但我们可以推断,熙晋在官学这一时期,经过刻苦的攻读,学问与昔日相比,可谓大进,这应得力于汪廷珍的赏识和提携。考汪廷珍,据载,"少游任子田、李晴山两先生之门",③任子田、李晴山今已无考,但从中看出,廷珍学有所出。

《续碑传集》:

> 廷珍于书无所不窥,尤深于经术,十二经义疏皆能阅诵,居平讲学,不袒汉宋,一本义理为折中,其他民情政治之大,下及舆地、名物、算数、方技无不曲究其蕴。④

《清史稿》卷三百六十四:

> 廷珍学有根底,初为祭酒,以师道自居,选成《均课士录》,教学者立言以义法,力戒模拟剽窃之习;及官学政,为《学约》五则以训士:曰辩涂、曰端本、曰敬业、曰裁伪、曰自立;与士语,谆谆如父兄之于子弟;所刻试牍取《易》修辞之旨,曰《立诚编》,士风为之一变。⑤

---

① 吴晗:《江浙藏书家史略》,中华书局,1981年,第81页。
② (清)陈熙晋:《春秋规过考信》,卷首,清光绪十五年(1889)广雅书局刻,国家图书馆藏本。
③ (清)李元度:《国朝先正事略》,卷二十三,沈云龙主编,《近代中国史料丛刊》第12辑,第111册,台北:文海出版社,1966年,第1156页。
④ 缪荃孙:《续碑传集》,卷三,沈云龙主编,《近代中国史料丛刊》第99辑,第991册,台北:文海出版社,1966年,第981页。
⑤ 赵尔巽:《清史稿》,卷三百六十四,第38册,北京:中华书局,1976年,第11424~11425页。

大学士阮元服其多闻渊博,劝著书。廷珍曰:"六经之奥,昔人先我言之,更何以长语相溷?读书所以析义,要归于中有所主而已。"①

廷珍熟识经学,与当时著名学者阮元似有学术往来,又以师道自居,多携后进,其治学旨趣虽然不在于著书立说,却善于"折中""析义",学重精审,与熙晋治学门径似相吻合。故熙晋之学似与汪氏相佐,或出其门下,可惜熙晋文集已经散失,他处亦不能获知。

清末夏孙桐《拟〈清儒学案〉凡例》云:

> 史传附见之人,或以时地相近,或以学派相同,牵连所及;学案附见者必其渊源有自,始能载入;凡潜修不矜声气,遗书晦而罕传者,既未能立专案,苦于附丽无从,皆立诸儒案中。②

清末徐世昌《清儒学案·诸儒学案一》卷首云:

> 汉宋之学,例重师承,全书于诸儒授受源流,已详如记述矣。具有潜修自得,或师传莫考,或绍述无人,各省中似此者尚复不少,今特别为一类。③

陈熙晋又见载于《清儒学案·诸儒学案九》④,参考上述两例,夏、徐二人立诸儒案的依据是"附丽无从""潜修自得"或"师传莫考",更重要的一点,即"绍述无人",与前文朱一新所云熙晋"远宦黔南,交游中胜流甚鲜"这一事实颇能吻合。可见,熙晋的师承于当时即不确知。

梁启超《论中国学术思想变迁之大势》云:

> 第三期(梁氏指清道、咸、同间)天下渐多事,监者稍稍弛。而国

---

① 赵尔巽:《清史稿》,卷三百六十四,第38册,北京:中华书局,1976年,第11426页。
② (清)陈祖武:《清儒学案拾零》,长沙:湖南人民出版社,2002年,第345页。
③ (清)陈祖武:《清儒学案拾零》,长沙:湖南人民出版社,2002年,第354页。
④ 不著撰者:《清儒学案小传》,周骏富辑,清国史馆原编:《清代传记丛刊》(学林类),第5册,台北:明文书局,1985年,第613页。

中方以治经为最高之名誉，学者尤以不附名经师为耻，故别出一途以自重。①

熙晋所处的时代为上继乾嘉学风余绪的道、咸时期，所处地域为浙东一带。熙晋入仕为嘉庆二十四年（1819），即熙晋二十九岁以前受业于故乡义乌县刘金门学（刘金门学今无考），补博士弟子。浙东亦为过去乾嘉之学的重镇之一，前辈学者以及与熙晋同时之学者，对于像他这样一个勤苦用功的学人志士而言，也会有一定的影响。观其《骆临海集笺注》中考据，亦多举朱彝尊、王念孙、段玉裁等清代诸贤之说，至少可以证明：熙晋对于前辈学者的成果颇为留心。观其一生的著述，如《春秋规过考信》《春秋述义拾遗》《日损斋笔记考证》等亦多致力于考证之作。故推测，熙晋之学诚如梁启超所言"别出一途"，此为一种可能；第二种可能，即熙晋师出有门，即便未亲投其门，但心内许之，遂成附庸。近人程继红认为"陈熙晋是清道、咸时期浙东婺州朴学派的代表人物"，②但未能详言其师出门派和学统。

综上可知，熙晋一生嗜书力学，其师承今无确考，其为官和治学与道光朝礼部尚书汪廷珍关系尤大，亦受乾嘉考据学风的影响，一生勤于考证和著述，可称为享誉一方的经史学家、藏书家。

三、治学思想

陈熙晋生于乾隆末期，嘉庆己卯（1819）科取优贡之时已经是二十九岁，接近而立之年，次年又入教习官学，得到大臣汪廷珍在学问上的帮助，而且多与"耆儒硕彦"相问道。可以想见，熙晋在道光五年（1825）任官之前的这段经历，是他后来从事学问的奠基阶段。"乾嘉两朝，汉学思想正达于最高潮，学术界全部几乎都被他（指"汉学"）占领"③，而熙晋年富力强之时，正是乾嘉汉

---

① 梁启超：《饮冰室文集》之七，北京：中华书局，1989年，第102页。
② 程继红：《陈熙晋〈春秋规过考信〉申刘炫以驳孔颖达述例》，"摘要"部分，载《浙江海洋学院学报》人文科学版，2017年第34卷第1期，第50页。
③ 梁启超：《中国近三百年学术史》，北京：东方出版社，2003年，第23页。

学兴盛之最后阶段,应该受其影响和启发。

梁启超云:

> 古典考证学,总以乾嘉两朝为全盛时期,以后便渐渐蜕变,而且大部分趋于衰落了。①

据梁启超总结,道、咸时期乾嘉学风蜕变衰落的原因为:其一,国内民族矛盾、阶级矛盾纷起,尤以洪杨之乱为著;其二,鸦片战争的发生;其三,宋学复兴、西学之讲求、排满思想之引动②。王柏心记载,陈熙晋于道光五年(1825)入仕,其重要的经学著作如《春秋规过考信》《春秋述义拾遗》《古文孝经述义》等,皆守宜昌时而成书,《日损斋笔记考证》为致仕归养后病中所著。从道光五年(1825)到咸丰元年(1851),这二十多年是晚清动荡的政治局势在酝酿中渐至形成的时期,诚如梁启超所述的那三种情形,都于传统的学术不利。熙晋于道光二十一年(1841)任湖北宜昌知府,其时鸦片战争爆发已达一年,又如梁氏所云,"此时大部分学者依然继续他们的考证工作"③,熙晋又远宦黔鄂一带,远离局势变幻的地区,且身为中下层的地方官吏,一般而言,于国家政局无足轻重,故能潜心于学问。其《重建宜昌府署纪》云:

> 鲁语曰:"署者,大位之表也。"后世以官舍为署,昉于此。夫非有署曷有位?非有位曷有表?宣上德而达下情,发号施令皆于是。平在闲闶,阶序井如秩如,非徒以壮观瞻,乃所以肃体制也。④

熙晋文集今已大半散佚,此为当前能见到的一篇关于熙晋陈述自己政见的文章。从中看出,熙晋为官之志在于正名位、立表和肃整体制,恪守"宣上德而达下情""发号施令"的封建朝廷训诫,盖熙晋似乎属于如梁启超所谓"绝

---

① 梁启超:《中国近三百年学术史》,北京:东方出版社,2003年,第26页。
② 梁启超:《中国近三百年学术史》,北京:东方出版社,2003年,第26~29页。
③ 梁启超:《中国近三百年学术史》,北京:东方出版社,2003年,第26页。
④ (清)聂光銮修、王柏心纂:《宜昌府志》,卷十四,台北:成文出版社,1970年,第734页。

对不问政治"①的学者。

王柏心《全集》卷四十：

> 公于学极邃，尤以致远为务达经济，□文献，稽证群籍，订疑纠误，归于至当，不务智，不炫博，取精审而已，惟不治天文、历算，曰："此自有专家，非可岁月竟也。"②

梁启超在给乾嘉朴学下定义时云：

> 当时学者，以此种学风相矜尚，自命曰"朴学"，其学问之中坚，则经学也。经学之附庸，则小学，以次及于史学、天算学、地理学、音韵学、律吕学、金石学、校勘学等等，一皆以此种精神治之。③

梁氏在给乾嘉学风命义时又囊括了十条原则，其一曰：凡立一义，必凭证据；其八曰：辩法以本问题为范围，词旨务笃实温厚；其九曰：喜专治一业，为窄而深的研究。王柏心所载，熙晋之"稽证群籍""不炫博""不治天文、历算"这一事实，颇合于梁氏之言。综观熙晋一生治经侧重于《春秋左传》，则熙晋之学自然上承乾嘉余绪，应属于朴学范畴。今据《清史稿》稍事说明，其卷四百八十一：

> 尝谓杜预解《左氏》有三蔽，刘光伯规之，而书久佚。惟《正义》引一百七十三事，孔颖达皆以为非，乃刺取经史百家及近儒著述，以明刘义，其杜非而刘是者申之，杜是而刘非者释之，杜刘两说义俱未安，则证诸群言，断以己意，成《春秋规过考信》九卷。又谓《隋·经籍志》载光伯《左氏述义》四十卷，不及《规过》，据孔颖达《序》称习杜义而攻杜氏，疑《规过》即在《述义》中，《旧唐书·经籍志》载《述义》三十七卷，较《隋志》少三卷，而多《规过》三卷，此其证也。《正义》于

---

① 梁启超：《中国近三百年学术史》，北京：东方出版社，2003年，第26页。
② （清）王柏心：《百柱堂全集》，卷四十，《续修四库全书》，集部，第1527册，上海：上海古籍出版社，2002年，第627页。
③ 梁启超：《清代学术概论》，北京：中华书局，2010年，第70页。

规杜一百七十三事外，又得一百四十三事，盖皆《述义》之文，其异杜者三十事，驳正甚少，殆唐初奉敕删定，著为令典，党同伐异，势会使然，乃参稽得失，援据群言，成《春秋述义拾遗》八卷。①

所谓杜氏"三蔽"，陈熙晋《自叙》云：其一为"杜氏锐于立言，疏于稽古"；其二为"杜氏之解不详，所自古字、古言诸多散佚，家法、师法鲜所依据，架空立义"；其三，笔者认为最能体现陈氏的治学思想，即陈氏云：

> 贾景伯以刘氏征尧后，何邵公以获麟验汉瑞，冲远诋其趋时媚世，曾不稍贷。杜氏祖父并仕当途，身为司马氏贵婿，废芳弑髦，事涉不韪，但求固宠于当世，不恤厚诬乎古人。宋贬孔父以称名为有罪，齐纵催杼以讨贼为伐丧。郑祭仲实易君位，乃谓见诱不称行人。公子憖欲抑臣权，乃谓谋乱还不复位……齐侯围郓而曰郓人自服，务掩意如之恶……非其例，其蔽三也。②

对于杜氏第三蔽，蔡聘珍又云：

> ……元凯，晋臣也，又为司马家婿，非不明纲常名教之大义，而迫于时势，故其注《春秋》，处处恐触忌讳，不顾乱臣贼子之大防……是预为晋室功臣，实《春秋》之罪人也。陈寿仕晋，承诏作《三国史》，以晋假禅受而取天下于曹氏，无殊魏之承汉，势不得不崇魏黜蜀，崇魏即以尊本朝也；司马温公作《通鉴》，帝魏寇蜀，诚以艺祖黄袍加身，亦假禅受而得柴氏之天下，欲讳本朝之诡，取不得不以历朝之篡弑者而并讳之。迨南渡后，世迁时贸，禁忌渐疏，得紫阳纲目，帝汉黜魏而反正也，遂成千古信史，若夫注经虽不能不顾所处时势而于纲常名节之所系，断不可因时势而显悖义理……是孟子所谓"异端"

---

① （清）赵尔巽：《清史稿》，卷四百八十一，第41册，北京：中华书局，1976年，第13221～13222页。

② （清）陈熙晋：《春秋规过考信》，卷首，清光绪十五年（1889）广雅书局刻，国家图书馆藏本。

诐邪,将使忠节寒心,乱贼亦无顾忌矣。①

近代著名学者章太炎云:

> 杜预《左氏集解》今人皆知其非矣,然亦非尽无师法也。……《后汉·儒林传》云:谢该字文仪,善明《春秋左氏》……然则预之学远承谢氏,盖其训诂或本之,而攻击刘、贾诸儒,则预自行其意也。②

据陈熙晋《辑录春秋规过考信条例》称:历代纠杜预《左氏集解》有元代赵汸,明代邵宝、陆粲、傅逊,清代顾炎武、惠栋、顾栋高、姚鼐、焦循、马宗梿等皆有巨作,故熙晋于《辑录》末云:"凡所征引,皆河间之说为多,博稽众家,藉求真是,于《春秋》之学,不无小助云尔。"③盖知熙晋治《春秋》之学问,乃集采众家,发明己意,尤以澄清史实,"求真是"于稽古考证,申大义于微言,体现出一个正直落拓的封建士大夫学者的胸怀和精神品质,亦是陈氏治学思想之所在。此点在其《骆临海集笺注》中亦深有体现。

《笺注》自序云:

> 临海,志士也,非文士也。杨用修有言:"孔北海与建安七子并称,骆宾王与垂拱四杰为例。以文章之末技,掩立身之大闲,可惜也。"……北海志乎汉……临海志乎唐,垂拱,武氏纪年也……北海糜身,无救于炎祚。临海倡明大义,志卒伸于二十一年之后,非直北海比。唐史于临海,不传之忠义,而齐之王杨诸人,违其志矣。④

骆祖攀为陈氏作《临海集笺注》跋:

> 余祖临海公,草檄以声讨武后罪……今同里西桥先生,博通淹

---

① (清)陈熙晋:《春秋规过考信》,卷首,清光绪十五年(1889)广雅书局刻,国家图书馆藏本。
② (清)章太炎:《章太炎全集》(一),《膏兰室札记》,卷二,上海:上海人民出版社,1982年,第148页。
③ (清)陈熙晋:《春秋规过考信》,卷首,清光绪十五年(1889)广雅书局刻,国家图书馆藏本。
④ (清)陈熙晋:《骆临海集笺注》附录,上海:上海古籍出版社,1985年,第375页。

雅,乃于余祖之文集……阐幽微显,拔亘古不白之沉冤,比事属词,破当时无稽之妄议,继往开来,良工心苦,厥功可谓伟矣。①

综上,陈氏注骆的动机,不单为注释而注释,亦为骆宾王正名平反,拨正史讹,可谓用心良苦,与其治经思想同出一辙。梁启超所言"有清一代学术大抵述而无作,学而不思,故可谓之为思想最衰时代"②,此语对陈氏而言亦有待商榷。

第四节　著述稽考

陈熙晋著述,据《清史稿》卷四百八十一所载,有十一种:《春秋规过考信》九卷,《春秋述义拾遗》八卷,《古文孝经述义疏证》五卷,《帝王世纪》二卷,《贵州风土记》三十二卷,《黔中水道记》四卷,《宋大夫集笺注》三卷,《骆临海集笺注》十卷,《日损斋笔记考证》一卷,《文集》八卷,《征帆集》四卷。③ 又,《清史列传》卷六十八所载多出一种:《仁怀直隶厅志》二十卷。④

综合二史本传所载:陈氏著述凡十二种,于经、史、子、集均有涉猎,亦可谓著述等身。《骆临海集笺注》是陈氏名著,属于本书重点论述的一部分,待后文详述,此处从略。陈氏其他著述的卷帙分合和流传存佚等情况,诸家书目所载又有不同,现在分述如下:

1.《春秋规过考信》与《春秋述义拾遗》

《清史稿·艺文志·艺文一·春秋类通义之属》:

《春秋述义拾遗》九卷,《春秋规过考信》九卷,陈熙晋撰。⑤

---

① (清)陈熙晋:《骆临海集笺注》附录,上海:上海古籍出版社,1985年,第424页。
② 梁启超:《饮冰室文集》之七,北京:中华书局,1989年,第100页。
③ (清)赵尔巽:《清史稿》,卷四百八十一,第41册,北京:中华书局,1976年,第13221~13222页。
④ 不著撰者:《清史列传》,卷六十八,第104册,周俊富辑,清国史馆原编:《清代传记丛刊》(综录类2),台北:明文书局,1985年,第501~502页。
⑤ (清)赵尔巽:《清史稿》,卷一百四十五,第15册,中华书局,1976年,第4246页。

《清朝续文献通考·经籍二》：

《春秋左传述义拾遗》九卷，陈熙晋撰；《春秋左传规过考信》九卷，陈熙晋撰。①

《贩书偶记》卷二：

《春秋规过考信》九卷，义乌陈熙晋撰，光绪十五年广雅书局刊；《春秋述义拾遗》八卷，义乌陈熙晋撰，光绪十五年广雅书局刊。②

《清史稿·艺文志》与《续文献通考》所记《春秋述义拾遗》又比《清史稿》《清史列传》陈氏本传所各记卷数多出一卷。龚绍仁《春秋述义拾遗跋》云：

西桥先生博极群书，邃于经学，尤服膺河间刘氏，于《规过》外复得《春秋述义》一百四十三事，为之缀拾丛残，备引古今诸儒论说，与刘氏相发明者分隶其下，每事案之辩之，题目《述义拾遗》。于是刘氏之说焕若神明，复还旧观，且旁搜《隋志》、旧新《唐志》《玉海》《通志》《通考》诸书，作《河间刘氏书目考》一卷，附《拾遗》后。凡先生之于河间刘氏可谓勤矣。③

由龚《跋》知，《河间刘氏书目考》一卷乃附于《拾遗》之后，与《清史稿》《清史列传》本传所载的《春秋述义拾遗》八卷，二者相合，恰为九卷。盖二史本传与《贩书偶记》均载《春秋述义拾遗》卷数为八卷，乃未将《书目考》列为一卷。

2.《古文孝经述义拾遗疏证》

今人郭霭春《清史稿艺文志拾遗》（以下简称《拾遗》）：

---

① （清）刘锦藻：《清朝续文献通考·经籍二》，第二册，王云五纂：《万有文库》，第二集，十通，第七科，上海：商务印书馆，民国二十四年(1935)，第10037页。
② （清）孙殿起：《贩书偶记》，卷二，上海：上海书店1992年据正中书局民国三十七年(1948)版影印。
③ （清）陈熙晋：《春秋述义拾遗》，卷末，清光绪十七年(1891)广雅书局校刻，国家图书馆藏本。

> 《古文孝经述义拾遗疏证》五卷,陈熙晋撰。①

郭氏未标明书现存于何处,仅注明:"见《清史稿》卷四百八十一戚学标附传。"

3.《仁怀直隶厅志》

《清史稿艺文志补编》载:

> 《仁怀直隶厅志》八卷,陈熙晋撰。②

《订补〈海源阁藏书目〉五种》(以下简称《订补》)载:

> 《仁怀直隶厅志》二十卷,清陈熙晋纂修,清道光二十一年仁怀学署刻本,八册,鲁图。③

《订补》注明此书今存于鲁图,但两家所载卷数不一。按:《清史列传》《订补》两家所载皆为二十卷,则《补编》有误,当为二十卷。

4.《河间刘氏书目考》

王绍曾《清史稿艺文志拾遗》(以下简称《拾遗》)"史部"载:

> 《河间刘氏书目考》一卷,陈熙晋撰,《广雅书局丛书》本,北普。④

王绍曾标明是书今存于北京图书馆普通古籍部。按:《广雅书局丛书》"经类"载:《河间刘氏书目考》一卷,《春秋述义拾遗》附,⑤故王氏所言仍为《春秋述义拾遗》后附之目。

5.《帝王世纪》与《黔中水道记》

郭霭春《拾遗》称:

> 《帝王世纪》二卷,陈熙晋撰;《黔中水道记》四卷,陈熙晋撰;《贵

---

① 郭霭春编:《清史稿艺文志拾遗》,北京:华夏出版社,1999年,第25页。
② 章钰等编:《清史稿艺文志补编》,上册,北京:中华书局,1982年,第472页。
③ (清)杨绍和撰,杨保彝增补,王绍曾等整理:《订补〈海源阁藏书目〉五种》,济南:齐鲁书社,2002年,第883页。
④ 王绍曾编:《清史稿艺文志拾遗》,北京:中华书局,2000年,第965页。
⑤ 上海图书馆编:《中国丛书·综录2·子目》,上海:上海古籍出版社,2007年,第650页。

州风土记》三十二卷,陈熙晋撰。①

郭氏未标明陈氏纂《帝王世纪》现存何处,只注明:"见《清史稿》卷四百八十一戚学标附传。"关于《帝王世纪》,清宋翔凤有《帝王世纪集校》九卷,宋自序曰,"《隋书·经籍志》记有晋皇甫谧撰《帝王世纪》十卷,起三皇尽汉魏,自唐以后亡矣。今由旧书略加搜采,粗分卷帙校定,其文粲然可诵"云云。② 又,清光绪间钱保塘有《帝王世纪续补》,其序曰:"皇甫士安多见异书,去古未远,所撰《帝王世纪》虽久佚,然散见于诸书引用者尚多,所纪三代以前事,出入诸子纬候,间涉恢奇,往往出《史记》之外,足资考证。"③由此推知,陈氏《帝王世纪》可能是对皇甫谧《帝王世纪》的辑佚和考证。

《订补》载:

> 《黔中风土志》三十二卷,清钞本,六册,贵图。④

《订补》不署撰者,但标明此书现存贵州省图书馆。按:此与《清史稿》陈氏本传及其《艺文志》所记之《贵州风土记》三十二卷,卷数相同,书名稍异,但所记地域相同,又为清钞本,疑即陈氏之《贵州风土记》三十二卷,故郭霭春《拾遗》所记《贵州风土记》三十二卷似确有藏本,有待于进一步印证。

6.《日损斋笔记考证》

《贩书偶记续编》卷十一:

> 《日损斋笔记考证》一卷,同里陈熙晋考证,无刻书年月,约咸丰间刊。⑤

---

① 郭霭春编:《清史稿艺文志拾遗》,北京:华夏出版社,1999年,第44、53、52页。
② (晋)皇甫谧撰,(清)宋翔凤集校:《帝王世纪集校》,《续修四库全书》,第301册,上海:上海古籍出版社,2002年,第1页。
③ (清)钱保塘辑撰:《帝王世纪续补》,《续修四库全书》,第301册,上海:上海古籍出版社,2002年,第33页。
④ (清)杨绍和撰,杨保彝增补,王绍曾等整理:《订补〈海源阁藏书目〉五种》,济南:齐鲁书社,2002年,第870页。
⑤ (清)孙殿起:《贩书偶记续编》,卷十一,上海:上海古籍出版,1980年,第168页。

郭霭春《拾遗》称：

> 《日损斋笔记考证》一卷，陈熙晋撰。①

郭氏未标明书现存于何处，仅注明："见《清史稿》卷四百八十一戚学标附传。"《订补》载：

> 《日损斋笔记》一卷，元黄溍撰；《考证》一卷，清陈熙晋撰，清同治九年胡凤丹退补斋刻《金华丛书》本，一册，鲁图。②

《订补》标明此书现藏于山东省图书馆。关于陈熙晋《日损斋笔记考证》，清王柏心云：

> 时黄氏重刊文献，公集力疾为校正，复考证《日损斋笔记》一卷，辑补附录各一卷。③

今《丛书集成新编》所收陈氏考证本，卷末附录有元临川人危素撰《黄公神道碑》与《请谥文移》、博士傅亨撰《谥议》三篇，并附纪昀《四库全书总目》载《日损斋笔记提要》云，"是书《续通考》作一卷，危素《碑铭》亦称一卷"④，与王柏心所叙"辑补附录各一卷"相合。

7.《征帆集》

陈熙晋诗集《征帆集》乃于仁怀同知任上所作，即王柏心所谓"往返三载，涉途万有余里，所见古今兴废之迹、盐策河漕、赋役之得失、民俗风谣与夫羁旅留滞，感喟之，触一发之诗歌"。⑤今人郭霭春《拾遗》称：

---

① 郭霭春编：《清史稿艺文志拾遗》，北京：华夏出版社，1999年，第93页。
② （清）杨绍和撰，杨保彝增补，王绍曾等整理：《订补〈海源阁藏书目〉五种》，济南：齐鲁书社，2002年，第951页。
③ （清）王柏心：《百柱堂全集》，卷四十，《续修四库全书》，集部，第1527册，上海：上海古籍出版社，2002年，第626～627页。
④ 《丛书集成新编》，第8册，台北：新文丰出版公司，1986年，第532页。
⑤ （清）王柏心：《百柱堂全集》，卷四十，《续修四库全书》，集部，第1527册，上海：上海古籍出版社，2002年，第626页。

《征帆集》四卷,陈熙晋撰。①

郭氏未标明书现存何处,仅注明:"见《清史稿》卷四百八十一戚学标附传。"

《订补》载:

《征帆集》四卷,《试帖钞存》一卷,清□□□撰,清刻本,三册;
《征帆集》四卷,清□□□撰,二册,鲁图。②

《订补》标明所收撰者阙名的《征帆集》两部今藏于山东省图书馆。又,柯愈春《清人诗文集总目提要》称:

《征帆集》四卷,附《试帖钞存》一卷,咸丰二年刻,陈熙晋撰,王柏心、蔡聘珍、万承宗序,收从道光十四年至十六年诗,多记滇、蜀、楚、吴名胜,今藏国家图书馆、北京大学图书馆。③

可知,《订补》所载"清□□□撰"《征帆集》两部,即陈熙晋之《征帆集》,今藏于鲁图,亦知《订补》所收之陈氏《征帆集》四卷本,今国家图书馆和北京大学图书馆又各藏一部。

经笔者统计,《征帆集》所收陈熙晋的诗凡三百十题四百五十三首;④又,道光二十一年(1841)刻本、由陈熙晋主纂之《仁怀直隶厅志》"艺文"部分录其诗集《之溪棹歌》,收诗五十二首,多为七言绝句体。⑤ 二者收诗若无重复,则到目前为止,所能见到的陈氏诗总数为五百有五首,存诗数量亦为可观。

8.《文集》与《宋大夫集笺注》

陈熙晋《文集》《宋大夫集笺注》,上述《清史稿·艺文志》《艺文志补编》、

---

① 郭霭春编:《清史稿艺文志拾遗》,北京:华夏出版社,1999年,第109页。
② (清)杨绍和撰,杨保彝增补,王绍曾等整理:《订补〈海源阁藏书目〉五种》,济南:齐鲁书社,2002年,第1089页。
③ 柯愈春:《清人诗文集总目提要》,北京:北京古籍出版社,2002年,第1260页。
④ (清)陈熙晋:《征帆集》,清咸丰元年(1851)刻本,国家图书馆藏本。
⑤ 莫予勋:《陈熙晋和他的〈之溪棹歌〉》,载《贵州文史丛刊》,2003年第2期,第46~47页。

王绍曾《拾遗》《清朝续文献通考》《贩书偶记》《贩书偶记续编》《订补》皆不录，而郭霭春《拾遗》称：

> 《宋大夫集笺注》三卷，陈熙晋撰；陈熙晋《文集》八卷，陈熙晋撰。①

然郭氏亦未标明书现存于何处，仅注明："见《清史稿》卷四百八十一戚学标附传。"

郭霭春于卷首"前言"云："至其书目虽见于纪传，而书稿或毁于火，或劫于兵，以及稿已佚者，皆不与录。"②据此，郭氏似曾见过陈氏《文集》八卷和其《宋大夫集笺注》三卷以及本文前面所述的《古文孝经述义疏证》五卷、《帝王世纪》二卷和《黔中水道记》四卷，或者说，郭霭春先生可以确信陈氏的这五种著作今藏于何处，但是此五种著作除郭霭春《拾遗》收录以外，上述诸家书目都未收录。故笔者对郭先生所云颇示怀疑，光绪学者朱一新乃陈熙晋乡人，曾为收集其著述和文集煞费苦心，其《上王益吾师》云：

> 乡先辈陈西桥太守，邃于经史，著书十余种，乱后散佚，今存者惟《春秋述义拾遗》《春秋规过考信》《骆临海集笺注》《征帆集》四五种。③

又，《寄张少萝侍御》云：

> 吾郡自建炎南渡以后，以理学经济文章名者更仆难数，至国朝康熙以来则阒焉罕闻。近史馆拟《儒林文苑传》，新悉搜采，仅得吴赐如、楼若思、陈西桥、张丹邨四先生，陈之著述虽多，兵燹后存者无几，其姓氏亦不能尽人皆知。④

---

① 郭霭春编：《清史稿艺文志拾遗》，北京：华夏出版社，1999年，第101、117页。
② 郭霭春编：《清史稿艺文志拾遗》，卷首"前言"，北京：华夏出版社，1999年。
③ （清）朱一新：《拙盦丛稿》之《佩弦斋杂存》，卷上，沈云龙主编：《近代中国史料丛刊》第二十八辑，第272册，台北：文海出版社，1966年，第1642页。
④ （清）朱一新：《拙盦丛稿》之《佩弦斋杂存》，卷上，沈云龙主编：《近代中国史料丛刊》第二十八辑，第272册，台北：文海出版社，1966年，第1633页。

综上可知，朱一新在拟撰《儒林文苑传》时，广搜陈氏著述，也仅得《规过考信》《述义拾遗》《征帆集》《骆临海集笺注》等四五种，加上今天我们能见到的《日损斋笔记考证》和《仁怀直隶厅志》，再将《订补》所收之不著撰者的《黔中风土志》三十二卷也姑且当作陈氏《贵州风土记》三十二卷，加起来也不过七种。故笔者以为，熙晋著作除上述至多七种尚存外，其余五种诚如朱一新所言"兵燹后存者无几""乱后散佚"。在编撰《清史稿·艺文志》时已经散佚不全，或已经亡佚，不可能如郭霭春先生所言皆可获见。关于道、咸之际浙江义乌一带的"兵燹"，还可以从有关直接史料和诗文描述中得到进一步证实，清人黄侗《义乌兵事纪略》载："咸丰十一年辛酉五月三十日，粤匪入寇，城陷……咸丰八年四月伪翼王石达开犯衢州，陷寿昌……三十日义乌陷……贼恶书，见民间有书籍，辄掷之厕中。"①又，此书附录"乡先生词"收录邑人陈元颖诗《避乱山中》曰："豺狼一夕满郭垌，避地真无隙地停。露宿宵征逾百里，苍皇逼入万山青。"②杜泽逊先生言："太平天国起义，东南各省新旧文献大都被毁。"③由此可知，朱一新所谓"兵燹""乱后"，即指咸丰十一年（1861）太平军进军浙江一事，义乌亦未能幸免。由前文可知，陈元颖为陈熙晋第三子，从诗中描写看出，太平军来袭，元颖仓皇出逃，致使其父部分遗书散毁亦不无可能。而王绍曾《拾遗》只收补陈氏《河间刘氏书目考》一卷，其《凡例》云：

> 本书为《清史稿艺文志》及《清史稿艺文志补编》拾遗补阙，凡清人著作见于国内外公私簿录、各科专科性书目，确有刻本、稿本、抄本流传而为《志稿》《补编》所脱漏者，概行著录。④

王绍曾所述比之郭霭春更合于实际，笔者同意王绍曾先生的观点，综合

---

① （清）黄侗著：《义乌兵事纪略》，沈云龙主编：《近代中国史料丛刊》第七十六辑，第755册，台北：文海出版社，1985年，第259~264页。
② （清）黄侗著：《义乌兵事纪略》，沈云龙主编：《近代中国史料丛刊》第七十六辑，第755册，台北：文海出版社，1985年，第276页。
③ 杜泽逊：《文献学概要》，北京：中华书局，2001年，第82页。
④ 王绍曾编：《清史稿艺文志拾遗》，北京：中华书局，2000年，第23页。

本节前后所叙,现归纳陈氏流传于今天的著述如下:

《春秋规过考信》九卷,收于《广雅书局丛书·经类》,今藏国家图书馆;

《春秋述义拾遗》九卷(含《河间刘氏书目考》一卷),收于《广雅书局丛书·经类》,今藏国家图书馆;

《仁怀直隶厅志》二十一卷,原属山东聊城杨氏海源阁藏书,今藏山东省图书馆;

《日损斋笔记考证》一卷,收《金华丛书·子部》,亦收于《丛书集成新编》;①

《征帆集》四卷,原属山东聊城杨氏海源阁藏书,今国家图书馆、北京大学图书馆、山东省图书馆亦各有收藏;

《骆临海集笺注》十卷,今国家图书馆、山东省图书馆均有收藏;

凡此六种,均见载于多家书目,尤以《骆临海集笺注》流行最广。

此外,原属山东聊城杨氏海源阁藏书,今藏贵州省图书馆不著撰者的《黔中风土志》三十二卷钞本,暂且定为陈氏《贵州风土记》三十二卷。

关于《宋大夫集》,系先秦诗人宋玉文集,明代张燮有辑本传世,今收《续修四库全书》,其序云:

> 《隋书·艺文志》载《宋玉集》三卷,今考所属缀,亦复散见人间,顾未有裒合以行者,余乃编次,爰成斯集。②

陈熙晋《宋大夫集笺注》三卷已佚,盖不能获知其端绪。

关于陈熙晋《文集》,王柏心云:

> 所自著《古文》二卷,淳懿有法度;《古今体诗》六卷,《征帆集》四卷,安雅精炼。③

---

① 《丛书集成新编》,第 8 册,台北:新文丰出版公司,1986 年,第 523~532 页。

② (明)张燮辑:《宋大夫集》,《续修四库全书》,集部,第 1583 册,上海:上海古籍出版社,2002 年,第 5~6 页。

③ (清)王柏心:《百柱堂全集》,卷四十,《续修四库全书》,集部,第 1527 册,上海:上海古籍出版社,2002 年,第 627 页。

王柏心所记的三种,前二者卷数相合,恰为八卷,而《征帆集》又别为一集,盖《清史稿》《清史列传》本传所述陈熙晋《文集》八卷,可能是柏心所谓《古今体诗》六卷与《文集》二卷的合集,今佚。

另外,笔者于《宜昌府志》辑得熙晋文《重建宜昌府署记》一篇;①于今存的熙晋经学著作中又辑得熙晋文《春秋规过考信自叙》②《春秋左传述义拾遗自叙》《河间刘氏书目考》③三篇;《骆临海集笺注》又收熙晋文《临海集序》《续补唐书骆侍御传》两篇;④又,《仁怀直隶厅志序》一篇,《仁怀直隶厅志·艺文志》收有熙晋文《神稷坛记》《先农坛记》《奎光阁记》《厉坛记》《仁怀直隶厅宾兴田记》《夜郎考》《唐朝坝解》《乌桕说》《百谷说》等九篇,⑤皆为考证文章。故到目前为止,不包括笔者上面暂论定为熙晋文的《黔中风土志》中有关篇什,见存熙晋文总数为十六篇。王柏心《百柱堂全集》卷四十:

  尝搜辑宗忠简遗佚文字,欲勒为集及乡先正遗书,将衷而刊之,皆未及就。⑥

可知,陈氏还有所著,可惜"皆未及就"。

---

① (清)聂光銮修,王柏心纂:《宜昌府志》,卷十四"艺文",台北:成文出版社,1970年据清同治三年(1864)刊本影印,第734页。
② (清)陈熙晋:《春秋规过考信》,卷首,清光绪十五年(1889)广雅书局刻,国家图书馆藏本。
③ (清)陈熙晋:《春秋述义拾遗》,卷首、卷末,清光绪十七年(1891)正月广雅书局校刻,国家图书馆藏本。
④ (清)陈熙晋:《骆临海集笺注》,附录,上海:上海古籍出版社,1985年,第375、387页。
⑤ 莫予勋:《陈熙晋和他的〈之溪棹歌〉》,载《贵州文史丛刊》,2003年第2期,第46~47页。
⑥ (清)王柏心:《百柱堂全集》,卷四十,《续修四库全书》,集部,第1527册,上海:上海古籍出版社,2002年,第627页。

第二章　陈氏注骆的成书与传递

陈熙晋《骆临海集笺注》之成书、刊刻、流传,既体现了一般古籍文献的生成和递经规律,也有其自身的特征。

第一节　成　书

陈熙晋《临海集序》云:

> 集编自郗云卿,凡十卷,著录于《唐志》。行世既久,讹舛滋多,因取各本校正,援据载籍,为之笺注,自知涓滴无补江河。西陵郡斋,公余多暇,因取箧衍旧稿排次之。临海一生踪迹,略见于兹。不具论,论其大者于简端。道光二十三年,岁在昭阳单阏,夏五月,义乌后学陈熙晋序。

古人为序一般在成书之时,则陈氏《骆临海集笺注》当完稿于道光二十三年(1843)。陈熙晋于道光二十一年(1841)官宜昌知府,此处所言"西陵郡斋"即谓此,则可知成书亦在宜昌职守时,是年熙晋五十二岁。骆祖攀《骆临海集笺注跋》言其"考订笺注,阅数十年而成帙"。又按上一章所述,则熙晋至迟可能在嘉庆十八年(1813)前后就开始着手《骆临海集》的整理和笺释了。因为嘉庆十八年礼部侍郎汪廷珍按试浙江,对熙晋的才学十分赏识,且熙晋于嘉庆"庚辰(二十四年,1819)朝考充镶黄旗教习",即留京师官学,又得到汪廷珍在学问上的掖进,以至"得窥秘藏诸籍,总览博稽,钩探研索,皆穷其本原而竟其端绪"①。因此骆祖攀所叙之"阅数十年而成帙"是可信的,可见陈熙晋于《笺注》用力之深,并且应该是有初稿和定稿的,然今皆无所征见。但从民国二十六年(1937)黄侗据原刻重刊本《重刊例言》,可以推见陈氏稿本的大致轮廓:

> 原刊卷首节录新旧《唐书·李勣传》二则,《资治通鉴》"唐纪考异"一则,名曰"附传";又录孟棨《本事诗》"征异"等七则,名曰"轶事",殊不可解。盖《唐书》《通鉴》及诸家记载,凡与临海有关而事属近理、言较雅驯者,原书多已采入,何又重出?吾疑必陈氏初注时将《史》《鉴》所载及其他著述有涉及临海者随手录出,以备参考,书成,例应废弃,而骆氏不知去取,概为刊入,非陈氏旧也。予拟削去,徒以原刊行世已久,不为已甚,姑存之,但该称"附考"……原书编次篇目,据《凡例》称先杂诗,次赋、颂,次表、状、对策,次启、书,次杂著。是表、状、对策应在赋、颂之后,启、书之前,乃骆氏原刊误将《自序状》及《对策文三道》入启、书后,在卷九,与例不合。此次重印本应将状、策诸篇移至卷七,入《齐州父老请陪封禅表》后,方为合例。乃手民不察,仍依原刊排印,一误再误……原刊卷末附有崇川邵干所作《宾王遗墓诗》,一时和者多至百八十余首,立意平庸,措词俚俗,存诸卷中,徒占篇幅,绝非陈氏所收者,今皆削之。唯邵干原唱与李于涛和作,因与事实有关,诗虽不佳,未敢删,至杜工部、李商隐、张镃、张宪、韩邦奇、胡应麟、吴之器诸作,皆名人手笔,存之正足为本编生色。②

黄侗所云之"原刊",即咸丰三年(1853)义乌骆氏松林宗祠刻本。黄侗《例言》说明了三点问题:其一,原刊卷首"附传""轶事"两部分内容,黄氏认为

---

① (清)王柏心:《百柱堂全集》,卷四十,《续修四库全书》,集部,第1527册,上海:上海古籍出版社,2002年,第625页。
② (唐)骆宾王撰,(清)陈熙晋注,(民国)黄侗重印:《临海集笺注》,卷首,民国二十六年(1937)铅印,国家图书馆藏本。

非陈熙晋原稿所收;其二,按熙晋《凡例》所叙,《自叙状》《对策文三道》二篇应归入卷七《齐州父老请陪封禅表》后,而原刊误入卷九,非熙晋原稿情形;其三,黄氏认为原刊卷末的百八十余首和诗,亦非熙晋原稿所收。

  经笔者拿国家图书馆藏陈氏《笺注》的咸丰三年(1853)松林宗祠刻本与黄侗《例言》相对照后,发现情况与黄氏所云非常吻合,卷末所收一百九十七首和诗,与黄氏所言之"百八十余首"亦基本吻合。后来中华书局和上海古籍出版社的重排标点本亦一仍其旧。民国二十六年(1937)黄侗重印本,正如其《例言》所叙,只把那"百八十余首"和诗一应删去,其余亦皆未改动。据黄侗发现的那三处"错误",我们就可以推想《笺注》原稿的基本面貌了。但是,陈氏《笺注》对表、状、对策的编次一如宋蜀刻本之编次,"手民"不可能单将此三种体裁误编入他卷,从而与蜀本编次恰好吻合。故笔者以为:陈氏《笺注》是有其初稿和定稿的,黄侗所言之情形,恰为陈氏之初稿,松林宗祠刊版可能误将初稿视为定稿;而陈氏定稿,一如其《凡例》所云之编次,后来黄侗曾力图将其恢复为陈氏定稿模样而刊行,惜未能如愿。

第二节 刊 刻

清同治间金华学者胡凤丹《重刻骆丞集序》云:

  《骆丞集》前明有单行本,吾婺之义乌拓林子孙藏于祠。迨我朝乾隆年间,钦定《全唐文·骆丞文》三卷、《诗》三卷,均与焉,《四库全书》目录会采载之,称之四卷。道光初,义乌陈明府津刻《骆侍御集》,亦注解甚析,近为兵燹所毁,版籍散亡。同治戊辰,余觅得江东孙公素本,不分卷数,其文亦缺而不全,只载《萤火》与《荡子从军》二赋暨《灵泉》一颂而已,诗则即《全唐集》中所载也。①

---

① (唐)骆宾王撰;(清)胡凤丹辑《骆丞集》,本公司编辑部编:《丛书集成新编》,第59册,台北:新文丰出版公司,1986年,第394页。

胡凤丹重刻《骆丞集》乃缘自"陈明府津"之《骆侍御集》刻本遭兵火而散亡,且孙公素本亦散佚不全。胡氏序文中除阐明《四库全书》所收之《骆丞集》来源始末外,又特举道光初义乌陈明府津刻本《骆侍御集》。考王柏心《百柱堂全集》和潘衍桐《两浙𬨎轩续录》,两家都记陈熙晋原名"津";①且陈氏又曾官广顺知县和宜昌知府等职,"明府"乃古时对县令、太守一类官职的尊称;又据前文,陈氏《笺注》书成定稿于道光二十三年(1843),则与胡凤丹所称"道光初,义乌陈明府津刻《骆侍御集》,亦注解甚析"诸语吻合,按:"道光初"或为胡凤丹笔误。故此处"陈明府津"当指陈熙晋,《骆侍御集》当即陈氏之《骆临海集笺注》。《笺注·凡例》云,"考《隋志》,有王筠《临海集》,移以标斯集,则最后之官也,今仍之",则胡氏称之"骆侍御集"宜为"临海集"才符合陈氏本意,不知胡氏何据。由上,陈氏《笺注》道光年间(1821—1850)即有刊本,后遭兵燹而亡佚,则后出之咸丰年间(1851—1861)骆氏松林宗祠刊本实为陈氏《笺注》又一刻本,骆祖攀《跋》对其版本源流亦只字未提,末尾仅识"文集为无瑕之完璧,镌之岂容或缓乎,时咸丰三年岁在癸丑仲秋月"云云数语,其刻封面又题"咸丰癸丑新镌",亦证明此前必有刻本。苦于晚清以来诸家序跋集内均未载有关情形,笔者也不敢妄下结论,即道光刊本与咸丰三年(1853)刊本分别为初刻与重刻之关系。今权作两种版本而论。倒是民国二十六年(1937)黄侗铅印本《临海集笺注》乃为松林宗祠版的重印本,其《重刊例言》云:

> 骆氏刊版在咸丰三年,而陈氏逝世实咸丰元年,是书刊成已不及见,故讹伪别出,此次重印,经吴君逵卿详加考校,摘其错误有一千六百三条……吾邑骆氏有三巨族,一曰"松林",二曰"楂林"(一作"竹林"),三曰"梅林",皆称临海后裔……是编原刊虽为松林所创,

---

① (清)王柏心撰:《百柱堂全集》,卷四十,《续修四库全书》,集部,第1527册,上海:上海古籍出版社,2002年,第625页;(清)潘衍桐辑:《两浙𬨎轩续录》,卷二十九,《续修四库全书》,集部,第1686册,上海:上海古籍出版社,2002年,第105页。

今兹重印则楂林骆和笙、梅林骆越凡独任其资,松林不与焉。①

黄侗强调此版原刊为咸丰三年(1853)松林宗祠刊本,且黄氏在整理时又加以校订。由此得知,二者为初刻与重印的关系甚明。黄氏重刊本,今藏国家图书馆北海分馆普通古籍部,版式为:四周双边,白口,单鱼尾,半叶十行,行三十字,小字双行。

第三节 流 传

陈氏《笺注》见载于各家书目者有:
《清史稿·艺文志·艺文四》:

> 《骆宾王临海集注》十卷,陈熙晋撰。②

清张之洞《书目答问》卷四:

> 《骆临海集笺注》十卷,陈熙晋注,原刻本。③

清山东聊城杨氏《海源阁藏书目·别集类》:

> 《骆临海集》十卷,首一卷,末一卷,八册,清咸丰三年陈熙晋笺注,咸丰三年松林宗祠刻本。④

民国孙殿起《贩书偶记》卷十三:

> 《骆临海集笺注》十卷,首一卷,末一卷,唐骆宾王撰,义乌陈熙

---

① (唐)骆宾王撰,(清)陈熙晋注,(民国)黄侗重印:《临海集笺注》,卷首,民国二十六年(1937)铅印,国家图书馆藏本。
② (清)赵尔巽撰:《清史稿》,卷一百四十八,第 15 册,北京:中华书局,1976 年,第 4375 页。
③ (清)张之洞:《书目答问》,《续修四库全书》,第 921 册,上海:上海古籍出版社,2002 年,第 681 页。
④ (清)杨绍和撰,杨保彝增补,王绍曾、崔国光整理订补:《订补〈海源阁书目〉五种》,济南:齐鲁书社,2002 年,第 1008 页。

晋注，咸丰癸丑（三年）松林宗祠刻本。①

万曼《唐集叙录》：

> 又《骆临海集笺注》十卷，首一卷，末一卷，义乌陈熙晋注，咸丰癸丑松林宗祠刊，见孙殿起《贩书偶记》，今有中华书局1961年重排本，此种大抵皆郡人或自称为骆氏后裔所谓松林、楂林、梅林义乌骆氏三族者所校刊。陈熙晋《笺注》，民国二十六年有吴镜元校，黄侗重印本。②

万氏所叙比各家多一种本子，即黄侗重印本，是因为黄氏刊本后出，上述各家不录，自在情理之中，唯孙殿起《贩书偶记》不录，未知何故。

陈氏《笺注》松林宗祠原刻现今收藏有以下几处：

国家图书馆普通古籍部：《临海全集》十卷，题有"咸丰癸丑新镌""松林宗祠藏版"字样。版式为：四周双边，单鱼尾，白口，半页十行，行二十二字，小字双行同。有"国立北平图书馆珍藏"朱色篆印，说明此本源自原北平图书馆旧藏，但国立北平图书馆藏此本来自何处，并无有关序跋。

《山东省图书馆馆藏海源阁书目》："《骆临海集笺注》十卷，首一卷，末一卷，唐骆宾王撰，清陈熙晋笺注，清咸丰三年松林宗祠刻本，版式为：十行二十二字，白口，四周双边，单黑鱼尾，第一册扉页书已失落，只可隐约辨出'松林宗祠藏板'几个字，此据《贩书偶记》著录为咸丰三年。"③鲁图藏本源自海源阁旧藏，但"咸丰三年"刊四字据《贩书偶记》补。

此外，《续修四库全书》收有《骆临海集笺注》十卷，据清咸丰三年（1853）松林宗祠刻本影印，有"中华书局图书馆藏"篆印，说明此本影印中华书局图书馆藏旧本。

综上，松林宗祠刻本在上述三家之前和三家之间的流传递经情况不甚清

---

① （民国）孙殿起：《贩书偶记》，卷十三，上海：上海书店影印，1992年。
② 万曼：《唐集叙录》，北京：中华书局，1980年，第29页。
③ 山东省图书馆编：《山东省图书馆馆藏海源阁书目》，济南：齐鲁社，1999年，第222页。

晰。以山东省图书馆藏海源阁旧藏为例，松林宗祠刻本流入海源阁以前归属孰家，笔者未能获见此本，亦未知有无相应序跋和藏书印记，故不敢武断。但就海源阁藏书来源而论，其"半得于南，半得于北"，①则松林宗祠刊本属于杨氏藏书"半得于南"之列是可能的。又"洪杨之乱，江南各地藏书，一时俱出，杨致堂以在河督任内，因利乘便，与瞿氏铁琴铜剑楼，购藏最多"。② 今观《铁琴铜剑楼藏书目录》，并未收有此本，想必杨氏乃从其他藏书者求得。国图藏本亦无有版本源流序跋，《北平图书馆收购海源阁遗书始末记》所统举收购海源阁遗书目中亦不载《骆临海集笺注》刻本，只收北宋本《骆宾王文集》十卷，③则国图所藏松林宗祠刻本与海源阁当无递经关系。

今据《续修四库全书》影印松林宗祠刻本，此本除有"中华书局图书馆藏"印记外，还有"蛟永方义路正甫氏所藏金石书画之印""曾杜野悉密华馆印"等印记。由此可以获知此中华书局图书馆藏本的一些递藏关系，但与山东杨氏海源阁是否有递经关系，仍不能确知。而原北平图书馆即今国家图书馆收藏与中华书局图书馆藏本的递经关系亦不清楚。1961年中华书局重排标点本，1972年中华书局香港分局亦有重排本，1985年上海古籍出版社又根据中华书局1961年重排本重印，盖皆依中华书局图书馆藏本，其中上海古籍出版社1985年重印本是目前在国内比较通行的本子。后来骆祥发参照中华书局和上海古籍出版社的本子，只取杂诗，原依陈氏的编次顺序，但不分卷，将骆诗重新注释，新出《骆宾王诗评注》，于1989年由北京出版社出版。

黄侗重刊本《临海集笺注序》云：

> 陈氏旧注有刊本，洪杨时版毁于燹，书亦仅存，迄今八十余载，无人过问。以吾所知，唯松林某君藏有一帙，斯文命脉不绝如线。

---

① （清）杨绍和撰，杨保彝增补，王绍曾、崔国光整理订补：《订补〈海源阁书目〉五种》，济南：齐鲁书社，2002年，第1249页。

② （清）杨绍和撰，杨保彝增补，王绍曾、崔国光整理订补：《订补〈海源阁书目〉五种》，济南：齐鲁书社，2002年，第1249页。

③ （清）杨绍和撰，杨保彝增补，王绍曾、崔国光整理订补：《订补〈海源阁书目〉五种》，济南：齐鲁书社，2002年，第1310页。

民国二十三年拟重印,先商于楂林骆和笙,继请于梅林骆越凡,二君踊跃资助。予甚喜,因向松林某君乞原椠,而某君不之许,再三婉商,亦不诺。嗣从各省图书馆及诸藏书家求之,皆无所获,心为阻丧者久之。居半载,老友陈宗甫偶从乡村某甲家见是书,急告吴逖卿取之,果原本也,时予客杭州,得逖卿书,乃狂喜……爰请吴逖卿详加校核,伪者订之,误者正之,舛错脱落者补辑之。①

咸丰刻本遭兵燹后,所传甚鲜,松林某君又视之为孤本秘不示人,而黄侗奔走呼号各地,亦极难求得,其中不可排除山东聊城海源阁藏本亦秘不示人的可能性。马茂元云:"本书过去并不广泛,甚至连很多图书馆里都看不到,至于私人购求,那就更不容易。"②笔者认为,松林藏版流传不广的原因,一为遭兵火而致版籍殆丧;二为海源阁藏书在民国初几经洗劫,曾一度秘不示人;三为陈熙晋本人在有清一代学界地位并不显赫,其著述多不为世人所重。据现有文献记载,其《笺注》本仅有松林宗祠刻本和黄侗重印本。《骆宾王文集》自明代起,注家蜂起,但陈氏《笺注》本今经中华书局和上海古籍出版社据咸丰三年(1853)松林宗祠刻本重印,反而显示了陈氏注骆的学术价值。

陈氏在整理骆宾王集时参考了骆集宋蜀本和颜文选本以及明清以来众多本子,将于本书第三章第一节和第二节中对之进行详细分析,此处为行文方便,暂且与上述内容结合起来,一并画出陈氏《笺注》版本来源及其刊刻、流传递经图如下:③

---

① (唐)骆宾王撰,(清)陈熙晋注,(民国)黄侗重印:《临海集笺注》,卷首,民国二十六年(1937)铅印,国家图书馆藏本。
② 马茂元:《论骆宾王及其在"四杰"中的地位》,(唐)骆宾王撰,(清)陈熙晋注:《骆临海集笺注》,上海:上海古籍出版社,1985年,第438页。
③ 为了清晰地显示流传顺序,下图中每一界面即表示一个朝代或者时期。如"宋蜀本"与《文苑英华》即是一个界面,都表示为宋代。与"汲古阁藏本"位于一界面者,即表示为明代。其他皆可类推。

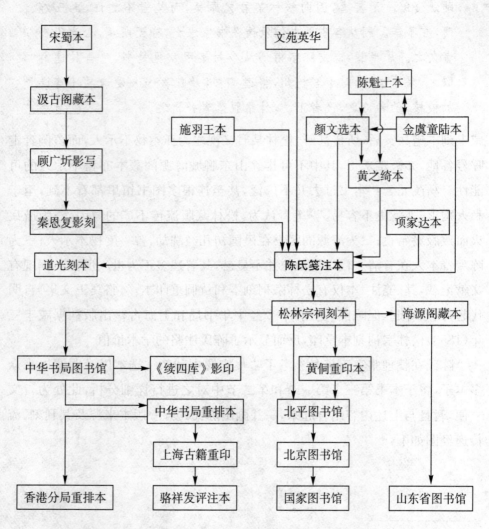

陈熙晋《骆临海集笺注》版本来源及其流传示意图

第三章　陈氏注骆的编订与整理

陈熙晋在笺注《骆宾王文集》时，非但以注释为主，而且将其重新编订、辑佚、校勘以及分体编年，这些均为陈氏整理骆集的重要工作。下面分别从这几个方面展开论述。

第一节　编　订

《笺注·凡例》云：

> 唐宋皆以姓名目兹集。明金继震本称《骆先生集》；颜文选本称《骆丞集》，并称《侍御集》；又有《义乌集》《武功集》《灵隐子集》者。明胡应麟始称《临海集》，考《隋志》，有王筠《临海集》，移以标斯集，则最后之官也，今仍之。
>
> 郗云卿《序》称十卷。明金继震、虞九章、陆宏祚、童昌祚并六卷。颜文选、施羽王并四卷。康熙中黄之绮本十卷。乾隆中项家达本四卷。嘉庆中秦恩复本十卷，云从汲古阁毛氏藏本影写，证为蜀本。今从郗云卿之旧，定为十卷。
>
> 颜本以五言古风、律诗、排律、绝句、七言古诗、绝句次其先后，

不知选标古诗未分今体，唐至沈、宋始号律诗。李汉编《韩昌黎集》以五、七言古体为古，五、七言律及排律、绝句统名律诗。至唐初四杰，如王子安《滕王阁诗》，此七古也，称成四韵；临海《送阎五还润州》，此五律也，谓勒四言，则犹未有律之称也。汲古阁本十卷，为赋、颂一，杂诗四，表、启一，启、书一，杂著三。今从陶集冠《亭云》，柳集首《淮雅》之例，先杂诗，次赋、颂，次表、状、对策，次启、书，次杂著，较为近之。

临海诗文，大率由后人掇拾而成，已非唐时原帙，兹略为叙次，粗具巅末。其首《帝京》者，虽少通其例，用以弁冕全篇。

颜注为《四库》所著录，弇陋疏舛，殆鲜可采；集中诗文，脱简甚多。有佚其篇者，如《送刘少府游越州》诗、《从军行》从《文苑英华》补，《称心寺》诗、《游招隐寺》从《全唐诗》补，《游仙观赠道士》诗从《王子安集》补，《上兖州张司马启》从《文苑英华》补，《圣泉诗序》从《全唐文》补是也。有佚其全题者，如"甲第驱车入"，别为一首，误连《饯骆四》之后；《与亲情书》，"某初至乡间"以下别为一首，系《再与亲情书》是也。有佚其题字者，如《送郑少府入辽》佚"共赋侠客远从戎"七字，《送王赞府上京参选》佚"赋得鹤"三字，《上廉察使启》佚"察"字，《钓矶应诘文》佚三字是也。有佚其字句者，如《荡子从军赋》脱"见空陌之草积（，识暗牖之尘栖）"十二字，《晚泊江镇》脱"徙橘怆离忧（。魂飞灞陵岸，泪尽洞庭秋。振景希鸿陆）"二十字，《行军军中行路难》脱"行路难""歧路"五字，《畴昔篇》脱"莫教憔悴损容仪（，会得高秋云雾廓）"十四字，《上韦明府启》佚"延张必（于鹜轮，引王终于倒屣）"十二字，《上吏部裴侍郎书》佚"四月一日（，武功县主簿）"九字，《与程将军书》脱"幸勿为过，谨不多谈"八字，《与博昌父老书》脱"某月日（，骆宾王谨致书于博昌父老，承并无恙，幸甚幸甚）"二十二字，《与亲情书》脱"宾王疾患（，□无况耳）"八字，《姚州露布》上篇脱七十三字，下篇脱三十五字是也。至如误"哀牢"为"危牢",何从详其地理;讹"阙月"为"关月",杳莫睹其指归。若此之类,不可殚悉,俱详各篇,兹不赘述。①

由陈氏《凡例》可以归结出以下几条:其一,陈氏列其所辑《临海集》命名由来及其所参各本。按:金、虞、童、陆六卷本,据《中国古籍善本书目》知为明万历十九年(1591)金继震刻本,虞九章、陆宏祚、童昌祚等订释。② 颜文选四卷本《骆丞集》收于《四库全书》。施羽王之四卷本可能亡佚,今国家图书馆所存之施会元《鼎镌施会元评注选辑唐骆宾王狐白》三卷本,疑为同一人之作,因其各卷首书"会元羽王施凤来释"云云。③ 其二,陈氏大致依蜀本的卷次将骆集订为十卷,并依蜀本体例将其重新分体,又将各体下篇目进行先后次序的编排,即如陈氏所谓"略为叙次,粗具巅末"。其三,陈氏在颜文选注本收篇的基础上,辑补佚篇和字句上的阙漏。陈氏所谓"王赞府",今存蜀本和《四库》所收颜本都题为"王明府";陈氏所谓颜本《畴昔篇》脱"莫教憔悴损容仪,会得高秋云雾廓"十四字,今存颜本和蜀本亦均未脱,皆不知其何据。其余所补辑之篇目和订正之字句,笔者据《四库》所收颜本相对照,与陈氏所云基本不差,与蜀本对照,大致亦然。

但是今人李厚培说:

> 陈熙晋在笺注《骆宾王集》时,参考过许多版本,有明金继震、虞九章、陆宏祚、童昌祚等的六卷本,颜文选、施羽王的四卷本,康熙中黄之绮的十卷本,乾隆中项家达的四卷本,最终选定的是嘉庆中秦恩复的十卷本,因为这一版本是"从汲古阁毛氏藏本影写","证为蜀本"。陈氏认为这就是郗云卿的旧本,定为十卷,以《骆临海集》

---

① (唐)骆宾王撰,(清)陈熙晋注:《骆临海集笺注》,卷首《凡例》,上海:上海古籍出版社,1985年。

② 中国古籍善本编辑委员会编:《中国古籍善本书目》,上海:上海古籍出版社,1987年,第41~42页。

③ (明)施凤来注:《鼎镌施会元评注选辑唐骆宾王狐白》,明万历余文杰自新斋刻本,国家图书馆藏本。

名之。①

李厚培认为陈氏"最终选定的是嘉庆中秦恩复的十卷本",即蜀本。假若陈氏认定蜀本为唐郗云卿原辑,则蜀本既为十卷本,陈氏若选定蜀本,则无须再定其为十卷,进而重新"叙次";陈氏又自认为"临海诗文,大率由后人掇拾而成,已非唐时原帙",故李厚培得出的结论与陈氏所叙情形相矛盾。

李致忠影印宋蜀本《骆宾王文集》跋云:

> 骆宾王文集在唐代以什么形式流传,难以稽考。北宋曾经有过刻本,但早已亡佚,亦难以言状。现存最早的刊本《骆宾王文集》,当推南北宋之际四川成都眉山地区刻本。……此本为十卷。……赋……诗……表启……启书……杂著。这种分卷方法,虽与它以前的刻本有异,但大致仍不失唐时旧第。②

李致忠先生在此强调了蜀本的卷秩、编次与唐时原辑的相承关系。则知并非如李厚培所言此本即郗云卿原辑。故笔者以为,陈氏《凡例》主要强调两点:其一,颜本以近体格律编排骆诗不尽合理,因为近体诗格律在"四杰"以后沈佺期、宋之问等人手上才确立其名;其二,陈氏参辑诸本,并将骆集在体裁和编次方面基本上依从毛晋汲古阁所藏宋蜀刻本《骆宾王文集》的体例,③重新编排了一番。今传陈氏参照本除蜀本与颜文选本外,其他四家本子在体裁命名、编次与颜文选本(下面简称"颜本")大致相近:金、虞、童、陆六卷本(下面简称"金本")④为颂、赋、五言古诗、五言律诗、五言排律、绝句、七言古诗、七绝、序、表、启、杂著、檄文;施羽王本(下面简称"施本")⑤为颂、赋、序、表、启、

---

① 李厚培:《骆宾王士履有关问题辨正》,载《青海社会科学》,1999年第1期,第88页。
② 李致忠:《宋版书叙录》,北京:书目文献出版社,1994年,第346页。
③ (唐)骆宾王撰:《骆宾王文集》,上海:上海古籍出版社影印宋蜀刻本,1994年。
④ (唐)骆宾王撰,(明)虞九章、陆宏祚、童昌祚订释:《唐骆先生文集》,明万历十九年(1591)金继震刻,国家图书馆藏本。
⑤ (唐)骆宾王撰,(明)施凤来注:《鼎镌施会元评注选辑唐骆宾王狐白》,万历刻本,国家图书馆藏本。

书、杂著、檄文、五言古诗、五言律诗、五言排律、七言古诗、绝句；黄之绮本（下面简称"黄本"）①为颂、赋、五言古诗、五言律诗、五言排律、绝句、七言古诗、绝句、序、表启、启书、杂著、杂著；项家达本（下面简称"项本"）②为颂、赋、五言古诗、七言古诗、五言律诗、五言排律、绝句、启、书、序、杂著。兹并列总表对照如下：

陈氏《笺注》本与各本体例、编次、收篇数量比较表③

表1 各本收诗体例、编次、收篇数量比较

版本 体裁编次		陈本	蜀本	版本 体裁编次*	项本	黄本	施本	颜本	金本
陈本《凡例》设定体例	杂诗	卷一、二、三、四、五	卷二、三、四、五	五古	卷一 3	卷二 3	卷下 3	卷一 3	卷一 3
				五律	卷二 68	卷三 68	卷下 66	卷一 60	卷二 68
				五排	卷二 42	卷四 42	卷下 41	卷二 41	卷三 40
				五绝	卷二 7	卷四 7	卷下 7	卷二 7	卷三 6
				杂言					卷三 1
				七古	卷一 6	卷五 6	卷下 5	卷二 6	卷四 6
				七绝	卷二 1	卷五 1	卷下 1		卷四 1
				歌行				卷二 2	
				挽诗				卷一 8	
各本收诗总数		133	115		127	127	123	127	125

注：* 此处指除蜀、陈二家外其他各本的体裁和编次。

按陈氏《凡例》所言之体例编次，我们从上表1中可以得出：陈氏《笺注》本"杂诗"一仍宋蜀刻本，只是排列次序有所改变，此乃陈氏分体编年使然。

---

① （唐）骆宾王撰：《骆宾王文集》，清康熙四十六年（1707）黄之琦觉非斋刻本，国家图书馆藏本。
② （唐）骆宾王撰：《骆丞集》，星渚项氏刊本：《初唐四杰集》，清乾隆四十六年（1781），国家图书馆藏本。
③ 表1、表2中黑体字部分表示《笺注·凡例》所定体例及其编次。所有表中的数字表示所收篇数。如表2中5.表示该本未将《与情亲书》分为两篇，但实际计数时将其分开；6..表示该本将《与亲情书》分为两篇。

表 2　各本所收杂文体例、编次、收篇数量比较

体裁编次		版本	陈本	蜀本	项本	黄本	施本	颜本	金本
陈本《凡例》设定体例		赋			卷一 2	卷一 2	卷上 2	卷一 2	卷一 2
		颂			卷一 1	卷一 1	卷上 1	卷一 1	卷一 1
		表						卷三 1	
		状							
		对策						卷三 3	
		启			卷三 10			卷三 10	
		书			卷三 6..		卷中 5.	卷三 6..	
	杂著	序							
		檄			卷四 1	卷十 1		卷四 1	
		露布			卷四 2	卷十 2		卷四 2	
		文			卷四 2	卷九 2	卷中 2	卷四 2	卷六 2
各本体例	杂著	表			卷四 1				
		状	卷九 1	卷十 1	卷四 1	卷九 1	卷中 1	卷四 1	
		对策	卷九 3	卷八 3	卷四 3	卷九 3	卷中 3		
		挽歌		卷十 8					
		篇*		卷九 2					
	檄类	檄					卷中 1		卷六 1
		露布					卷中 2		卷六 2
	启类	启							卷五 4
		书							卷五 5.
	表启类		卷七 8	卷六 8		卷七 7	卷上 10		卷五 7
	启书类		卷八 11..	卷七 9.		卷八 9..			
	序类				卷四 9	卷六 10	卷上 12	卷四 9	卷四 9
各本收杂文类总数			41	53	38	38	39	38	37

注：*此处之"篇"指《帝京篇》和《畴昔篇》，蜀本将其列入"杂著"类，为方便比较，权且列入表中。

按陈氏《凡例》所言之体例编次，我们从上表 2 中可以得出："赋""颂"编排皆同各本；"表"单列一编，当承袭颜本；"状"单列一编；"对策"单列一编，亦当承袭颜本；"启""书"各单列为一编，当承袭项、颜二家；"序""檄文""露布"

"文"皆一仍蜀本。

表3　各本在"诗并序"等体例、编次、收篇数量上的比较

体裁编次	版本	陈本	蜀本	项本	黄本	施本	颜本	金本
并启	帝京篇	1	收表启1	1	1	有诗无启	1	1
并引	灵泉颂	1	1	1	1	（并序）1	1	1
并序（有序）	赠高四	1	1	1	1	1	1	1
并序（有序）	王司马楼宴	1	收杂著1	1	1	重复	1	1
并序（有序）	饯尹大往京	1	收杂著1	1	1	见序类1	1	1
并序（有序）	紫云观赠道士	1	1	1	1	有诗无序	1	1
并序（有序）	伤祝阿王明府	1	1	1	有诗无序	1	1	1
并序（有序）	饯陆道士陈文林	1	收杂著1	1	1	见序类1	1	1
并序（有序）	浮查	1	1	1	有诗无序	有诗无序	1	1
并序（有序）	送阎五还润州	1	收杂著1	1	1	有诗无序	1	1
并序（有序）	窦六郎宅宴	1	收杂著1	1	1	有诗无序	1	1
并序（有序）	在狱咏蝉	1	1	1	1	1	1	1
并序（有序）	萤火赋	1	1	1	1	有赋无序	1	1
各本收"诗并序"等类总数		13	13	13	11	6	13	13

从表3看出，"诗序"或"诗启"并行之篇目，陈氏皆当承袭金、颜、项三家。

表4　各本所收诗文总数比较

版本	陈本	蜀本	项本	黄本	施本	颜本	金本
各本收篇总数	187	177	178	177	167	178	176

但是，就表2综合考察，今天能见到的陈氏《笺注》松林宗祠刻本并未据其《凡例》所定之体例编排，其中"表"未如其例，仍归"表启"类，从蜀、金、施、黄四家；"状"亦未如其例，仍归"杂著"类，从各家；"对策"亦未如其例，仍归"杂著"类，从除颜本外各家；"启""书"亦未如其例，归"表启""启书"二类，一仍蜀本。故从表1、表2、表3中反映的总体情况来看，现行陈本与蜀本在体例编次上，基本整齐划一，仅将有诗之"序"六篇并入"杂诗"类中同题诗下，与《凡例》所定之编次对比可得：此种编排次序，似为陈氏初稿编次，而《凡例》定

例似为其定稿编次。《凡例》中,陈氏对于"表"和"对策"的处理当借鉴颜本而成。从表4统计的结果来看,各本收诗、文总量除施本①所收最少外,其他各家所收相差不大,都接近于陈本。故从所收诗、文数量②上看不出陈氏重编本以哪家为主。

陈氏《骆临海集序》谓其"取篚衍旧稿排次""取各本校正",骆宾王后裔骆祖攀《骆临海集跋》亦云陈氏于其祖之文集"复继先贤而采辑之,补苴罅漏""考订笺注",则可略窥陈氏对骆宾王集的重编与校订的一些情况。下面就这一情况,试作进一步分析:

陈氏《笺注·凡例》所列的六家本子,体现在其异文校语中主要有四种情况:"一作某"或"又作某","各本作某","蜀本作某"或"从蜀本","颜本作某"或"从颜本"。除六家本子外,陈氏又有"《文苑英华》作某"或"从《文苑英华》"校语。说明陈氏当时以《文苑英华》所收骆集诗文和骆集蜀本、颜本的版本价值要高于金、虞、陆、童本和施羽王本、黄之绮本及项家达本等四家版本。笔者认为:

第一,以"一作某"或"又作某"出现的异文校语说明此处正文同蜀本、颜本或《文苑英华》,或不同;

第二,以"蜀本作某""颜本作某"或"《文苑英华》作某"出现的异文校语,则说明此处正文不同于此三本之一;

第三,以"各本作某"出现的异文校语,则说明此处正文不同于陈氏所列的任何一家本子;

第四,以"从蜀本""从颜本""从《文苑英华》""从各本"出现的异文校语,则说明此处正文同蜀本、颜本、《文苑英华》或陈氏所列其他本子。

笔者以宋蜀本《骆宾王文集》(简称"蜀本")、颜文选注本《骆丞集》(简称

---

① 因为施羽王四卷本今不得征见,可能亡佚,此处为施羽王辑选之三卷本,但在体例上仍可能跟其四卷本一致,故列入比较。

② 为了考证的精确性,本节列表比较时,将骆集杂诗中同题下数首即算作数首,比如《乐大夫挽歌五首》习惯上称为一首,但此处计为五首,其他皆同。另外,将诗并启或并序之篇亦按两首算,比如《帝京篇并启》即按两篇计。

"颜本")①和骆集《文苑英华》本②分别同陈氏《笺注》咸丰三年（1853）松林宗祠刻本③校勘记"一作某"等异文和其相应正文相对勘，并以陈氏《笺注》本卷次编目为顺序，分析如下，考察其校勘情况：

卷一《上吏部侍郎帝京篇并启》"宾王散樗易朽"。1."樗"一作"材"。④

1. 蜀本、《文苑英华》俱同异文，颜本同正文。

卷、篇同上，"幽赞通乎政本……岂图容于大夫"。2."通"一作"适"；3."容"一作"荣"。

2. 蜀本、颜本俱同异文，《文苑英华》同正文；3. 蜀本、《文苑英华》俱同异文，颜本同正文。

卷、篇同上，"固立身之殊路"。4."殊"一作"歧"。

4. 蜀本、颜本俱同异文，《文苑英华》同正文。

卷、篇同上，"猥以疵贱之资……终闷响于丘门"。5."猥以"一作"独此"；6."闷"一作"阙"。

5. 蜀本、颜本俱同正文，《文苑英华》同异文；6. 蜀本、颜本、《文苑英华》俱同正文，

卷、篇同上，"五纬连影集星躔……桂殿阴岑对玉楼"。7."星"一作"天"；8."阴岑"一作"嵌崟"。

7. 蜀本同异文，颜本、《文苑英华》俱同正文；8. 蜀本、颜本、《文苑英华》俱同正文。

卷、篇同上，"朱邸抗平台"。9."抗"一作"接"。

9. 蜀本、颜本俱同正文，《文苑英华》同异文。

---

① （唐）骆宾王撰，（明）颜文选注：《骆丞集》，影印《文渊阁四库全书》，集部，第1065册，台北：商务印书馆，1986年。

② （宋）李昉等编：《文苑英华》，影印宋明合卷刊本骆集，北京：中华书局，1966年。

③ （唐）骆宾王撰，（清）陈熙晋笺注：《临海全集》，清咸丰三年（1853）松林宗祠刻本，《续修四库全书》影印本，第1305册，上海：上海古籍出版社，2002年。

④ 此处为了考证更精确和明了，数字表示陈氏《笺注》异文校语次序，例如1."樗"一作"材"：其中1.表示第一处校勘，正文为"樗"，异文为"材"，以下情况皆同。此外，凡粗体字下划线的篇目为《文苑英华》所不收。

卷、篇同上,"小堂绮帐三千户"。10."三千户"别本亦作"三千万"。

10. 蜀本、颜本、《文苑英华》俱同异文。

卷、篇同上,"京华游侠胜轻肥……且论三万六千是"。11."胜"一作"事";12."三万六千"一作"二八千金",颜本作"二十八年"。

11. 蜀本、颜本俱同正文,《文苑英华》同异文;12. 蜀本、《文苑英华》俱同正文,颜本同异文。

卷、篇同上,"始见田窦相移夺"。13."移夺"一作"倾代"。

13. 蜀本、颜本俱同正文,《文苑英华》作"移代",陈氏未据。

卷、篇同上,"莫矜一旦擅繁华"。14."莫矜"一作"当时";15."繁"一作"豪"。

14. 蜀本、颜本俱同正文,《文苑英华》同异文;15. 蜀本、颜本、《文苑英华》俱同异文。

卷一《夏日游德州赠高四并序》(《文苑英华》不收)"虽文阙三冬"。16."文"一作"史"。

16. 蜀本阙,颜本同异文。

卷、篇同上,"少寄言而荃道"。17."荃"一作"诠"。

17 蜀本、颜本俱同正文。

卷、篇同上,"紫电浮剑匣……风烟通地轴"。18."电"一作"云";19."通"一作"连"。

18、19. 蜀本俱同异文,颜本俱同正文。

卷、篇同上,"白雪梁山曲"。20."雪"一作"云",非。

20. 蜀本同正文,颜本同异文。

卷、篇同上,"一瓢欣狎道",21."道"一作"遁"。

21. 蜀本、颜本俱同正文。

卷、篇同上,"狎道访仙槎"。22."道"一作"遁"。

22. 蜀本、颜本俱同正文。

卷一《在江南赠宋五之问》"浔阳九派长……委输下归塘……连洲拥夕涨"。23."浔阳"一作"阳侯";24."委输"一作"输委";25."涨"一作"阳",非。

23. 蜀本、颜本俱同异文,《文苑英华》同正文;24. 蜀本、颜本、《文苑英华》俱同正文;25. 蜀本、颜本俱同正文,《文苑英华》同异文。

卷、篇同上,"弹随空被笑……一朝殊默语,千里易炎凉"。26."随"一作"冠",非;27."默语"一作"语默";28."易"一作"暴",又作"异"。

26. 蜀本、颜本、《文苑英华》俱同正文;27. 蜀本、颜本俱同正文,《文苑英华》同异文;28. 蜀本同正文,颜本、《文苑英华》俱同异文。

卷、篇同上,"当忆长洲苑"。29."当忆"一作"尚想"。

29. 蜀本、《文苑英华》俱同正文;颜本作"当想",陈氏未据。

卷、篇同上,"晚秋云日明,亭皋风露清"。30."晚秋"一作"秋天";31."露"一作"雾"。

30. 蜀本、颜本俱同正文,《文苑英华》同异文;31. 蜀本、颜本俱同异文,《文苑英华》同正文。

卷、篇同上,"犹轻五车富,未重一囊贫。李仙非易托,苏鬼尚难因"。32."犹轻"一作"由来";33."重"一作"奉";34."非"一作"悲";35."鬼"一作"曲"。

32、33、34、35. 蜀本、颜本、《文苑英华》俱同正文。

卷二《棹歌行》"写月图黄罢",36."图"一作"涂"。

36. 蜀本、颜本俱同正文。《文苑英华》同异文。

卷、篇同上,"叶密舟难荡"。37."密"一作"露"。

37. 蜀本、颜本俱同异文,《文苑英华》同正文。

卷、篇同上,"秋帐灯光翠"。38."秋"一作"愁"。

38. 蜀本、颜本俱同正文,《文苑英华》同异文。

卷二《望月有所思》(《文苑英华》不收)"九秋凉气肃"。39."气"一作"风"。

39. 蜀本同异文,颜本同正文。

卷、篇同上,"晓色依关近"。40."晓"一作"晚"。

40. 蜀本、颜本俱同正文。

卷、篇同上,"愁绪共徘徊"。41."愁"一作"怨"。

41. 蜀本、颜本俱同异文。

卷二《早发诸暨》"独掩穷途泪"。42."掩"一作"有"。

42. 蜀本、颜本、《文苑英华》俱同正文。

卷二《宿山庄》(《文苑英华》不收)"玉烛几环周"。43."环"一作"还"。

43. 蜀本同异文,颜本同正文。

卷二《初秋登王司马楼宴赋得同字并序》"有异漳渠之游"。44."漳渠"颜本作"章台",非。

44. 蜀本作"章渠",陈氏未据;颜本同异文,《文苑英华》同正文。

卷二《秋日饯尹大往京并序》"尹大官三冬业畅,指兰台而拾青"。45."业"一作"悬";46."兰"一作"南"。

45. 蜀本、颜本俱同异文,《文苑英华》同正文;46. 蜀本、颜本、《文苑英华》俱同正文。

卷、篇同上,"于时兔华东上……碎楚莲于秋水"。47."华"一作"魄";48."莲"一作"兰",非。

47. 蜀本同异文,《文苑英华》同正文;48. 蜀本、颜本、《文苑英华》俱同正文。

卷、篇同上,"间吴会于星津"。49."间"各本作"问",今从蜀本。

49. 蜀本、《文苑英华》俱同正文,颜本同异文。

卷、篇同上,"落月报寒光"。50."月"一作"日"。

50. 蜀本、颜本、《文苑英华》俱同正文。

卷二《秋晨同淄州毛司马秋九咏·秋风》"紫陌炎氛歇"。51."氛"一作"气"。

51. 蜀本、颜本、《文苑英华》俱同正文。

卷、篇同上,"不分君恩绝"。52."分"一作"忿"。

52. 蜀本、颜本俱同正文,《文苑英华》同异文。

卷二《秋晨同淄州毛司马秋九咏·秋云》"泛斗瑶光动,临阳瑞色明"。53."斗"一作"沼";54."动"一作"暗";55."阳"一作"砀"。

53. 蜀本阙,颜本作"沼",陈氏未据,《文苑英华》同正文;54. 蜀本、颜本俱同正文,《文苑英华》同异文;55. 蜀本阙,颜本作"栏",陈氏未据,《文苑英华》同正文。

卷、篇同上,"谁知时不遇"。56."谁"一作"讵"。

56. 蜀本、颜本、《文苑英华》俱同正文。

卷二《秋晨同淄州毛司马秋九咏·秋月》"月满镜轮圆"。57."月"一作"潮";58."轮"一作"光"。

57. 蜀本、颜本俱同正文,《文苑英华》作"桂",陈氏未据;58. 蜀本、颜本俱同正文,《文苑英华》同异文。

卷、篇同上,"浮光漾急澜"。59."光"一作"波"。

59. 蜀本、颜本俱同正文,《文苑英华》同异文。

卷二《秋晨同淄州毛司马秋九咏·秋水》(《文苑英华》不收此首)"贝阙寒流水"。60."贝"一作"金"。

60. 蜀本、颜本俱同正文。

卷二《秋晨同淄州毛司马秋九咏·秋菊》"碎影涵流动"。61."涵"一作"临"。

61.《文苑英华》同正文,蜀本、颜本俱作"含",陈氏未据。

卷二《伤祝阿王明府并序》"与善诚难验"。62."与善"一作"契与"。

62. 蜀本作"□与",疑阙"契"字,陈氏未据,颜本同异文,《文苑英华》同正文。

卷、篇同上,"烟晦泉门闭,日尽夜台空"。63."闭"一作"夕";64."尽"一作"远"。

63、64. 蜀本、颜本俱同异文,《文苑英华》俱同正文。

卷二《于紫云观赠道士并序》题注。65."于"一作"游";66."云"一作"霞"。

65、66. 蜀本、颜本俱同正文,《文苑英华》俱同异文。

卷二《途中有怀》"涸鳞惊煦辙"。67."煦"一作"照"。

67. 蜀本、《文苑英华》俱同异文,颜本同正文。

卷二《出石门》(《文苑英华》不收)"藤细弱丝悬"。68."丝"或作"钩",非也。

68. 蜀本、颜本俱同异文。

卷二《望乡夕泛》"归怀剩不安"。69."剩"一作"到"。

69. 蜀本、颜本俱同异文，《文苑英华》同正文。

卷二《秋日山行简梁大官》(《文苑英华》不收)"百重含翠色"。70."翠"一作"秀"。

70. 蜀本、颜本俱同正文。

卷二《咏美人在天津桥》题注。71.一作"天津桥上美人"。

71. 蜀本、颜本俱同正文，《文苑英华》同异文。

卷、篇同上，"整衣香满路"。72."整"一作"动"。

72. 蜀本、颜本俱同异文，《文苑英华》同正文。

卷二《寓居洛滨对雪忆谢二兄弟》"冲飙恨易哀"。73."恨"，《文苑英华》作"愤"，注云：《集》作"恨"。

73. 蜀本、颜本俱作"限"，陈氏皆未据，《文苑英华》同异文。

卷、篇同上，"积彩明书幌"。74."彩"一作"朗"。

74. 蜀本、颜本、《文苑英华》俱同正文。

卷、篇同上，"花避犯霜梅"。75."霜"《文苑英华》注云：《集》作"雪"，颜本作"灵"。

75. 蜀本、颜本俱同异文，《文苑英华》同正文。

卷二《秋日饯陆道士陈文林得风字并序》题注。76."饯"一作"送"。

76. 蜀本、《文苑英华》俱同正文，颜本同异文。

卷、篇同上，"藉兰叶以开筵"。77."叶"一作"若"。

77. 蜀本、颜本俱同异文，《文苑英华》同正文。

卷、篇同上，"于是赤熛沈节"。78."熛"一作"烟"。

78. 蜀本、颜本、《文苑英华》俱同正文。

卷、篇同上，"尘起洛阳风"。79."洛"一作"陟"。

79. 蜀本、颜本俱同异文，《文苑英华》同正文。

卷二《送王赞府上京参选赋得鹤》题注。80.一作"明府"。

80. 蜀本、颜本俱同异文,《文苑英华》同正文。

卷二《同辛簿简仰酬思玄上人林泉四首》其一(《文苑英华》不收此首)"缉茅如违楚"。81."如违楚"一作"知还楚";82."违"或作"远",并非,今从蜀本。

81、82. 蜀本俱同正文,颜本俱同异文。

卷三《浮查并序》(《文苑英华》不收)"睹—浮查"。83."睹"一作"观"。

83. 蜀本、颜本俱同异文。

卷、篇同上,"贻诸同疾云尔"。84."疾"一作"志"。

84. 蜀本、颜本俱同异文。

卷三《赋得春云处处生》(《文苑英华》不收)"暂日祥光举"。85."暂"一作"堑"。

85. 蜀本作"槧",陈氏未据,颜本同异文。

卷、篇同上,"鹫岭狎栖真"。86."狎"一作"洽"。

86. 蜀本同异文,颜本作"洽",陈氏未据。

卷三《游灵公观》"灵峰标胜境"。87."峰"一作"岑";88."境"一作"地"。

87、88. 蜀本、颜本俱同正文,《文苑英华》俱同异文。

卷、篇同上,"玉殿斜连汉"。89."连"一作"临"。

89. 蜀本、颜本俱同异文,《文苑英华》同正文。

卷、篇同上,"流水切危弦"。90."危"一作"寒"。

90. 蜀本、颜本俱同异文,《文苑英华》同正文。

卷三《春日离长安客中言怀》题注。91. 一作"春霁早行"。

91. 蜀本、颜本俱同异文,《文苑英华》同正文。

卷、篇同上,"守拙忌因人"。92."忌"一作"忘"。

92. 蜀本、颜本俱同正文,《文苑英华》同异文。

卷三《晚渡黄河》"照日荣光净"。93."净"或作"浑"。

93. 蜀本、颜本俱同异文,《文苑英华》同正文。

卷、篇同上,"樵歌入听喧"。94."歌"一作"调"。

94. 蜀本同异文,颜本、《文苑英华》俱同正文。

卷、篇同上,"日暮他乡魂"。95."他乡"一作"不归"。

95. 蜀本、《文苑英华》俱同异文,颜本同正文。

卷三《秋夜送阎五还润州并序》"于时壁彩澄虚"。96."虚"一作"空"。

96. 蜀本、颜本、《文苑英华》俱同正文。

卷三《秋夜送阎五还润州并序》(《文苑英华》不收)"傃风啼迥堞"。97."啼"一作"翻"。

97. 蜀本、颜本俱同正文。

卷三《初秋于窦六郎宅宴得风字并序》"意尽深交洽"。98."深交洽"一作"通家冷"。

98. 蜀本作"深交冷",颜本作"深交合",《文苑英华》作"通家合",陈氏皆未据。

卷、篇同上,"草带销寒翠,花钉敛夜红"。99."带"一作"砌";100."钉"一作"枝";101."敛"一作"发"。

99. 蜀本、颜本俱同正文,《文苑英华》同异文;100、101. 蜀本、颜本俱同异文,《文苑英华》俱同正文。

卷三《饯郑安阳入蜀》"彭山折坂外"。102."山"一作"门"。

102. 蜀本、颜本俱同正文,《文苑英华》同异文。

卷、篇同上,"长途君怅望,歧路我徘徊"。103."长"一作"畏";104."歧"一作"别"。

103. 蜀本、颜本俱同正文,《文苑英华》同异文;104. 蜀本、颜本俱同异文,《文苑英华》同正文。

卷三《渡瓜步江》"鸣榔下贵洲"。105."洲"一作"州"。

105. 蜀本、颜本、《文苑英华》俱同正文。

卷、篇同上,"月迥寒沙净"。106."寒"一作"黄"。

106. 蜀本、颜本俱同异文,《文苑英华》同正文。

卷三《送费元之还蜀》题注。107. 一作"费六"。

107. 蜀本、颜本俱同异文,《文苑英华》作"费玄",陈氏未据。

卷三《四月八日题七级》(《文苑英华》不收)"三卿是偶贤"。108."卿"颜本作"乡",今据蜀本改。

108. 蜀本同正文,颜本同异文。

卷、篇同上,"曲音号盖烟"。109."音"蜀本阙。

109. 蜀本阙,颜本同正文。

卷三《月夜有怀简诸同寮》(《文苑英华》不收)题注。110."寮"一作"病"。

110. 蜀本同异文,颜本同正文。

卷三《送吴七游蜀》"星桥接蜀门"。111."接"一作"抵"。

111. 蜀本、颜本俱同异文,《文苑英华》同正文。

卷、篇同上,"夏尽兰犹茂,秋新柳尚繁……赠别竟无言"。112."尽"一作"老";113."新"一作"深";114."竟"一作"竞"。

112. 蜀本、颜本俱同正文,《文苑英华》同异文;113. 蜀本同正文,颜本、《文苑英华》俱同异文;114. 蜀本、颜本、《文苑英华》俱同正文。

卷三《乐大夫挽歌诗五首》题注。115."诗"一作"词"。

115. 蜀本脱,陈氏未据,颜本同正文,《文苑英华》同异文。

卷、篇同上,其一(《文苑英华》不收)"荒凉井径寒"。116."径"一作"陉",非。

116. 蜀本、颜本俱同正文。

卷三《同张二咏雁》"唼藻沧江远",《文苑英华》注。117."沧江"一作"苍梧",非。

117. 蜀本、颜本俱同异文,陈氏未据;《文苑英华》同正文。

卷、篇同上,"雾深迷晓景"。118."晓"一作"晚",非。

118. 蜀本、颜本俱同异文,《文苑英华》同正文。

卷三《玩初月》(《文苑英华》不收)"乘昏影暂流"。119."暂"一作"渐"。

119. 蜀本、颜本俱同异文。

卷三《饯骆四得钟字》(《文苑英华》不收)"星朗悬秋汉"。120."朗"一作"月"。

120. 蜀本、颜本俱同异文。

卷四《咏怀古意上裴侍郎》(《文苑英华》不收)"金方动秋色,铁骑拍风尘"。121."方"一作"刀";122."拍"一作"想"。

121、122. 蜀本、颜本俱同正文。

卷四《王昭君》题注。123.一作"昭君怨"。

123. 蜀本、颜本俱同正文,《文苑英华》同异文。

卷、篇同上,"缄恨度龙鳞"。124."恨"一作"怨"。

124. 蜀本、颜本俱同异文,《文苑英华》同正文。

卷、篇同上,"妆镜菱花暗"。125."妆"一作"古"。

125. 蜀本、颜本俱同异文,《文苑英华》同正文。

卷四《西行别东台祥正学士》题注。126.《文苑英华》作"政",今从蜀本。

126. 蜀本同正文,颜本同异文,按:《文苑英华》作"正",陈氏误,亦同正文。

卷四《早秋出塞寄东台详正学士》题注。127."正"一作"政"。

127. 蜀本、颜本俱同异文,《文苑英华》同正文。

卷、篇同上,"天街分斗极"。128."街"一作"衢",又作"阶"。

128. 蜀本、颜本俱同正文,《文苑英华》同异文。

卷、篇同上,"风壤异凉温"。129."温"一作"喧"。

129. 蜀本、颜本俱同正文,《文苑英华》同异文。

卷、篇同上,"戍古秋尘合"。130."合"一作"冷"。

130. 蜀本、颜本俱同异文,《文苑英华》同正文。

卷四《夕次蒲类津》题注。131.一作"晚泊蒲类"。

131. 蜀本、颜本俱同异文,《文苑英华》同正文。

卷四《晚度天山有怀京邑》"坐怜衣带赊"。132."怜"一作"令"。

132. 蜀本、颜本俱同异文,《文苑英华》同正文。

卷四《边庭落日》"燧迥戍楼通"。133."燧"一作"峰"。

133. 蜀本、颜本俱同异文,《文苑英华》不收此诗。

卷四《久戍边城有怀京邑》(《文苑英华》不收)"葭繁秋引急,桂满夕轮孤"。134."孤"一作"虚",非;135."秋引急"本作"秋色引",今据蜀本。

134. 蜀本、颜本俱同正文;135. 蜀本同正文,颜本作"秋引色",陈氏未据。

卷、篇同上,"乡园梦想徂"。 136."园"一作"关";137."徂"一作"辜",又作"徂"。

136. 蜀本同正文,颜本作"西",陈氏未据;137. 颜本同正文,蜀本作"孤",陈氏未据。

卷、篇同上,"云浮西北界……意契风云合"。 138."界"一作"盖";139."契"一作"气"。

138、139. 蜀本、颜本俱同异文。

卷、篇同上,"阳关亭障迂"。 140."障"一作"埭"。

140. 蜀本作"陇",陈氏未据;颜本同正文。

卷四《从军中行路难》"金坛受律动将军"。 141."动"一作"劝"。

141. 蜀本、颜本俱同正文,《文苑英华》同异文。

卷、篇同上,"直指三巴逾剑阁"。 142."巴"一作"危";143."逾"一作"登"。

142、143. 蜀本、颜本、《文苑英华》俱同异文。

卷、篇同上,"剑门遥裔俯灵丘"。 144."裔"一作"倚"。

144. 蜀本、颜本俱同正文,《文苑英华》同异文。

卷、篇同上,"他乡岁月晚"。 145."月"一作"华"。

145. 蜀本、颜本俱同正文,《文苑英华》"岁月"作"年岁",陈氏未据。

卷、篇同上,"去去指哀牢……绝壁千重险"。 146."哀"颜本作"危",非;147."重"一作"里"。

146. 蜀本同正文,颜本同异文;147. 蜀本、颜本俱同异文;146、147.《文苑英华》俱同正文。

卷、篇同上,"川源饶毒雾……崩槎千岁古"。 148."饶"一作"绕";149."槎"一作"匡"。

148. 蜀本、颜本、《文苑英华》俱同正文;149. 蜀本、颜本俱同异文,《文苑英华》作"查",按:"查"与"槎"古字同,故《文苑英华》亦同正文。

卷、篇同上,"秦川秦塞阻烟波……五月泸中瘴疠多"。150."川"一作"关";151."烟"一作"风";152."中"一作"川"。

150.蜀本、颜本俱同异文,《文苑英华》同正文;151.蜀本、颜本、《文苑英华》俱同正文;152.蜀本同异文,颜本、《文苑英华》俱同正文。

卷、篇同上,"重陈多苦辛,且悦清笳杨柳曲"。153."重陈"一作"征行";154."杨"一作"梅"。

153.蜀本、颜本俱同异文,《文苑英华》同正文;154.蜀本、颜本、《文苑英华》俱同异文。

卷、篇同上,"降节朱旗分日羽"。155."朱"一作"红";156."日"一作"白"。

155.蜀本、颜本俱同异文,《文苑英华》同正文;156.蜀本同正文,颜本、《文苑英华》俱同异文。

卷四《艳情代郭氏赠卢照邻》(《文苑英华》不收)"迢迢芋路望芝田"。 157."芋"各本作"芊",今从蜀本。

157.蜀本同正文,颜本同异文。

卷、篇同上,"流风回雪傥便娟……贳酒成都妾亦然"。158."傥"一作"舞";159."娟"一作"妍";160."贳"一作"货",又作"卖"。

158.蜀本、颜本俱同正文;159.蜀本作"好",陈氏未据,颜本同正文;160.蜀本、颜本俱作"货",俱同异文。

卷、篇同上,"不在长情守期契"。161."长情"一作"长门"。

161.蜀本、颜本俱同正文。

卷四《代女道士王灵妃赠道士李荣》(《文苑英华》不收)"淮浦灵津符远筮"。 162.颜本"筮"作"澨",非也。

162.蜀本同正文,颜本同异文。

卷、篇同上,"初言别在寒偏在,何悞春来春更思"。163."别在"一作"别去";164."悞"一作"悟"。

163、164.蜀本俱同正文,颜本俱同异文。

卷、篇同上,"不忿娇莺一种啼"。165."不忿"一作"愤念"。

165.蜀本、颜本俱作"分念",陈氏未据。

卷、篇同上,"千回鸟语说众诸"。166."语"一作"信"。

166.蜀本同异文,颜本同正文。

卷、篇同上,"肯使青牛学剑端"。167."肯"一作"须"。

167.蜀本阙,陈氏未据;颜本同正文。

卷四《忆蜀地佳人》(《文苑英华》不收)"只为阳台一片云"。168."阳台"一作"巫山"。

168.蜀本、颜本俱同正文。

卷四《和孙长史秋日卧病》(《文苑英华》不收)"霍第疏天府"。169."第"一作"地",非。

169.蜀本同异文,颜本同正文。

卷四《狱中书情通简知己》(《文苑英华》不收)题注。170."狱中"一作"幽絷"。

170.蜀本、颜本俱同异文。

卷、篇同上,"观光贵楚材"。171."贵"一作"赍"。

171.蜀本同正文,颜本同异文。

卷、篇同上,"绝缣非易辨"。172."绝"一作"争"。

172.蜀本、颜本俱同异文。

卷、篇同上,"揆画惭周道"。173."画"一作"拙";174."道"一作"羑"。

173.蜀本、颜本俱同异文。174.蜀本阙,陈氏未据,颜本同异文。

卷、篇同上,"入窘方摇尾"。175."方"一作"先"。

175.蜀本同异文,颜本同正文。

卷四《在狱咏蝉》"谁为表予心"。176."为"一作"谓"。

176.蜀本、颜本俱同异文,《文苑英华》同正文。

卷五《畴昔篇》"岁月春秋屡回薄……中园几见梅花落……畴昔交朋已疏索"。177."岁月春秋"一作"岁去年来";178."见"一作"番";179."朋"一作"游"。

177. 蜀本、颜本俱同正文，《文苑英华》同异文；178、179. 蜀本、颜本俱同异文，《文苑英华》俱同正文。

卷、篇同上，"垂钓甘成白首翁，负薪何处逢知己"。180."垂钓"二句一作"徒劳倦负薪，何处逢知己"。

180. 蜀本、颜本俱同异文，《文苑英华》同正文。

卷、篇同上，"不应永弃同刍狗"。181."应"一作"分"。

181. 蜀本、《文苑英华》俱同正文，颜本同异文。

卷、篇同上，"鸿来雁度无音息，策篆西南使邛僰"。182."京"一作"乡"；183."使"一作"吏"。

182、183. 蜀本、颜本、《文苑英华》俱同异文。

卷、篇同上，"寒光千里暮"。184."光"一作"云"。

184. 蜀本、颜本、《文苑英华》俱同正文。

卷、篇同上，"四世英灵用文艺"。185."用"一作"富"。

185. 蜀本、颜本俱同正文，《文苑英华》同异文。

卷、篇同上，"埔高龟步转"。186."步"一作"望"；187."转"一作"出"。

186、187. 蜀本、颜本俱同异文，《文苑英华》俱同正文。

卷、篇同上，"他乡冉冉消年月，帝里沉沉限城阙……故园梅柳尚有余，春来勿使芳菲歇"。188."冉冉"一作"苒苒"；189."沉沉"一作"悠悠"；190."梅柳"一作"桃李"；191."有余"一作"余春"；192."春来"一作"来时"。

188. 蜀本同异文，颜本同正文，《文苑英华》作"荏苒"，陈氏未据；189. 蜀本、颜本俱同正文，《文苑英华》同异文；190. 蜀本、颜本、《文苑英华》俱同正文；191. 蜀本同正文，颜本作"余条"，《文苑英华》作"余番"，陈氏皆未据；192. 蜀本、颜本俱同正文，《文苑英华》同异文。

卷、篇同上，"解鞅欲言归……离念惜徂辉……木落雁南飞"。193."鞅"一作"袂"；194."徂"一作"光"；195."雁"一作"有"。

193、194. 蜀本、颜本俱同异文，《文苑英华》俱同正文；195. 蜀本同异文，颜本同正文，《文苑英华》"木落雁"作"木雁荐"，陈氏未据。

第三章　陈氏注骆的编订与整理

卷、篇同上,"回来望平陆"。196."回来"句一作"飞鸟转南陆"。

196.蜀本阙,陈氏未据,颜本同异文,《文苑英华》同正文。

卷、篇同上,"吴江沸潮冲白日……来傍客旌悬"。197."日"一作"浪";198."来傍"一作"常伴"。

197.蜀本、《文苑英华》俱同正文,颜本作"雾",陈氏未据;198.蜀本、颜本俱同异文,《文苑英华》同正文。

卷、篇同上,"共踏春江曲,俱唱采菱歌……风光无限极"。199."共"一作"莫";200."俱"一作"但";201."极"一作"数"。

199、200、201.蜀本、颜本、《文苑英华》俱同异文。

卷、篇同上,"芝田花发屡徘徊,金谷佳期重游衍,登高南适嗤梁叟"。202."发"一作"月";203."佳期"一作"德明",非;204."南适"一作"北望"。

202.蜀本、颜本俱同正文,《文苑英华》同异文;203.蜀本同异文,颜本、《文苑英华》俱同正文;204.蜀本、颜本俱同正文,《文苑英华》同异文。

卷、篇同上,"蓬径茅斋终寂寞"。205."茅斋"一作"柴扉"。

205.蜀本、颜本、《文苑英华》俱同异文。

卷、篇同上,"复道郎官禀纶诏……高门有阅不图封,峻笔无闻敛敷妙"。206."诏"一作"诰";207."高"一作"于";208."阅"一作"阁";209."敛"一作"欲"。

206.蜀本、颜本俱同异文,《文苑英华》同正文;207.蜀本、颜本俱同正文,《文苑英华》同异文;208.蜀本、颜本俱同正文,《文苑英华》同正文;209.蜀本作"诰",陈氏未据,颜本、《文苑英华》俱同异文。

卷、篇同上,"还从御府弹……吹毛未可待"。210."府"一作"史";211."未"一作"犹"。

210、211.蜀本、颜本俱同正文,《文苑英华》俱同异文。

卷、篇同上,"邹衍含悲击燕狱,李斯抱怨拘秦桎"。212."衍"一作"阳";213."燕"一作"梁";214."桎"一作"格"。

212.蜀本、颜本、《文苑英华》俱同正文;213.蜀本、颜本、《文苑英华》俱同正文；214. 蜀本、颜本俱同异文，《文苑英华》同正文。

卷、篇同上，"朱门不易排"。215."易"一作"可"。

215. 蜀本、颜本同正文，《文苑英华》同异文。

卷、篇同上，"谁能局迹依三辅"。216."迹"一作"踏"。

216. 蜀本、颜本俱同异文，《文苑英华》作"蹄"，陈氏未据。

卷五《宿温城望军营》(《文苑英华》不收)"兵符关帝阙"。217. 蜀本缺"关"字。

217. 蜀本阙，颜本同正文。

卷、篇同上，"烟疏疑卷裖"。218."裖"一作"幔"。

218. 蜀本同正文，颜本作"被"，陈氏未据。

卷、篇同上，"临戎想霍勋"。219. 蜀本缺"霍"字，近本一作"召"，又作"顾"，今从颜本。

219. 蜀本阙，颜本同正文。

卷五《远使海曲春夜多怀》"别岛连环海"。220."环"一作"鬟"。

220. 蜀本、《文苑英华》俱同异文，颜本同正文。

卷、篇同上，"低月似依营"。221."低"一作"行"。

221. 蜀本为"但"，陈氏未据；颜本同异文，《文苑英华》同正文。

卷五《久客临海有怀》(《文苑英华》不收)"江上步安流"。222."步"一作"涉"。

222. 蜀本、颜本俱同正文。

卷五《咏怀》(《文苑英华》不收)"金椎许报韩"。223."椎"一作"槌"。

223. 蜀本、颜本俱同异文。

卷、篇同上，"松晚故凌寒"。224."故"一作"夜"。

224. 蜀本、颜本俱同异文。

卷六《荡子从军赋》"塞草长垂霜露文"。225."垂"一作"萎"。

225. 蜀本、颜本俱同异文，《文苑英华》同正文。

卷、篇同上，"屯右校以疏营"。226."屯"一作"比"。

226. 蜀本、颜本俱同异文，《文苑英华》同正文。

卷、篇同上,"白雪凝寒遍柳城"。227."白"一作"雨"。

227. 蜀本、颜本俱同异文,《文苑英华》同正文。

卷、篇同上,"亦扬麾而挑战"。228."亦"一作"且"。

228. 蜀本、颜本俱同异文,《文苑英华》同正文。

卷、篇同上,"鹦鹉杯中休劝酒"。229."休"一作"临"。

229. 蜀本、颜本俱同异文;《文苑英华》作"宁",陈氏未据。

卷、篇同上,"个日新妆始复罢"。230."始"一作"如"。

230. 蜀本同异文,颜本、《文苑英华》俱同正文。

卷六《萤火赋》"悲哉秋之为气也"。231."为"一作"乃"。

231. 蜀本、颜本、《文苑英华》俱同正文。

卷、篇同上,"小智非周身之务"。232."务"一作"防"。

232. 蜀本同异文,颜本、《文苑英华》俱同正文。

卷、篇同上,"白头如新"。233."头"一作"首"。

233. 蜀本、颜本、《文苑英华》俱同异文。

卷、篇同上,"虽造化之万殊"。234."万"一作"不"。

234. 蜀本、颜本俱同异文,《文苑英华》同正文。

卷、篇同上,"事沿情而动兴,理因物而多怀"。235. 各本"事"下有"有"字,"因"上无"理"字,今据《文苑英华》改。

235. 蜀本、颜本俱同异文,《文苑英华》同正文。

卷、篇同上,"既发晖以外融"。236."晖"一作"挥",非。

236. 蜀本、颜本俱同异文,《文苑英华》同正文。

卷、篇同上,"或凌虚而赴远……均火齐之宵映"。237."或"一作"忽";238."均"一作"如"。

237. 蜀本、颜本俱同异文,《文苑英华》同正文;238. 蜀本、《文苑英华》俱同正文,颜本同异文。

卷、篇同上,"绕堂皇而影遍"。239."遍"一作"泛"。

239. 蜀本、颜本俱同异文,《文苑英华》同正文本。

卷、篇同上,"与庭燎而相炫,然重阴于已昏"。240."庭"一作"夜";241."然"一作"照"。

240、241. 蜀本、颜本俱同正文,《文苑英华》俱同异文。

卷、篇同上,"谢飞蛾之赴熺"。242."谢"一作"对",非;243."熺"本作"嬉"。

242. 蜀本、颜本俱同异文,《文苑英华》同正文;243. 蜀本同异文,颜本、《文苑英华》俱同正文。

卷、篇同上,"终徇已以效能,靡因人而成事"。244."效"一作"致";245."靡"一作"非"。

244. 蜀本、颜本俱同异文,《文苑英华》同正文;245. 蜀本、颜本、《文苑英华》俱同正文。

卷、篇同上,"物有感而情动……殆未明其趋合……知萤之所利"。246."动"一作"迁";247."殆"一作"始";248."其"一作"于";249."所"一作"为"。

246. 蜀本、颜本、《文苑英华》俱同正文;247. 蜀本、《文苑英华》俱同异文,颜本同正文;248. 蜀本、颜本俱同异文,《文苑英华》同正文;249. 蜀本、颜本俱同异文,《文苑英华》同正文。

卷、篇同上,"吾又安知萤之所利"。250. 别本"安"下有"能"字,今从《文苑英华》。

250. 蜀本、《文苑英华》俱同正文,颜本同异文。

卷、篇同上,"牛哀倏而化贇"。251."贇"诸本俱作"虎",今据《文苑英华》。

251. 蜀本、颜本俱同异文,《文苑英华》同正文。

卷、篇同上,"览年华而自照,顾形影以相吊……憖宵行以熠耀"。252."年"一作"光";253."以"一作"之";254."憖"一作"叹"。

252. 蜀本、颜本俱同异文,《文苑英华》同正文;253. 蜀本、颜本俱同正文,《文苑英华》作"而",陈氏未据;254. 蜀本、颜本俱同异文,《文苑英华》作"慙",陈氏未据。

卷、篇同上,"殷忧积兮明自前"。255."自"一作"且"。

255. 蜀本、颜本俱同异文,《文苑英华》同正文。

卷六《灵泉颂》"笃行以通神为本"。256."神"一作"仁"。

256. 蜀本、颜本俱同异文,《文苑英华》同正文。

卷、篇同上,"幼丁偏罚,早丧慈亲,永怀鞠育之恩"。257."幼"一作"伶";258."罚"一作"露";259."亲"一作"母";260."育"一作"养"。

257、258、259. 蜀本、颜本俱同正文,《文苑英华》俱同异文;260. 蜀本、颜本俱同异文,《文苑英华》同正文。

卷、篇同上,"亢宗勖曾闵之行"。261."亢"一作"承"。

261. 蜀本、颜本、《文苑英华》俱同异文。

卷、篇同上,"北向兴悲……觊微禄以逮亲"。262."向"一作"面";263."觊"一作"欢"。

262、263. 蜀本、颜本俱同异文,《文苑英华》俱同正文。

卷、篇同上,"苟立身其若斯,于从政乎何远"。264."苟"一作"敬";265."远"一作"有"。

264. 蜀本、颜本俱同异文,《文苑英华》同正文;265. 蜀本、颜本俱同正文,《文苑英华》同异文。

卷、篇同上,"时岁亢旱"。266."时"字上有"虽属"二字,今依蜀本。

266. 蜀本、颜本同正文,《文苑英华》同异文。

卷、篇同上,"而太夫人在迟暮之年"。267.一无"而"字。

267. 蜀本、颜本俱同异文,《文苑英华》同正文。

卷、篇同上,"此邑城控剑山"。268."剑山"本作"剑溪",今从蜀本。

268. 蜀本、颜本、《文苑英华》俱同正文。

卷、篇同上,"曾微穿汲之利"。269."曾"一作"久",非。

269. 蜀本、《文苑英华》俱同正文,颜本同异文。

卷、篇同上,"前县尉柳晃"。270."前"一作"萧"。

270. 蜀本、颜本俱同异文,《文苑英华》同正文。

卷、篇同上,"义不悖道"。271."悖"一作"存",非。

271. 蜀本同异文,颜本同正文,《文苑英华》作"在",陈氏未据。

卷、篇同上,"泠泠无极"。272."极"一作"竭"。

272. 蜀本、颜本俱同异文;《文苑英华》作"竭极",陈氏未据。

卷、篇同上,"爰有劳人"。273."劳人"一作"猗人"。

273. 蜀本同正文;颜本作"芳人",陈氏未据;《文苑英华》同异文。

卷七《为齐州父老请陪封禅表》"臣闻圆天列象"。274."圆"一作"元"。

274. 蜀本、颜本、《文苑英华》俱同异文。

卷、篇同上,"纂三统之重光,御辨登枢"。275."纂"一作"缵";276."辨"一作"极"。

275. 蜀本、颜本、《文苑英华》俱同正文;276. 蜀本、颜本俱同正文,《文苑英华》作"辩",按:"辩"通"辨",故《文苑英华》亦同正文。

卷、篇同上,"详洽五云"。277."洽"一作"合";278."云"一作"灵"。

277. 蜀本、颜本、《文苑英华》俱同正文;278. 蜀本、颜本俱同正文,《文苑英华》同异文。

卷、篇同上,"捃辟雍之故事"。279."捃"一作"绍"。

279. 蜀本为"招",陈氏未据;颜本同以文件,《文苑英华》同正文。

卷、篇同上,"非烟翼轪"。280."轪"一作"较",又作"驭"。

280. 蜀本、《文苑英华》俱同正文,颜本同异文。

卷、篇同上,"俱穆二周之化,咸称一变之风……俯瞰获麟之野"。281."穆"一作"沐";282."风"一作"封";283."瞰"一作"识"。

281. 蜀本、《文苑英华》俱同正文,颜本同异文;282. 蜀本、颜本、《文苑英华》俱同正文;283. 蜀本、《文苑英华》俱同正文,颜本同异文。

卷、篇同上,"独奏告成之仪"。284. 一作"奉"。

284. 蜀本、颜本俱同异文,《文苑英华》同正文。

卷、篇同上,"仰璧轮之三舍"。285."之"一作"而"。

285. 蜀本、颜本、《文苑英华》同正文。

卷、篇同上,"玩仙阙以相欢"。286."玩"一作"仰";287."相"一作"交"。

286、287. 蜀本、颜本俱同异文,《文苑英华》俱同正文。

卷七《和道士闺情诗启》题注。288.一作"学士",非也。

288.蜀本同正文,颜本同异文,《文苑英华》脱,陈氏未据。

卷、篇同上,"学士袁庆隆"。289."袁庆隆"一作"袁庆",今从《文苑英华》。

289.蜀本、颜本俱同异文,《文苑英华》同正文。

卷、篇同上,"导引迷悮"。290."引"一作"发"。

290.蜀本同异文,颜本、《文苑英华》俱同正文。

卷、篇同上,"二京斯盛"。291."盛"一作"甚"。

291.蜀本、颜本俱同异文,《文苑英华》同正文。

卷、篇同上,"谨抽词奉和"。292."谨抽词"本作"谨申",今据《文苑英华》。

292.蜀本、颜本俱同异文,《文苑英华》同正文。

卷七《上司列太常伯启》题注。293."司列"或作"司刑"。

293.蜀本、《文苑英华》俱同正文,颜本同异文。

卷、篇同上,"所屈伸乎知己"。294."屈伸"一作"伸由"。

294.蜀本、颜本俱同正文,《文苑英华》同异文。

卷、篇同上,"德攸天纵"。295."攸"一作"由"。

295.蜀本、颜本俱同异文,《文苑英华》同正文。

卷、篇同上,"含晖礼阁"。296."阁"一作"乐"。

296.蜀本、《文苑英华》俱同正文,颜本同异文。

卷、篇同上,"毓彩文昌"。297.颜本作"文章"。

297.蜀本、《文苑英华》俱同正文,颜本同异文。

卷、篇同上,"私室庶代耕之愿"。298."愿"一作"禄"。

298.蜀本、颜本俱同异文,《文苑英华》同正文。

卷、篇同上,"晦名迹于渭滨"。299."名"一作"函"。

299.蜀本、颜本、《文苑英华》俱同异文。

卷、篇同上,"增惧木谷"。300."木"一作"冰"。

300.蜀本、《文苑英华》俱同异文,颜本同正文。

卷七《上李少常伯启》"荣悴相循"。301."循"一作"乘"。

301. 蜀本、颜本俱同正文,《文苑英华》作"仍",陈氏未据。

卷、篇同上,"鹄翅峙莲花之岳"。302."岳"一作"岭"。

302. 蜀本、颜本俱同异文,《文苑英华》同正文。

卷、篇同上,"至若瑞动赤符……联蝉龟组"。303."符"一作"光";304."联蝉"一作"蝉联"。

303、304. 蜀本、《文苑英华》俱同异文,颜本俱同正文。

卷、篇同上,"虚席礼贤"。305."席"一作"坐"。

305. 蜀本、颜本俱同异文,《文苑英华》同正文。

卷、篇同上,"然而日夜相代,笑沟壑之非遥"。306."相"一作"迁";307."笑"一作"叹"。

306. 蜀本、颜本、《文苑英华》俱同正文;307. 蜀本、颜本俱同正文,《文苑英华》同异文。

卷、篇同上,"常欲乘幽控寂"。308. 本无"常"字。

308. 蜀本、颜本俱同异文,《文苑英华》同正文。

卷、篇同上,"抢榆弱羽"。309."抢"一作"栖",非。

309. 蜀本、颜本俱同异文,《文苑英华》(枪)同正文。

卷、篇同上,"托轻葛于南樛"。310.《文苑英华》曰:"葛"《集》作"梦",疑作"蔓",蜀本亦作"梦";311."樛",颜本作"柯",非。

310. 蜀本、颜本俱同异文,《文苑英华》同正文;311. 蜀本、《文苑英华》俱同正文,颜本同异文。

卷七《上兖州刺史启》"饰羔旌而礼君子……芳声胜于万古"。312."旌"一作"牲";313."声"一作"猷"。

312、313. 蜀本、颜本俱同异文,《文苑英华》俱同正文。

卷、篇同上,"研机三箧"。314."三"一作"十"。

314. 蜀本、颜本、《文苑英华》俱同异文。

卷、篇同上,"许公明以一骥"。315."公明"一作"明公"。

315. 蜀本同异文，颜本、《文苑英华》俱同正文。

卷、篇同上，"跃纤鳞于涓滴"。316."跃"一作"濯"。

316. 蜀本、颜本俱同异文，《文苑英华》同正文。

卷七《上兖州崔长史启》"然则激溜侵星……滕镳历块"。317."溜"一作"湍"；318."历"一作"思"，非。

317. 蜀本、颜本俱同异文，《文苑英华》同正文；318. 蜀本、颜本、《文苑英华》俱同正文。

卷、篇同上，"回望鹏程之飞……车侯惊拂尘之思"。319."回"一作"肩"；320."飞"一作"迅"；321."侯"一作"候"。

319、320. 蜀本、颜本、《文苑英华》俱同异文；321. 蜀本、颜本俱同正文，《文苑英华》同异文。

卷、篇同上，"驰宵练于霜镡"。322."镡"一作"潭"。

322. 蜀本、《文苑英华》俱同异文，颜本同正文。

卷、篇同上，"必揽澄清之辔，郁文条而耀彩……晔词锋而衔奇"。323."揽"一作"拥"；324."耀"一作"擢"；325."锋"一作"峰"；326."奇"一作"价"。

323. 蜀本、颜本俱同异文，《文苑英华》同正文；324. 蜀本、颜本、《文苑英华》俱同异文；325. 蜀本、《文苑英华》俱同异文，颜本同正文；326. 蜀本、颜本、《文苑英华》俱同异文。

卷、篇同上，"斜带峄桐"。327."斜"一作"环"。

327. 蜀本、颜本俱同异文，《文苑英华》同正文。

卷、篇同上，"然而少奉过庭之训，长昧克己之方"。328."而"一作"则"；329."昧"一作"移"。

328、329. 蜀本、《文苑英华》俱同异文，颜本俱同正文。

卷、篇同上，"叹稽阜之横梁"。330."横"一作"陆"。

330. 蜀本、颜本俱同异文，《文苑英华》同正文。

卷、篇同上，"俟缥帛以弹冠"。331."俟"一作"候"。

331. 蜀本、《文苑英华》俱同异文，颜本作"佟"，陈氏未据。

卷、篇同上，"时留咳唾"。332."留"一作"流"。

332. 蜀本、颜本俱同异文，《文苑英华》同正文。

卷七《上齐州张司马启》"捐冯骦于弹铗"。333."骦"一作"谖"。

333. 蜀本、《文苑英华》俱同异文，颜本同正文。

卷、篇同上，"是以挹兰言于断金"。334.《文苑英华》注："挹"《集》作"捐"。

334. 蜀本、颜本俱同正文，《文苑英华》同异文。

卷、篇同上，"灵钩表贶"。335.《文苑英华》注："钩"《集》作"钓"，非。

335. 蜀本、颜本俱同异文，《文苑英华》同正文。

卷、篇同上，"翼唐运以基皇"。336."基皇"一作"开基"，或作"开皇"。

336. 蜀本作"开皇"，颜本作"开基"，二本俱同异文；《文苑英华》同正文。

卷、篇同上，"飞英凤穴……显耀骊泉"。337."飞英"一作"英飞"；338."显耀"一作"颖耀"；339."骊"一作"龙"。

337. 蜀本、颜本、《文苑英华》俱同正文。338. 蜀本同异文；颜本作"颖跃"，陈氏未据；《文苑英华》同正文。339. 蜀本、颜本俱同异文，《文苑英华》同正文。

卷、篇同上，"翼贰藩邸，巴敬祖之清廉……拥端悫而行仁"。340."翼"一作"化"；341."藩"一作"潜"；342."巴"各本作"挹"，或作"绍"，今从蜀本；343."行仁"一作"字人"。

340、341. 蜀本、颜本俱同正文，《文苑英华》作"翼化二邸"，陈氏未据；342. 蜀本同正文，颜本、《文苑英华》俱同异文；343. 蜀本、《文苑英华》俱同正文，颜本同异文。

卷、篇同上，"从桥之恨逾深，攀桂之情徒结……谒子将于南荆……空劳怀刺"。344."从"一作"题"；345."结"一作"切"；346."将"俗讹作"持"；347."刺"俗讹作"剡"，今正。

344. 蜀本同正文，颜本同异文，《文苑英华》作"陟"，陈氏未据；345. 蜀本、颜本、《文苑英华》俱同正文；346. 蜀本、《文苑英华》俱同正文，颜本同异文；347. 蜀本、颜本、《文苑英华》俱同正文。

卷、篇同上,"揖郭泰于灵舟……虽雅调清歌……而庸音滥吹……轻课撮囊"。348."灵"一作"仙";349."雅调"各本作"调叶";350."音"各本作"容",非;351."撮囊"各本讹作"课囊",今正。

348.蜀本同正文,颜本、《文苑英华》俱同异文;349、350、351.蜀本、颜本俱同异文,《文苑英华》俱同正文。

卷、篇同上,"萧丘之火暂热"。352."暂"一作"渐"。

352.蜀本、《文苑英华》俱同正文,颜本同异文。

卷八《上廉察使启》"习吉黄裳"。353."习"一作"袭"。

353.蜀本、颜本俱同异文,《文苑英华》同正文。

卷、篇同上,"圣日扬辉"。354."扬"一作"移"。

354.蜀本、颜本俱同正文,《文苑英华》作"多",陈氏未据。

卷八《上瑕丘韦明府启》"悟宋王于婴罗"。355."王"本作"玉",《文苑英华》注:疑按当是"玉"字之伪。

355.蜀本、颜本、《文苑英华》俱同异文。

卷、篇同上,"图基珠溜……沣灞踵高门之庆"。356."溜"一作"浦";357."踵"一作"钟"。

356.蜀本、颜本俱同正文,《文苑英华》同异文;357.蜀本、《文苑英华》俱同正文,颜本同异文。

卷、篇同上,"凤彩含姿……笔海飞涛"。358."凤彩含姿"蜀本作"凤姿含彩";359."飞"一作"流"。

358.蜀本、《文苑英华》俱同异文,颜本同正文;359.蜀本、颜本俱同异文,《文苑英华》同正文。

卷、篇同上,"德声洽咏……道化遍谣"。360."洽"一作"含";361."遍"一作"编"。

360.蜀本同异文,颜本作"社",陈氏未据,《文苑英华》同正文;361.蜀本、《文苑英华》俱同同正文,颜本同异文。

卷、篇同上,"遂使漱流逸客"。362.颜本作"激湍",非也。

362. 蜀本、《文苑英华》俱同正文,颜本同异文。

卷、篇同上,"私默识于书林"。363."私默识"《文苑英华》作"芸情织",今从蜀本。

363. 蜀本作"私情织",陈氏未据;颜本同正文,《文苑英华》同异文。

卷、篇同上,"箪笥无资"。364."笥"一作"食"。

364. 蜀本、颜本俱同异文,《文苑英华》同正文。

卷八《上郭赞府启》"翊赪霞而插极"。365."极"一作"大"。

365. 蜀本、颜本、《文苑英华》俱同正文。

卷、篇同上,"期篦迹于一枝"。366."期篦迹"一作"希篦杖"。

366. 蜀本、颜本俱同正文,《文苑英华》同异文。

卷、篇同上,"讵专闻于往笛"。367.一作"谁专称"。

367. 蜀本、颜本俱同异文,《文苑英华》同正文。

卷、篇同上,"终憎酬于蚁蛭"。368."憎"一作"会"。

368. 蜀本同异文,颜本、《文苑英华》俱同正文。

卷八《上梁明府启》"窃闻闻歌薛邑"。369."窃闻"一作"昔者"。

369. 蜀本、颜本俱同异文,《文苑英华》同正文。

卷、篇同上,"某浦石橘迁,声乡蓬转"。370."橘",《文苑英华》作"摘",注云:"摘",《集》作"播",非,今从颜本;371. 又,《文苑英华》注:《集》本"乡"作"向",非。

370. 颜本同正文,蜀本、《文苑英华》俱同异文;371. 蜀本、颜本、《文苑英华》俱同正文。

卷、篇同上,"鸣石浮川"。372."浮"一作"在"。

372. 蜀本、颜本俱同异文,《文苑英华》同正文。

卷八《答员半千书》"笃以猛风干苏之谈"。373."苏"一作"鲜"。

373. 蜀本、颜本、《文苑英华》俱同正文。

卷、篇同上,"朱卖臣之屈己也……而词旨勤勤"。374."己"一作"士";375."勤勤"一作"殷勤"。

374. 蜀本同异文,颜本、《文苑英华》俱同正文;375. 蜀本、颜本俱同异文,《文苑英华》同正文。

卷、篇同上,"非言无以诠其旨"。376."诠"一作"荃"。

376. 蜀本、颜本、《文苑英华》俱同异文。

卷八《上吏部裴侍郎书》"流涕沾衣"。377."衣"一作"襟"。

377. 蜀本、《文苑英华》俱同正文,颜本同异文。

卷、篇同上,"昔聂政荆轲"。378."轲"一作"卿"。

378. 蜀本同异文,颜本、《文苑英华》俱同正文。

卷、篇同上,"所以逡巡于成命"。379."所以"一作"而顾"。

379. 蜀本脱,陈氏未据,颜本同异文,《文苑英华》同正文。

卷、篇同上,"忽已三年,而凶服之制行终……举目增伤"。380."已"一作"至";381."行"一作"将";382."伤"一作"酸"。

380. 颜本作"以",陈氏未据,蜀本、《文苑英华》俱同正文;381. 蜀本、颜本、《文苑英华》俱同正文;382. 蜀本、颜本俱同正文,《文苑英华》同异文。

卷、篇同上,"故徐元直指心以求辞"。383."指"一作"乱"。

383. 蜀本作"寸",陈氏未据;颜本同正文;《文苑英华》同异文。

卷、篇同上,"安能死节以事人,虽物义之无嫌"。384."安"一作"焉";385."虽"一作"假"。

384. 蜀本、《文苑英华》俱本同异文,颜本同正文;385. 蜀本、颜本、《文苑英华》俱同异文。

卷、篇同上,"流沙一去……子迷入塞之魂"。386."流沙"上有一"况"字;387."迷"一作"怆"。

386. 蜀本、颜本、《文苑英华》俱同异文;387. 蜀本、颜本俱同正文,《文苑英华》同异文。

卷、篇同上,"悯乌鸟之私情"。388."悯乌鸟"一作"假燕雀"。

388. 蜀本、颜本俱作"悯燕雀",《文苑英华》作"效乌鸟",陈氏皆未据。

卷八《与博昌父老书》"几变光阴"。389."变"字《文苑英华》作"度"也。

389.蜀本、颜本俱同正文,《文苑英华》同异文。

卷、篇同上,"一十五年"。390."一"作"将"。

390.蜀本脱,陈氏未据,颜本、《文苑英华》俱同正文。

卷、篇同上,"张学士溘从朝露"。391.各本多作"张学士",今从之。

391.蜀本、颜本俱同正文,《文苑英华》作"陆处士",陈氏未据。

卷、篇同上,"仙鹤来归"。392."来"一作"未"。

392.蜀本同正文,颜本同异文,《文苑英华》作"归来",陈氏未据。

卷、篇同上,"室迩人遐"。393."室"一作"地"。

393.蜀本、颜本俱同正文,《文苑英华》同异文。

卷八《与亲情书》"辱逮湮沦"。394."湮"一作"沈"。

394.蜀本、《文苑英华》俱同正文,颜本作"堙",陈氏未据。

卷八《再与亲情书》"仰系何极"。395."仰"一作"倾"。

395.蜀本、《文苑英华》俱同异文,颜本同正文。

卷八《与程将军书》"不能买名时议"。396."买"一作"贾"。

396.蜀本、颜本、《文苑英华》俱同正文。

卷、篇同上,"般垂无所措其钩绳……良乐无所施其衔策"。397."般垂"一作"鲁班",又作"般匠";398."良乐"一作"伯乐"。

397.蜀本作"般匠",颜本作"鲁班",二本俱同异文,《文苑英华》作"班垂",按:"班"通"般",故《文苑英华》亦同正文;398.蜀本、《文苑英华》俱同正文,颜本同异文。

卷、篇同上,"勿使将词翰为行己内篇"。399."勿使将"各本作"将使",今从蜀本;400."内"一作"外"。

399.蜀本同正文,颜本、《文苑英华》俱同异文;400.蜀本、颜本、《文苑英华》俱同异文。

卷九《自叙状》(《文苑英华》不收)"莫不徇名养利……而循誉察能"。401."利"一作"素";402."循"一作"修"。

401.蜀本、颜本俱同正文;402.蜀本、颜本俱同异文。

卷九《对策文三道》其二"漆园起论,爱称绝机"。403."起"一作"着";404."机"一作"巧"。

403.蜀本、颜本、《文苑英华》俱同正文;404.蜀本、《文苑英华》俱同异文,颜本同正文。

卷、篇同上,"尔其失陈"。405."失"一作"敷"。

405.蜀本同异文,颜本作"大",陈氏未据,《文苑英华》同正文。

卷、篇同上,"财曰聚人"。406."曰"一作"用"。

406.蜀本、《文苑英华》俱同正文,颜本同异文。

卷、篇同上,"斯乃变通权数"。407."数"一作"教"。

407.蜀本、《文苑英华》俱同异文,颜本同正文。

卷、篇同上,"当今海内乂安……士食旧德"。408."当"一作"方";409."乂"一作"久";410."食"一作"植"。

408.蜀本、颜本、《文苑英华》俱同正文;409.蜀本、颜本、《文苑英华》俱同正文;410.蜀本、颜本俱同异文,《文苑英华》同正文。

卷九《对策文三道》其三(《文苑英华》不收),"圣智有贤明之佐"。411."圣智"句一作"荀勖代良平之佐"。

411.蜀本作"荀勖代良平之荣",陈氏未据;颜本同正文。

卷九《秋日于益州李长史宅宴序》"怀才韫价"。412."价"一作"智"。

412.蜀本、颜本俱同正文,《文苑英华》同异文。

卷、篇同上,"宠辱两忘"。413."忘"一作"存",非。

413.蜀本、颜本俱同异文,《文苑英华》同正文。

卷、篇同上,"芳亭兴洽,如归山简之池"。414."芳"一作"茅";415."归"一作"临"。

414.蜀本、颜本俱同异文,《文苑英华》同正文;415.蜀本、颜本俱同正文,《文苑英华》同异文。

卷、篇同上,"非无山水助人……式昭乐事云尔"。416."山"一作"池";417."昭"一作"贴"。

416.蜀本、《文苑英华》俱同正文,颜本同异文;417.蜀本、颜本俱同异文,《文苑英华》同正文。

卷九《冒雨寻菊序》(《文苑英华》不收)"风生曳鹭之涛……苔湿印龟之岸"。418."鹭"各本作"露";419."苔"一作"雨"。

418.蜀本、颜本俱同异文;419.蜀本同正文,颜本同异文。

卷九《晦日楚国寺宴序》"夫天下通交"。420."通交"一作"交通"。

420.蜀本、颜本俱同异文;《文苑英华》同正文。

卷、篇同上,"群贤抱古人之清风"。421."抱"一作"挹"。

421.蜀本、颜本俱同正文,《文苑英华》同异文。

卷、篇同上,"然醉可逃谊"。422."然"一作"庶"。

422.蜀本同异文,颜本脱,陈氏未据,《文苑英华》同正文。

卷九《夏初饯宋三少府之丰城诗序》"小山之路行遥"。423."山"一作"子"。

423.蜀本、《文苑英华》俱同正文,颜本同异文。

卷九《初春邪岭送益府窦参军宴序》"分首三秦"。424.或作"三春",非也。

424.蜀本、颜本、《文苑英华》俱同正文。

卷九《秋日饯魏录事使西州序》(《文苑英华》不收)"一韵一篇"。425.一作"四韵四篇"。

425.蜀本、颜本俱同异文。

卷九《饯李八骑曹序》题注。426.一作"诗序"。

426.蜀本、颜本俱同异文,《文苑英华》同正文。

卷、篇同上,"然乃想山川之遽遥"。427."乃"一作"而"。

427.蜀本、颜本、《文苑英华》俱同异文。

卷、篇同上,"水树含春"。328."春"一作"香"。

428.蜀本、《文苑英华》俱同正文,颜本同异文。

卷、篇同上,"近人离弦"。429."弦"一作"筵"。

429.蜀本作"弦",陈氏未据;颜本、《文苑英华》俱同正文。

卷、篇同上,"金乌落而离言促"。430."乌"一作"马";431."落"一作"络"。

430、431. 蜀本、《文苑英华》俱同正文,颜本俱同异文。

卷、篇同上,"各赋一言"。432.一作"章"。

432. 蜀本、颜本、《文苑英华》俱同正文。

卷九《扬州看竞渡序》"鼓吹沸于江山,绮罗蔽于云日"。433.本无二"于"字;434."沸"一作"咽"。

433、434. 蜀本、颜本俱同异文,《文苑英华》俱同正文。

卷、篇同上,"独美陈思"。435.一作"犹赋"。

435. 蜀本、颜本俱同异文,《文苑英华》同正文。

卷九《秋日与群公宴序》"泛沧波而长往"。436."泛"一作"溯"。

436. 蜀本、颜本、《文苑英华》俱同正文。

卷、篇同上,"群公或道合忘荃"。437."合"一作"洽"。

437. 蜀本、《文苑英华》俱同异文,颜本同正文。

卷、篇同上,"结虚影于鲜枝……动波文于异态"。438."鲜"一作"鳞";439."异"一作"翼"。

438. 蜀本、《文苑英华》同正文,颜本作"鳞",陈氏未据;439. 蜀本、颜本、《文苑英华》俱同正文。

卷、篇同上,"言款朝期"。440.一作"款尔连襟"。

440. 蜀本、颜本俱同异文,《文苑英华》同正文。

卷、篇同上,"何以摅情"。441."情"一作"怀"。

441. 蜀本、颜本、《文苑英华》俱同正文。

卷十《代李敬业传檄天下文》"人非温顺"。442."人"一作"性";443."温"一作"和"。

442. 蜀本、颜本、《文苑英华》俱同正文;443. 蜀本、颜本俱同正文,《文苑英华》同异文。

卷、篇同上,"尝以更衣入室……掩袖工谗……践元后于翚翟,陷吾君于聚麀"。444."尝"一作"曾";445."袖"一作"袂";446."践"一作"蹈";447.

"陷"一作"致"。

444.蜀本、颜本俱同异文,《文苑英华》同正文;445.蜀本、颜本俱同异文,《文苑英华》同正文;446.蜀本同异文,颜本、《文苑英华》俱同正文;447.蜀本同异文,颜本、《文苑英华》俱同正文。

卷、篇同上,"近狎邪僻"。448."僻"一作"佞"。

448.蜀本、颜本俱同异文,《文苑英华》同正文。

卷、篇同上,"杀姊屠兄"。449."姊"一作"子"。

449.蜀本、颜本俱同异文,《文苑英华》同正文。

卷、篇同上,"奉先帝之遗训……桓君山之流涕"。450."桓"一作"袁";451."先帝"句一作"奉先君之成业"。

450.蜀本、颜本、《文苑英华》俱同异文;451.蜀本、《文苑英华》俱同异文,颜本作"奉先君之遗训",陈氏未据。

卷、篇同上,"顺宇内之推心"。452."顺宇"一作"遂海"。

452.蜀本、颜本俱同异文,《文苑英华》同正文。

卷、篇同上,"无废旧君之命"。453."旧"一作"大"。

453.蜀本、颜本俱同异文,《文苑英华》同正文。

卷、篇同上,"同指山河,若其眷恋穷城……竟是谁家之天下"。454."指"一作"裂";455."其"一作"或";456."竟"一作"合"。

454.蜀本、颜本、《文苑英华》俱同异文;455.蜀本、颜本俱同异文,《文苑英华》同正文;456.蜀本同异文,颜本同正文,《文苑英华》作"复",陈氏未据。

卷十《兵部奏姚州道破逆贼诺没弄杨虔柳露布》"缓前禽者就日"。457."缓"一作"绥"。

457.蜀本、颜本俱同正文,《文苑英华》同异文。

卷、篇同上,"至道无为"。458."为"一作"名"。

458.蜀本、《文苑英华》俱同异文,颜本同正文。

卷、篇同上,"军次三胐昆仑镇……首徒五万众"。459."昆仑镇"一作"仑镇";460."首"一作"有"。

459. 蜀本同异文,颜本、《文苑英华》俱同正文;460. 蜀本、《文苑英华》俱同异文,颜本同正文。

卷、篇同上,"柔远者祇成于德教……于是广布朝恩"。461."祇"一作"理";462."朝"一作"皇"。

461. 蜀本、《文苑英华》俱同异文,颜本作"底",陈氏未据;462. 蜀本、颜本、《文苑英华》俱同正文。

卷、篇同上,"上柱国刘惠基……卷甲前驱"。463."惠"一作"会";464."前"一作"长"。

463. 蜀本同正文,颜本作"某",陈氏未据,《文苑英华》同异文;464. 蜀本、颜本、《文苑英华》俱同正文。

卷、篇同上,"贼首领杨虔柳、诺没弄、诺览斯等……刘惠基、高奴弗、孙仁感等……犹致析骸之请"。465."斯"一作"期";466."惠"一作"会";467."请"一作"爨"。

465. 蜀本同异文;颜本以"某"概括,陈氏未据;《文苑英华》同正文。466. 蜀本同正文,颜本以"某"概括,陈氏未据;《文苑英华》同异文。467. 蜀本、颜本俱同异文,《文苑英华》同正文。

卷、篇同上,"臣遣副总管兼安抚副使、定远将军、前左骁骑翊府中郎将令狐智通,率右武卫郎将、壮府左果毅都尉韩惠德等……遣副总管兼安抚副使、朝议大夫、使持节守银州刺史、上柱国宜春县开国男李大志,率前左武卫静福府右果毅都尉、上柱国陈弘义等"。468."骑"一作"卫";469. 二"兼"字,一本俱作"内";470."福"一作"初"。

468. 蜀本、《文苑英华》俱同异文,颜本以"某"概括,陈氏未据;469. 蜀本同正文,颜本以"某"概括,陈氏未据,《文苑英华》分别同正文、异文;470. 蜀本、《文苑英华》俱同正文,颜本以"某"概括,陈氏未据。

卷、篇同上,"启蛇行之阵……五部材雄……指挥则林壑飞腾"。471."材雄"本作"雄材",今据《玉海》;472."行"一作"形";473."指挥"一作"慷慨"。

471. 蜀本、《文苑英华》俱同正文,颜本同异文;472. 蜀本同异文,颜本、

《文苑英华》俱同正文；473.蜀本、颜本、《文苑英华》俱同异文。

卷十《兵部奏姚州破贼设蒙俭等露布》题注。474."俭"一作"险"，又作"睑"。

474.蜀本、颜本、《文苑英华》俱同正文。

卷、篇同上，"杂金行而孕气……水积炎氛"。475."孕"一作"布"；476."氛"一作"蒸"。

475.蜀本、《文苑英华》俱同正文，颜本作"厚"，陈氏未据；476.蜀本、《文苑英华》俱同正文，颜本同异文。

卷、篇同上，"故三年疲众"。477."故"一作"彼"。

477.蜀本、颜本、《文苑英华》俱同正文。

卷、篇同上，"然则大人拯物"。478."拯"一作"格"。

478.蜀本、《文苑英华》俱同正文，颜本同异文。

卷、篇同上，"道契寝绳……绿错升坛……五风异色……合璧照临之地"。479."寝"一作"书"；480."绿错"一作"苍籙"；481."五风"一作"五方"；482."合璧"一作"六合"。

479.蜀本同正文，颜本、《文苑英华》俱同异文；480.蜀本、颜本俱同正文，《文苑英华》同异文；481.蜀本、《文苑英华》俱同正文，颜本同异文；482.蜀本、颜本俱同异文，《文苑英华》同正文。

卷、篇同上，"气稽宇宙"。483."稽"一作"昏"。

483.蜀本同异文，颜本、《文苑英华》俱同正文。

卷、篇同上，"乘其马军，遣巂州都督府长史行军司马梁待辟等"。484."乘"一作"承"；485."辟"一作"璧"。

484.蜀本、颜本俱同异文，《文苑英华》同正文；485.蜀本同正文，颜本以"某"概括，陈氏未据，《文苑英华》同异文。

卷、篇同上，"呼吸则海岳沸腾"。486."海岳"一作"林壑"。

486.蜀本、颜本俱同异文，《文苑英华》同正文。

卷、篇同上，"凭川转斗"。487."凭"一作"平"。

487.蜀本、颜本、《文苑英华》俱同异文。

卷、篇同上,"擎旗而凶党冰摧"。488."冰摧"一作"山崩"。

488.蜀本、颜本俱同异文,《文苑英华》同正文。

卷、篇同上,"委命穷山……延晷漏其何几"。489."委"一作"负";490. "延"一作"逃"。

489、490.蜀本、颜本俱同异文,《文苑英华》俱同正文。

卷、篇同上,"安堵识家"。491."识家"一作"知归"。

491.蜀本、颜本俱同正文,《文苑英华》同异文。

卷、篇同上,"建鸿业于武功……岂与夫天帝前星"。492."业"一作"勋"; 493."岂"一作"宜";494."星"一作"皇"。

492.蜀本、颜本俱同异文,《文苑英华》同正文;493.蜀本、颜本、《文苑英华》俱同正文;494.蜀本同异文,颜本、《文苑英华》俱同正文。

卷十《为李总管祭赵郎将文》"薤露起送终之曲"。495."露"一作"歌"。

495.蜀本、颜本俱同异文,《文苑英华》同正文。

卷、篇同上,"夕阳低而平芜晦……或荐箪醪"。496."低"一作"曦";497. "或"一作"式"。

496.蜀本、颜本俱同异文,《文苑英华》同正文;497.蜀本同正文,颜本、《文苑英华》俱同异文。

卷十《钓矶应诘文》"历历如水上行耳"。498.一作"历如行空中"。

498.蜀本、颜本、《文苑英华》俱同正文;蜀本、《文苑英华》俱脱"上"字,陈氏未据。

卷、篇同上,"试取饵而投之,或有游而不顾之者,或有含而辙吞之者"。 499.一本"试饵而投之"下有"或有浮而不顾者,或有含而复吐者,或有廉隅莫之近者,或有贪而辙吞之者"四句。

499.蜀本、《文苑英华》俱同异文;颜本"游"作"浮","含"作"贪",二"之"字脱,似同正文。

卷、篇同上,"终始不易其道,悔吝不生其情"。500."道"一作"业";501. "生"一作"乖"。

500.蜀本、颜本俱同正文,《文苑英华》同异文;501.蜀本、颜本、《文苑英华》俱同正文。

卷、篇同上,"舍生之谓道……且夫明哲之贤"。502."舍"一作"养",又作"含",今据《文苑英华》;503."且夫"二字一作"以"。

502.蜀本作"含",颜本作"养",二本俱同异文,《文苑英华》同正文;503.蜀本、颜本、《文苑英华》俱同正文。

卷、篇同上,"既得之而舍……剿大命而后寄"。504."而舍"一作"亡求";505."寄"一作"冀"。

504.蜀本、颜本俱同正文,《文苑英华》同异文;505.蜀本、颜本、《文苑英华》俱同异文。

卷、篇同上,"夫文王制六合为钩,悬四履为饵"。506."四履"一作"西伯";507.一本二"为"字上有"而"字。

506.蜀本、颜本俱同异文,《文苑英华》同正文;507.蜀本、颜本俱同正文,《文苑英华》同异文。

卷、篇同上,"安知大夫之所钓哉"。508."钓"本作"为",今从《初学记》。

508.蜀本、颜本俱同异文,《文苑英华》同正文。

现将分析结果统计如下:

蜀本同正文有 34 处:

20、28、29、49、76、81、82、108、113、135、136、146、156、157、162、163、164、171、191、218、273、288、342、344、348、392、399、419、463、466、469、479、485、497。

颜本同正文有 47 处:

1、3、18、19、39、43、67、95、109、110、115、137、140、159、166、167、169、175、188、195、217、219、220、247、271、300、303、304、322、325、328、329、333、358、363、370、383、384、395、404、407、411、437、456、458、460、499。

《文苑英华》同正文有 148 处:

2、4、23、31、37、44、45、47、53、55、61、62、63、64、69、72、75、77、79、80、89、90、91、93、100、101、104、106、111、117、118、124、125、127、130、131、132、146、

147、149、150、153、155、176、178、179、180、186、187、193、194、196、198、206、208、214、221、225、226、227、228、234、235、236、237、239、242、244、246、248、249、251、252、255、256、260、262、263、264、267、270、279、284、285、287、289、291、292、295、298、305、308、309、310、312、313、316、317、327、330、332、335、336、338、349、350、351、353、359、360、364、367、375、379、397、405、410、413、414、417、420、422、426、433、434、435、440、445、448、449、452、453、455、465、467、469、482、484、486、488、489、490、492、495、496、502、506、508。

蜀本同异文有37处：

7、18、19、39、43、47、86、94、110、152、166、169、175、188、195、203、230、232、243、271、290、315、338、360、368、374、378、405、422、446、447、456、459、465、472、483、494。

颜本同异文有52处：

12、16、20、44、49、76、81、82、85、108、146、157、162、163、164、171、174、181、196、221、238、250、269、279、280、281、283、288、293、296、297、311、343、344、346、352、357、361、362、377、379、392、398、406、416、419、423、428、430、431、476、481。

《文苑英华》同异文有68处：

5、9、11、14、25、27、30、36、38、52、54、58、59、65、66、71、73、87、88、92、99、102、112、115、123、129、141、144、177、185、189、192、202、204、207、210、211、215、220、240、241、257、258、259、265、266、273、278、307、321、334、363、366、382、383、387、389、393、412、457、463、466、480、485、491、500、504、507。

蜀本、颜本俱同正文有82处：

5、9、11、13、14、17、21、22、25、27、30、36、38、40、52、54、57、58、59、60、65、66、70、71、87、88、92、97、102、103、112、116、121、122、123、128、129、134、141、144、145、158、168、177、185、189、192、202、204、207、210、211、215、222、240、241、253、265、266、276、278、294、301、307、321、334、354、366、387、382、389、391、393、401、412、415、421、443、457、491、504、507。

蜀本、《文苑英华》俱同正文有 39 处：

12、29、49、76、126、181、197、238、250、269、280、281、283、293、296、297、311、343、346、352、357、361、362、377、380、394、398、406、416、423、428、430、431、470、471、475、476、478、481。

颜本、《文苑英华》俱同正文有 20 处：

7、94、152、203、230、232、243、290、315、368、374、378、390、429、446、447、459、472、483、494。

蜀本、颜本、《文苑英华》俱同正文有 63 处：

6、8、24、26、32、33、34、35、42、46、48、50、51、56、74、78、96、105、114、148、151、184、190、212、213、231、245、246、268、275、276、277、282、286、306、318、337、345、347、365、368、371、373、381、396、403、408、409、424、432、436、439、441、442、454、462、464、474、477、493、498、501、503。

蜀本、颜本俱同异文有 156 处：

4、23、31、37、41、45、63、64、68、69、72、77、79、80、83、84、89、90、91、93、100、101、104、106、107、111、117、118、119、120、124、125、127、130、131、132、133、138、139、147、149、150、153、155、160、170、172、173、176、178、179、180、186、187、193、194、198、206、208、214、216、223、224、225、226、227、228、229、234、235、236、237、239、242、244、248、249、251、252、254、255、256、260、262、263、264、267、270、272、284、285、286、287、289、291、292、295、298、302、305、308、309、312、313、316、317、323、327、330、332、335、336、339、349、350、351、353、359、364、367、369、372、375、397、402、410、413、414、417、418、420、425、426、433、434、435、440、444、448、449、452、453、455、467、470、482、484、486、488、489、490、492、495、502、506、508。

蜀本、《文苑英华》俱同异文有 28 处：

1、3、67、95、220、247、300、303、304、322、325、328、329、331、333、358、370、384、395、404、407、437、451、458、460、461、468、499。

颜本、《文苑英华》俱同异文有 10 处：

28、113、156、209、342、348、399、471、479、497。

蜀本、颜本、《文苑英华》俱同异文有 30 处：

10、15、142、143、154、182、183、199、200、201、205、233、261、274、299、314、319、320、324、326、355、376、385、386、400、427、450、473、487、505。

结果比较表

蜀本同正文凡 218 处	蜀本同异文凡 251 处
颜本同正文凡 212 处	颜本同异文凡 248 处
《文苑英华》同正文凡 270 处	《文苑英华》同异文凡 136 处

综上可知，《文苑英华》同《笺注》正文数量远高于蜀、颜二本各同《笺注》正文数量，其同《笺注》异文数量又明显少于蜀、颜二本各同《笺注》异文数量。蜀、颜二本各同《笺注》异文数量又稍高于其各同《笺注》正文的数量。

对宋蜀本《骆宾王文集》，清人秦恩复自序云：

> 《骆宾王文集》余友元和顾涧蘋广圻用汲古阁毛氏藏本影写，近从之假来以校世行各本，判然不同。证诸《直斋书录解题》，蜀本也，惜其流传绝少，遂摹印行……又世行本，无足信据，故亦置而弗论。①

秦氏认为蜀本"校世行各本，判然不同""遂摹印行"，乃出于此本为宋本的考虑，宋版书在清代就视为极珍，但不一定皆为文字意义上的善本。又，李致忠《宋蜀刻本唐人集丛刊影印说明》：

> 刻本唐人集亦有夺讹文字，未可尽从。②

李致忠先生虽首肯以宋蜀本唐人集校正文字衍脱舛讹的重要性，但认为其不可尽从。今从陈熙晋《笺注》的异文情况分析，也可以看出陈氏当时于宋蜀本《骆宾王文集》亦存斟酌。对颜本，陈氏认为其"脱简甚多"，从上述异文的统计结果看，则陈氏对之所持态度当同蜀本。

---

① 万曼：《唐集叙录》，北京：中华书局，1980 年，第 28 页。
② （唐）骆宾王撰：《骆宾王文集》，卷首，上海：上海古籍出版社影印宋蜀刻本，1994 年。

由上可得出结论如下：

1. 从校勘异文数量统计来看，陈氏不可能直接选定蜀本或颜本。陈氏在校语中提到《文苑英华》、蜀本、颜本三者的版本名称，而其他各本则以"一作某"或"各本作某"出现。可见，陈氏应认为此三本的版本价值要高过其他各本。故结合前文对陈氏"凡例"的总结可得，陈氏整理骆集时应以参考蜀本、颜本为主，并将金、施、黄、项等各本收集一处，比较其中收篇之多寡与异同以及文字之正误，正如其序文所云"取箧衍旧稿排次之""取各本校正"，乃重新编订了一个十卷本骆集。

2. 比之蜀、颜二本，《文苑英华》出现异文最少，亦最善，则陈氏应以其为主要对校本。

就第二点结论，1966年中华书局出版之《文苑英华》卷首《出版前言》云：

> 关于文字校勘，宋人编订的唐人文集，所据的材料往往和《英华》源出两途，文字有所差异，可以互相比较。至于明清人编订的唐人文集，《英华》一书更是重要的校勘依据……《英华》中还有不少"集作某""某史作某"的小注，这个"集"和"某史"当然是宋本，这样的小注正是以宋本校宋本的校勘记，对后人校勘该集、该史有参考价值。①

可以想见，陈氏选《文苑英华》作为其主校本是可能的。

第二节　辑　佚

《骆宾王文集》今存宋蜀本有郗云卿序云：

> 文明中，与嗣业于广陵共谋起义，兵事既不捷，因致逃遁，遂至文集悉皆散失。后中宗朝，降敕搜访宾王诗笔，令云卿集焉。所载

---

① （宋）李昉等编：《文苑英华》，影印宋明合卷刊本骆集，卷首，北京：中华书局，1966年。

>即当时之遗漏,凡十卷。此集并是家藏者,亦足传诸好事。①

骆宾王于文明中因起事失利而致身败。二十余年后,中宗登位时出于褒奖其忠于李唐王朝之节义,而敕令郗云卿搜访骆的诗文,可谓宾王之幸,诗家之幸。郗云卿其人于史无传,《旧唐书》骆宾王本传言其为兖州人,而郗云卿又自谓鲁国人。今人骆祥发等人认为,骆宾王在《上兖州刺史启》中自陈为"淹中故俗",又在《与博昌父老书》中自称"稷下遗甿"。"淹中""稷下"乃属古齐、鲁之地,宾王在此用典即表明自己视博昌为乡梓,且博昌与兖州地域临近,故宾王于齐鲁一带多有履迹。可见,中宗之所以诏令郗云卿搜集骆宾王诗文,极有可能是因为郗云卿是兖州人,应甚悉宾王行迹和其著述。② 由此可证,郗氏所辑十卷本《骆宾王文集》谓"即当时之遗漏"应是可信的,而此十卷本应是骆宾王遗笔的最早传本。以各家书目成书时代先后为顺序,即《旧唐书·经籍志》《崇文总目》《新唐书·艺文志》《郡斋读书志》《遂初堂书目》《直斋书录解题》《文献通考》《宋史·艺文志》,除《遂初堂书目》载《骆宾王文集》不分卷外,其余各家均载为十卷,皆与郗序合。又《宋史·艺文志》载其《百道判》三卷。后来《四库全书总目提要》云:"其集新、旧《唐书》皆作十卷,宋《艺文志》载有《百道判》三卷,今并散佚。"③可知郗云卿原辑与《百道判》三卷已佚。

郗辑十卷本、宋志所载《百道判》三卷皆未言明篇数几何。然宾王七岁即能赋咏鹅诗,其《畴昔篇》亦云:"江南节序多,文酒屡经过。共踏春江曲,俱唱采菱歌。"可见宾王一生诗酒伴日之多,且才情纵放,文笔宏富,及其起兵败亡之际,已年近花甲,平生所作诗文当复不少。傅璇琮主编《唐才子传校笺》载骆祥发先生言:

>又《新传》云:"中宗时,诏求其文,得数百篇。"未标明卷数。《新唐书·艺文志》作十卷,与郗序合,但"得数百篇"语未见郗《序》,盖

---

① (唐)骆宾王撰:《骆宾王文集》,卷首,上海:上海古籍出版社影印宋蜀刻本,1994年。
② 骆祥发:《骆宾王评传》,北京:北京出版社,1987年,第46~48页、第199页。
③ (清)永瑢等撰:《四库全书总目提要》,卷一百四十九,北京:中华书局,1973年,第1278页。

为骆集十卷诗文之总称。《才子传》称"得百余篇及诗等十卷",当是"数百篇"中有文百余篇,其余为诗。今传《骆宾王文集》仅有各类文三十八篇,诗百二十五首,赋颂三,合计一百六十六篇,不足《新传》所称"数百篇"之数,亦不符《才子传》"得百余篇及诗等十卷"之记载。盖郗云卿所辑之十卷本,在流传中已多散佚,今称"宋蜀本重雕"之《骆宾王文集》,实非郗辑之全豹。又《宋史·艺文志》称宾王有《百道判》三卷,《才子传》作《百道判》一卷,不知何据,今佚。(骆祥发)①

今观《新唐书》骆宾王本传和《唐才子传》所记,与上述情形俱合。至于《宋史·艺文志》和《唐才子传》所载《百道判》卷数有差异,乃古书分卷常有变化使然。《唐才子传》与《宋史》二者成书年代相差不远,《四库全书总目提要》云:"辛文房,西域人,其始末不见于史传,唯陆友仁《研北杂志》称其能诗。"②《四库全书总目提要》又据陆友仁《研北杂志》"前有元统二年(1334)二月自序,称元统元年(1333)冬还自京师,索居吴下,追忆所欲言者,命其子录藏"云云,③则辛文房应于元统年间尚在。《宋史》成书于元至正五年(1345),故其一卷分为三卷亦属可能,即《百道判》在《宋史》成书之时尚未散失。然今存蜀本骆集与郗辑之关系大体为何,上述骆祥发先生所言甚明,无须赘述。而宋陈振孙《直斋书录解题》云:

> 《骆宾王文集》十卷……其首卷有鲁国郗云卿《序》,言宾王光宅中广陵乱伏诛,莫有收拾其文者,后有敕搜访,云卿撰焉。又有蜀本,卷数亦同,而次序先后皆异,序文视前本加详。④

---

① 傅璇琮主编:《唐才子传校笺》,卷一,北京:中华书局,1987年,第65页,引述骆祥发之言。
② (清)永瑢等撰:《四库全书总目提要》,卷一百四十九,北京:中华书局,1973年,第523页。
③ (清)永瑢等撰:《四库全书总目提要》,卷一百四十九,北京:中华书局,1973年,第1051页。
④ (宋)陈振孙:《直斋书录解题》,卷十六,影印《文渊阁四库全书》,第432册,台北:商务印书馆,1986年,第798页。

据此,蜀本骆集至迟在陈振孙之时即已与原郗云卿辑本并行于世,说明陈振孙是见过这两种本子的,则此时蜀本似不是阙失之集,但云卷数相仍,次序与郗辑互异,未知何故。而今存蜀本骆集各体收篇数量失衡严重,从蜀本诗、序收篇情况看,《看竞渡序》有序无诗,《送阎五》诗序皆有。以此类推,则宾王诗序并行之篇在流传中互有散失。以宾王文笔之富赡,其诗并序之篇亦应不少,今存蜀本诗序并存之篇寥寥可数:有序无诗者凡九篇,诗序并存者凡十三篇,但蜀本将序皆归一类,诗则另收他卷;启诗并行者仅存二篇,余皆有启无诗,当中亦不排除有启之诗或诗并启皆亡佚者。

《旧唐书》本传曰:"有兖州人郗云卿集成十卷,盛传于世。"南宋初尤袤《遂初堂书目》又记《骆宾王文集》不分卷,则知郗云卿原辑本甚为流传,至南宋至少已有不分卷本与蜀本十卷同郗云卿原辑并行,其中所收篇目,宜均宗云卿原辑。

综上所述,可以得出如下结论:

其一,郗云卿辑本十卷应是骆集最早之定本;

其二,郗辑当非骆集(宾王手稿)之全豹,且已佚;

其三,今存蜀本亦非郗辑原帙,流传中又多有散佚;

其四,据蜀本现存骆诗、文总数,乃仅得其十之二三。

今存毛晋汲古阁藏本宋蜀本十卷《骆宾王文集》,卷六至卷十配有毛晋影明钞本。

关于骆集元刊,万曼《唐集叙录》据清孙星衍《平津馆鉴藏记》载有十卷本《骆宾王文集》,半叶十一行,行十八字;又据孙氏《廉石居藏书记》载,右十卷本《骆宾王文集》,冠以列传,先列《萤火赋》,终于《丹阳刺史挽词》,二本俱无郗序。① 今《四部丛刊》所收明翻元刻影印本亦半叶十一行,行十八字,其卷首附郗云卿原序乃"据石研斋重雕宋蜀本补",②盖与万曼所记元刊本同。

---

① 万曼:《唐集叙录》,北京:中华书局,1980年,第26~27页。
② (唐)骆宾王撰,《骆宾王文集》,卷首,《四部丛刊初编》,集部,第103册,上海:上海书店据商务印书馆民国十五年(1926)版重印,1989年。

十卷本《骆宾王文集》明刊本不下数种，十卷明刊本有清赵宗建校、丁丙跋本和瞿熙邦校跋本。丁丙跋本即江藩《半毡斋题跋》所云之"郗云卿所编"元椠本，半叶十一行十八字，即如《四部丛刊》影印明翻元刊本。瞿熙邦跋本，今人薛殿玺先生云：

> 成化、弘治间刻本，半叶九行，行二十二字，瞿熙邦跋识云"癸酉立秋，以五砚楼藏明残宋本过录"。此本分卷及编次与宋刻本同，较为接近宋刻。①

笔者据国家图书馆藏瞿跋本对照，篇目卷次皆与宋蜀本不差，仅行款、每行字数不同而已。此外，《中国古籍善本书目》所载之明万历八年（1580）胡维新、原一魁刻《骆丞文集》十卷，薛殿玺亦云"无异于宋刻本"，②笔者亦据国图藏本核对，无误。《中国古籍善本书目》又收明王世贞注《音释骆丞集》十卷，王世贞本今藏焦作市图书馆，笔者未见，不知篇目如何。又《古逸丛书三编》所收《骆宾王文集》十卷，1986年中华书局据原北京图书馆藏宋刻本（蜀本）原大影印，实为嘉庆丙子秦氏石研斋影刻宋蜀本。③

骆集十卷清刻本有康熙四十六年（1707）黄之琦觉非斋刻本《骆宾王文集》，即陈熙晋《凡例》所述之黄之绮十卷本，按："绮"当"琦"之误，今国家图书馆藏此本，卷前有《唐书》本传、万历乙卯汤宾尹序、万历辛卯汪道昆序、康熙丁亥毛奇龄序，万曼认为从中"可略见明本源流"。④ 万历辛卯为万历十九年（1591），乙卯为万历四十三年（1615），《中国古籍善本书目》载有万历十九年

---

① 薛殿玺：《影印宋本〈骆宾王文集〉说明》，李一氓等辑：《古逸丛书三编·骆宾王文集》后附，北京：中华书局，1986年。
② 薛殿玺：《影印宋本〈骆宾王文集〉说明》，李一氓等辑：《古逸丛书三编·骆宾王文集》后附，北京：中华书局，1986年。
③ 薛殿玺：《影印宋本〈骆宾王文集〉说明》，李一氓等辑：《古逸丛书三编·骆宾王文集》后附，北京：中华书局，1986年。
④ 万曼：《唐集叙录》，北京：中华书局，1980年，第28页。

虞九章刻本《唐骆先生文集》六卷与万历四十三年颜文选刻本《骆丞集》四卷。① 辛卯汪序曰"武林虞更生,嗜古而雅言诗,于唐独左袒义乌,因以搜其全"云云。② 今国家图书馆藏《唐骆先生文集》六卷有万历辛卯虞九章跋并题有"更生斋藏板",则汪序之本实为虞九章六卷本,即陈熙晋所谓之金、虞、童、陆六卷本。乙卯汤序云:"往从给谏颜公斋头,见《侍御集》,旧为舒令陈君注,而给谏补之,均之不欲朽侍御也。一日,颜伯子抱其遗稿而属余曰:'……先大人自建言忤旨来归,尝手注其文于松风涧水之间,兹不忍散帙置之,将付梓焉,乞先生叙其首。'"③按:汤序所云给谏颜公即指颜文选,《江南通志》载其为"宣城人,万历进士,知江夏县,擢给事中,在谏垣十一月,疏十三上,其请建国储,疏尤激切,以敢言外谪,后追赠光禄少卿"云云,④与汤序所言"给谏""建言忤旨"诸语俱合。又,陈熙晋谓颜文选《骆丞集》并称《侍御集》,可证汤序之本实为颜文选之四卷本《骆丞集》。汤序又指颜注乃补注舒城令陈君旧注,今国家图书馆藏《新刊骆子集注》四卷,内题"知舒城县事闽漳后学陈魁士注释"云云,⑤则颜文选四卷本又源自陈魁士《骆子集注》当有可能。而王重民《中国善本书提要》谓汤序"陈君"当指"陈继儒",颜公斋宜为"顾公斋",未知何据。⑥ 综上可知,康熙刻本骆集十卷盖与明万历刻本陈魁士四卷本、虞九章六卷本、颜文选四卷本当是同一祖本系统内的本子,卷数亦多有分合,然诸本所收之篇目和体例编次相差极小,仅分卷有异。《中国古籍善本书目》所载之明顾从敬辑本《类选注释骆丞全集》四卷,据王重民说是明末坊刻本,乃

---

① 中国古籍善本编委会编:《中国古籍善本书目》,集部(上),上海:上海古籍出版社,1987年,第41~42页。
② (唐)骆宾王撰:《骆宾王文集》,卷首,清黄之琦觉非斋藏板,国家图书馆藏本。
③ (唐)骆宾王撰:《骆宾王文集》,卷首,清黄之琦觉非斋藏板,国家图书馆藏本。
④ (清)赵弘恩修,黄之隽纂:《江南通志》,卷一百四十八,第511册,影印《文渊阁四库全书》,台北:商务印书馆,1986年,第309页。
⑤ (唐)骆宾王撰,明陈魁士注:《骆子集注》,卷首,万历七年(1579)刘大烈刻本,国家图书馆藏本。
⑥ 王重民:《中国善本书提要》,上海:上海古籍出版社,1983年,第496页。

坊贾偷刻陈魁士本无疑。① 此外，《中国古籍善本书目》收四卷本骆集还有：明崇祯刻本《唐骆临海文集》四卷，《附录》一卷；万历七年（1579）陈魁士注，刘大烈刻《新刊骆子集注》四卷；梅之焕释《文林神驹》四卷，其中《新刊骆子集注》四卷乃陈魁士六卷本之重编，篇目俱同。梅之焕本、崇祯刻本今不藏国图，不知篇目几何。今藏国图《骆侍御集》八卷为崇祯十三年（1640）刻本，后亦《附录》一卷，疑为《善本书目》所收之四卷崇祯刻本，但二者卷数不一，其《序》亦不言二者递序如何。另外，四卷本还有清乾隆四十六年（1781）星渚项家达刊本《初唐四杰集》所收之四卷本《骆丞集》，因其为陈氏《笺注》本所用之参校本，故此亦特列为一类。收六卷本还有金继震刻本，杨为栋刻本，皆名为《唐骆先生文集》，盖皆出自虞九章六卷本。又，虞九章《新刊唐骆先生文集注释评林》六卷，黄兰芳评注本《重订骆丞集》六卷，陈魁士六卷本《灵隐子》，可见陈魁士的本子在明万历间已有数种，但所收篇目俱同。

八卷本，《中国古籍善本书目》收有明王衡评注本《唐骆先生集》。

另据万曼《唐集叙录》载：骆集明刻还有不分卷本、二卷本。万氏云其均有诗、赋而无文。江东孙伯履公素校阅之《唐十二名家诗》所收《骆宾王集》不分卷本，即如万氏所云，但其中杂文仍存六篇，并非万氏所谓无文，此本为明杨一统刊，今藏国图。二卷本（以下各本亦皆藏国图）有：明嘉靖十九年（1540）朱警辑明末重刊本《初唐二十家》之《骆宾王集》；明嘉靖黄埻刻本，张逊业辑《唐十二家诗》之《骆宾王集》；霏玉轩藏板，吴郡重校刻《十二家唐诗》之《骆宾王集》；清翻刻本，南宋陈道人家本《骆宾王集》；清光绪间江标辑《唐人五十家小集》之影刻南宋书棚本《骆宾王文集》。郑振铎《劫中得书记》载《骆宾王集》一册，出《唐十二家诗》，万历甲申（1584）杨一统刊本，不分卷，并云："合刊初盛唐十二家诗者有嘉靖壬子（1552）永嘉张逊业本、晋安郑能本，余皆未见，此本题为'重刻'，却未说明系覆刊何家者，三家所选十二家，名目相同，未知张、郑二家孰为祖本。"②此本笔者拿杨一统刊孙伯履公素校不分

---

① 王重民：《中国善本书提要》，上海：上海古籍出版社，1983年，第496页。
② 郑振铎：《劫中得书记》，上海：上海古籍出版社，2006年，第52页。

卷本与之核对，篇目、编次俱同，郑说是。吴郡重校刻之《骆宾王集》篇目、编次与张逊业本亦同，有万历癸卯（1603）许自昌《新刊前唐十二家诗叙》，盖重刻张氏之本者。江标辑南宋书棚本《骆宾王集》，后书"南宋陈道人家本"，盖与清翻刻陈道人家本实出一枝。另外，张逊业又一辑本与朱警辑本并书棚本，又皆宗一祖本，即南宋陈道人家本。

此外，还有三卷本，即《中国古籍善本书目》所收之明施凤来之《评注选辑唐骆宾王狐白》上、中、下三卷。①

今存且见收于各家书目之骆集版本总数不下百余种，面貌多呈芜杂，上面谨举《唐集叙录》与《中国古籍善本书目》所收，略析源流，述其异同，其中书名、卷帙稍异而实出某家者，即以某家为主，余皆略去。今将不分卷本、二卷本、三卷本、四卷本、六卷本、八卷本、十卷本堪为一举者分列如下：

1. 《唐十二名家诗》不分卷本，明孙伯履公素校，明杨一统刊。
2. 南宋陈道人家本（书棚本）二卷。
3. 《评注选辑唐骆宾王狐白》三卷，明施凤来注。
4. 陈魁士《新刊骆子集注》四卷，明万历本。
5. 颜文选本《骆丞集》四卷，明万历本。
6. 项家达本《骆丞集》四卷，清乾隆刻本。
7. 虞九章《唐骆先生文集》六卷，明万历本。
8. 黄兰芳《重订骆丞集》六卷，明万历本。
9. 《唐骆先生文集》八卷，明万历王衡评释本。
10. 张燮辑本《骆丞集》八卷，明崇祯刻本。
11. 《骆宾王文集》，宋蜀本十卷。
12. 《四部丛刊初编》本十卷。
13. 清瞿熙邦校、跋本十卷，接近宋蜀本。

---

① 于陈熙晋《笺注·凡例》所提之施凤来（羽王）四卷本今可能亡佚，但三卷本亦为施氏所辑，所收篇目与其四卷本相差应不是很大，且四卷本为陈氏参照本，故而在此列出，以资比较。

14. 黄之琦(绮)觉非斋刻本十卷,清康熙刊本。
15.《骆临海集笺注》十卷,陈熙晋注,清咸丰刻本。

现将各家所收诗、赋、颂、杂文篇目列表如下,考察各家辑佚情况:

各家收篇和辑佚比较表

卷次	刻本	诗	辑佚诗	各本收诗总数	赋	颂	杂文	辑佚文	各本收杂文总数	各本收诗、赋、颂、杂文总数
不分卷	杨一统刊本	127	6	133	2		6		6	141
二卷	南宋书棚本(陈道人家本)	116	1	117	2		5		5	124
三卷	施羽王评注本	122	1	123	2	1	41		41	167
四卷	陈魁士注本	126		126	2	1	48		48	177
四卷	颜文选注本	127		127	2	1	48		48	178
四卷	项家达刊本	126	1	127	2	1	48		48	178
六卷	虞九章订释本	124	1	125	2	1	48		48	176
六卷	黄兰芳评注本	126	1	127	2	1	47		47	177
八卷	王衡评释本	124	1	125	2	1	48		48	176
八卷	崇祯张燮辑本	126	3	129	2	1	45	1	46	179
十卷	宋蜀刻本	126		126	2	1	48		48	177
十卷	瞿熙邦校跋本	127		127	2	1	47		47	177
十卷	《四部丛刊》影明翻元刻本	124	2	126	2	1	46		46	175
十卷	黄之绮觉非斋刻本	126	1	127	2	1	47		47	177
十卷	陈熙晋笺注本	126	7	133	2	1	48	3	51	187

由于骆宾王文集自郗云卿辑集至宋蜀本,流传情况不明,今存宋蜀本亦属残帙。南宋书棚本,即陈道人家本已辑得骆集佚诗《行路难同辛常伯作》一首;今国家图书馆藏本,即光绪二十年(1894)江标影刻《唐人五十家小集》之南宋书棚本,亦即陈道人家本骆集,却漏载该诗,此本无文。明万历十二年(1584)杨一统刊,即孙伯履公素校阅之不分卷本,已辑得骆集佚诗《行路难同

辛常伯作《从军行》《送刘少府游越州》《招隐寺》《灵隐寺》《称心寺》六首，以南宋书棚本辑得《行路难同辛常伯作》一首计，则杨氏实辑得骆集佚诗五首，此本亦无文。崇祯十三年（1640）刻本张燮辑骆宾王集，亦收《从军行》《招隐寺》《称心寺》三首，佚文辑得《上兖州张司马启》一篇。民国《四部丛刊初编》影明翻元刊本，亦收有《军中行路难同辛常伯作》《灵隐寺》二首，而清甘泉江藩《半毡斋题跋》云元本《骆宾王文集》之《军中行路难》即俗本之《行路难》，即《军中行路难同辛常伯作》，俗本之《军中行路难》"君不见封狐雄虺自成群"一首，江氏据《唐诗所》断为辛常伯诗误收宾王名下，并云"疑后人误以常伯诗羼入宾王集中尔"。① 但今存宋蜀本骆集却仅收此首，题为"行军军中行路难"，陈熙晋认为此诗为辛常伯诗亦属不实，并云"此为由蜀至姚州从军之诗，别本作辛常伯作，题云'行路难与骆宾王同作'非也"。② 今观此诗内容，俱是宾王风格，陈说是。上表中除施羽王本和《四部丛刊》本不收此诗外，余皆收，盖皆据蜀本，当属合理，又李致忠《宋蜀本唐人集丛刊影印说明》云：

> 《骆宾王文集》十卷……宋蜀刻本唐人集所收作品的多寡往往较接近于当时著录或唐人序文，这对于考订作品真伪、检核原作散佚有很大意义。③

则江氏所云非是，故《四部丛刊》影明翻元本所收之《军中行路难》乃为所辑佚诗，上表中书棚本、施羽王本、项家达本、虞九章本、黄兰芳本、王衡本、黄之琦本亦各辑有《行路难同辛常伯作》一首，骆文则诸家皆未辑佚。

综上，诸家辑佚诗最早为南宋书棚本，辑佚诗最多者为明杨一统刊本，凡五首，而佚文除崇祯张燮本辑得一篇外，其他诸家除陈熙晋外皆无有辑佚。陈熙晋在骆集辑佚方面亦有功劳，陈氏自称佚辑诗六首，但一如明杨一统所辑，另一首为《游仙观赠道士》，又辑得佚文《上兖州张司马启》同明崇祯时张

---

① 万曼：《唐集叙录》，北京：中华书局，1980 年，第 27 页。
② （唐）骆宾王撰，（清）陈熙晋注：《骆临海集笺注》，卷四，上海：上海古籍出版社，1985 年，第 134 页。
③ （唐）骆宾王撰：《骆宾王文集》，卷首，上海：上海古籍出版社影印宋蜀刻本，1994 年。

燮所辑,另外两篇为《上梁明府启》《圣泉诗序》,陈氏自云:

> 《送刘少府游越州》诗、《从军行》从《文苑英华》补,《称心寺》《游招隐寺》诗从《全唐诗》补,《游仙观赠道士》诗从《王子安集》补,《上兖州张司马启》从《文苑英华》补,《圣泉诗序》从《全唐文》补。①

按:明杨一统辑佚诗六首远在熙晋之前,张燮辑佚文一篇亦先于熙晋,杨、张二本至今俱存。熙晋当时或许未见两家之本,故云辑佚皆出己手,实际上熙晋实辑得骆集佚诗仅《游仙观赠道士》一首,佚文二篇。但熙晋将《行路难》"君不见封狐雄虺自成群"一首定为宾王之作,则值得宾肯。

第三节 校 勘

明朝万历以后,骆集之刊刻流传渐盛,然诸家版本鱼鲁亥豕,十分杂乱,陈熙晋乃参考诸本,重新编订了十卷本骆集,并以《文苑英华》为主校本,同时参校各本,对骆集进行了详细的校勘。在文字讹脱方面,诸校本中《文苑英华》最少。《文苑英华》亦为明、清学者研究和整理唐人集多用以对校文字讹误的本子,陈氏亦选此本为主校本,甚具学术眼光。据前,陈氏对其重编骆集的校勘,主要运用了对校的方法,表现在异文校语上即以"一作某"者居多。但陈氏在进行此种校勘时,凡各本字句有差互而不能决断时,态度极为审慎,绝不武断,并善于利用前人成果,且又不乏自己的判断。如卷七《上李少常伯启》"托轻葛于南樛"句下校勘异文云:"《文苑英华》曰:葛,《集》作'梦',疑作'蔓';蜀本亦作'梦';樛,颜本作'柯',非。"此处,陈氏将《文苑英华》本、蜀本、颜本异文一一列举,《文苑英华》疑"葛"乃"蔓"之误,陈氏随之注云:"刘琨《重赠卢谌诗》:妙哉蔓葛,得托樛木。"笔者认为,宾王此句典出《诗经·周南·樛木》:"南有樛木,葛藟累之。"但陈氏此处据《文苑英华》本疑"葛"乃"蔓"之误,

---

① (唐)骆宾王撰,(清)陈熙晋笺注:《骆临海集笺注》,卷首《凡例》,上海:上海古籍出版社,1985年。

是由于刘琨那首赠诗,其中"蔓葛"对"樛木"。则宾王化用此句时,当为"轻蔓"对"南樛",故陈氏审慎有因,且能够一针见血指出颜本误"樛"为"柯"之非,亦见其学问细致如此。事实上,此处陈氏所用之校勘法体现了对校与他校综合运用的特点。又,卷八《上梁明府启》"某蒲石橘迁,声乡蓬转"句下注云:

> 橘,《文苑英华》作"摘",注云:"'摘',《集》本作'播',非。"今从颜本。又《文苑英华》注:《集》本"乡"作"响",非。秦编修恩复曰:"'石'当是'右'字之伪,'声'当是'磬'字之伪。"案:此四字,难以强通。"橘迁"见《早发诸暨》诗,"蓬转"见《泊河曲》。

《早发诸暨》"橘性行应化"下注云:"《淮南子·原道训》:今夫徙树者,失其阴阳之性,则莫不枯槁,故橘树之江北则化而为枳。"《晚泊河曲》"凄断倦蓬漂"下注引吴均《闺怨诗》云"胡笳屡凄断,征蓬未肯还。"《淮南子》言之"江北"当指"江右",故骆文宜为"蒲右橘迁",秦恩复所言极是。吴均诗云"胡笳屡凄断,征蓬未肯还",则骆文若化用此句,宜当为"磬乡蓬转",才更合情理。从文法上看,"蒲右"对"磬乡"亦属合理,秦恩复云:"声"乃"磬"之伪,是也。故此,陈氏于此又下按语,颇为中肯。

综上两例,陈氏校勘骆集亦能将文法和事典巧妙结合,并善于汲取前人成果,又审以己见。下面谨列几处陈氏运用其他校勘方法中富有代表性的例子,不揣寡陋,略析一二。

1.卷一《帝京篇》"鹭涛开碧海,凤彩缀词林"下注云:

> 案:"碧海"下对"词林",当为"笔海"。

陈氏以文法而校。

2.卷三《赋得白云抱幽石》"绕镇仙衣动"下注云:

> 案:"镇"字难通,隋孔范《赋得白云抱幽石》诗:"带莲萦锦色,拂镜下仙衣。"梁萧推《赋得翠石应令》诗:"依峰形似镜,构岭势如莲。"疑本"镜"字,错作"镇",盖用"石镜石莲"之典。

陈氏引用典故和古人诗句作为旁证,得出"镇"乃"镜"之误。

3. 卷四《宪台出蛰寒夜有怀》"空余朝夕鸟,相伴夜啼寒"下注云:

《汉书·朱博传》:"以御史大夫何武为大司空,是时御史府吏舍百余区,井水皆竭,又其府中列柏树,常有野鸟数千栖宿其上,晨去暮来,号曰'朝夕鸟'。鸟去不来者数月,长者异之。后二岁余,乃更拜博为御史大夫。"《颜氏家训·文章篇》:"《汉书》:御史府中列柏树,常有野鸟数千,栖宿其上,晨去暮来,号'朝夕鸟',而文士往往误作'乌鸢'用之。"黄朝英《靖康缃素杂记》:"余案《白氏六帖》与李济翁《资暇集》,其余简编所载及人所引用,皆以为'乌鸢',而独《家训》以为不然,余所未喻。"案:宋景文谓浙本亦作"乌","乌"字当作"鸟"字,亦沿黄门之说,观此诗,则唐人固有作"鸟"字用者矣。

按:以宋浙本于文字刊刻上一般多为善本之故,若宋景文所言属实,当作"鸟"字,故唐人作"鸟"字亦不无可能,陈氏此处将典故与版本联系起来综合考证,颇能给人以启发。

4. 卷六《灵泉颂》"前县尉柳晃"下注云:

"前"一作"萧",当是"萧山县尉"之误,说见题注。(题注):宋祁《新唐书·孝友传》:"宋思礼,字过庭,事继母徐,为闻孝,补萧县主簿,会大旱,井池涸,母羸疾,非泉水不适口,思礼忧惧,且祷,忽有泉出诸庭,味甚寒,日不乏汲,县人异之,尉柳晃为刻石,颂其孝感。"刘昫《旧书·孝友传》不载。案:萧县,唐属河南道徐州,与《颂》云"此邑城控剡山,地连寓穴,回相悬隔",又云"出赞荒隅,途经胜壤",当是之官临海经过所作。唐自长安至临海,亦无由经徐州之萧县。毛氏奇龄以为萧山,又疑永兴改名萧山,在天宝年;以《文苑英华》作"前县尉",谓即"永兴"。据李吉甫《元和郡县志》:"江南道,越州萧山县,本曰'余暨',吴王弟夫概邑,吴大帝改曰'萧山',以县西一里萧山为名。"则萧山实名于三国吴,疑《颂》本作"萧山县尉",此以旧地名为称,亦犹洛州天宝元年始改为广平郡,篇中已称曰广平也。是必编斯集者,因其时永兴尚未更名萧山,据删一字,移之萧县,作《新书》者,遂沿其误,莫能订正尔。

此处考证较为复杂,熔典故、历史、地理诸多考证于一炉,又据《文苑英华》,并纠正前人之误,理校与他校相结合。

5. 卷八《与程将军书》"程期有限"下注云:

史容注《山谷诗外集》,引作"风期有限"。

此处,陈氏采用他书引骆文字句而校,属于他校法。

以上1—4例,大体为陈氏《笺注》中所用之理校之法,即杜泽逊所言之"综合考证法",[①]陈氏之理校,亦多所发明,可见其治学之严谨,学力之深厚。第5例乃陈氏所用他校之法,《笺注》中采用此法亦所在不少,比如陈氏利用《文苑英华》通校骆集,就是对"他校法"的大量运用。此处仅略例说明,余皆不赘。

综上所述,陈氏《笺注》所用的校勘方法以对校为主,兼用他校、理校,但是通篇笺释中没有充分体现出对"本校法"的使用。

第四节 编 年

骆集总体编年,始于陈熙晋,陈氏以前各家注本仅涉及零星诗文的编年,如《咏鹅》杂诗,蜀本骆集郗云卿序云:"年七岁,能属文。"《旧唐书·文苑传》云:"少善属文,尤妙五言诗。"《新唐书·文艺传》云:"七岁能赋诗。"盖两《唐书》所言皆源自郗序而又有生发,郗序蜀本骆集亦编此诗为宾王"时年七岁"作。后来众注家包括陈熙晋均据此说,将是诗编为宾王七岁时作,今人亦不持异议。但由于宾王生卒年于史无载,后人又对此争议不休,宾王七岁具体

---

① 杜泽逊:《文献学概要》,北京:中华书局,2005年,第183页。

为哪一年,论者因而纷纭不一。按:从宋蜀本算起,《咏鹅》诗是至今能见骆宾王诗、文中给予编年最早之一篇,其余诗、文的编年,自明朝万历始,至陈氏以前,仅《萤火赋》《幽絷书情通简知己》《畴昔篇》《上司列太常伯启》《与亲情书》《讨武曌檄》等六篇。

  陈氏于骆集编年首要一举,就是寓编年于分体中,将骆集诗、文大体按照其作年之先后而编排,即陈氏先以杂诗、赋颂、杂著等体例将骆集诗、文进行分体,然后在各体之下,又大体按照每篇作年先后而编次,详见《笺注》,兹不赘述。陈氏涉及具体编年之诗、文凡47篇,今人骆祥发在此基础之上,又将骆集进行编年,凡计95篇,亦多所驳正和发明。① 又,由于骆宾王生平事迹于史不详,故就其生卒年和任官及从军等与其诗文作年关系密切的事迹,今人多有考述,大多各抒己见,目前学界尚无定论,此点亦不属本文论述重点,从略。且骆宾王年谱,明、清及其以前有无,今不可考。故此,今人骆祥发、王增斌、张志烈等均在陈熙晋对骆集诗文编年考证之基础上进行骆宾王年谱的编订,同时又将一些作品作年作了进一步的详细考证,皆较为详实。如卷一《帝京篇并启》题注云:

>   刘昫《旧唐书·职官志》:"吏部尚书一员,正三品,龙朔二年,改为司列太常伯,侍郎二员,正四品上;隋大业三年,尚书六曹,各置侍郎一人,以贰尚书之职,龙朔改为司列少常伯,咸亨复,总章元年,吏部、兵部各增置侍郎一员也。尚书、侍郎之职,掌天下官吏选受勋封考课之政令。"欧阳修《新唐书》:"武德五年,改选部曰吏部;七年,省侍郎;贞观二年,复置。"杜佑《通典·职官门》:"侍郎二人,分掌选部流内六品以下官,是为铨衡之任,凡初仕进者,无不仰属焉;永徽时,马载、裴行俭为吏部侍郎,贞观以来,最为称职……"李吉甫《元和郡县志》:"关内道京兆万年县……乾封元年,分置明堂县,本汉旧县,

---

① 骆祥发:《骆宾王评传》,北京:北京出版社,1987年,参见第244~291页;骆祥发:《骆宾王诗评注》,北京:北京出版社,1989年,参见全书。

在今栎阳县东北……周明帝二年,始于长安城中置万年县,隋改为大兴县……武德元年,复为万年,乾封元年,分置明堂县……长安三年废……"张鹫《朝野佥载》"明堂主簿骆宾王《帝京篇》",则是时京兆理万年、长安、明堂、乾封四县,此篇实上于为明堂主簿时也。案:《新唐书·文艺传》:"骆宾王,义乌人,初为道王府属,历武功主簿,裴行俭为洮州总管,表掌书记,不应,调长安主簿。"虽未载明堂主簿,以秩序论之,自畿县调京县,当在历武功之后,临海在武功上行俭书,行俭既总管洮州。似主簿明堂时,侍郎当非行俭,据张说《赠太尉裴公神道碑》"上元中,诏公为洮州道左军总管,又为秦川镇抚右军总管,虽祭公有谏,耀武之事不行,而方叔帅师,来威之道备矣",则行俭是年并未往洮州。《旧书·文苑传》:"骆宾王《帝京篇》,当时以为绝唱。"疑行俭在吏部,由武功主簿调明堂,而上此篇也。

陈熙晋从职官和舆地的演变、史实等方面考证此篇作年,将相关之材料胪列一处,并作出推断,不仅资料详赡,而且十分严谨。今人之编年考证从中得到的启发亦复不小。骆祥发《骆宾王简谱》云:"本年(高宗上元三年,即公元676年)四月一日,上书裴行俭坚辞掌书记,不久参见铨选,上《帝京篇》。"①王增斌《骆宾王系年考》亦云:"上元三年四月一日,宾王在武功主簿任上,写《上吏部裴侍郎书》,后又写《上吏部侍郎帝京篇》,名声大震。"②张志烈《初唐四杰年谱》亦云:"上元三年,宾王为武功主簿,裴行俭辟掌书记,以母老为辞,遂呈《上吏部侍郎书》,③寻调明堂主簿时作此篇。"《旧唐书·裴行俭传》载行俭于"总章中,迁司列少常伯,咸亨初官名复旧,改为吏部侍郎,与李敬玄为贰,同时典选十余年,甚有能名,时人称为裴、李;行俭始设长名姓历榜,引铨注等法,又定州县升降、官资高下,以为故事……上元三年,吐蕃背叛,诏行俭为洮

---

① 骆祥发:《骆宾王评传》,北京:北京出版社,1987年,第387页。
② 王增斌:《骆宾王系年考》,载《唐代文学论丛》,1982年第2期,第93页。
③ 张志烈:《初唐四杰年谱》,成都:巴蜀书社,1993年,第150页。

州道左二军总管,寻又为秦州镇抚总管,并受元帅周王节度",①由《旧唐书》所载,可知陈氏推断不无道理。下面主要以明以来六篇之编年,将陈氏编年与骆祥发等各家编年进行比较,以说明陈熙晋于骆集编年考证之承前启后之关系和其特征。

卷四《狱中书情通简知己》题注云:

> 按诗中有云"三缄慎祸胎",又云"绝缳""疑璧"当由上疏言事后,横被以赃罪也,然则此诗盖作于为侍御史下狱时云。

黄兰芳评注本于其下亦云:"公当幽絷之时形影相怜,语甚激烈。"陈氏以骆诗"祸胎""绝缳""疑璧"三处用典而推断作年,与黄氏之说大略相同,故此处陈氏编年似有参酌黄氏者。骆祥发编为永隆元年(680)春,②王增斌编为仪凤三年(678)春,③张志烈编为调露元年(679)春。④今观诗中有"青陆春芳动"等句,再参以黄、陈二说,即初下狱时作,则王增斌编为仪凤三年春作,较为合理。按:陈氏笺注,此首与《萤火赋》《在狱咏蝉》二首在写作时序上是递进的。

卷五《畴昔篇》题注云:

> 案:临海生平行迹,略见于此篇,当作于出狱之后,未除临海丞时也。

此处,陈氏仍按诗意推测其作年。然万历施会元羽王评注本《骆宾王狐白》于题上批曰:"按此以'畴昔'名篇,可以知为敬业败后之作,其叙述累比颇为详悉,是亦可知其履历心迹之大概,而全身免祸之知趋人于寻常万上者,不止为词人文等已也"云云。⑤陈氏在诗末注"临海以仪凤三年遭诬见縶,据《在狱咏蝉》诗序,有平反已奏之语,当于次年秋得释也;《旧书·高宗纪》:仪凤四年

---

① (后晋)刘昫等:《旧唐书》,卷八十四,北京:中华书局,1974年,第2802页。
② 骆祥发:《骆宾王评传》,北京:北京出版社,1987年,第389页。
③ 王增斌:《骆宾王系年考》,载《唐代文学论丛》,1982年第2期,第96页。
④ 张志烈:《初唐四杰年谱》,成都:巴蜀书社,1993年,第204页。
⑤ (明)施凤来注:《鼎镌施会元评注选辑唐骆宾王狐白》,卷下,万历刻本,国家图书馆藏本。

正月己酉,幸东都,六月辛亥,制大赦天下,改仪凤四年为调露元年,二年十月己酉,自东都还京,据'驿使关东,天波万里'之句,盖高宗调露元年六月大赦天下改元后,自东都制旨宽宥也,虑谗佞之无穷,谢局蹐而长往,厥后临海之除,尚愿不及此也,始托寰中,末辞三辅,岂志在享爵禄者哉。"今据此诗末"涸鳞去辙还游海,幽禽释网便翔空……谁能局迹依三辅,会就商山访四翁"等数句看,符合宾王出狱时如释重负和洒脱豪迈的心境,全诗虽然俱为叙述生平之语,但通篇诗并未看出从敬业举事前后之蛛丝马迹。此处,陈氏据骆诗意和史事严密推理,并以"知人论世""以意逆志"的鉴赏态度去分析骆诗本意,得出令人信服的结论,则黄氏之谬远甚,陈氏不采其说亦颇有理。今人骆祥发编此诗作于高宗永隆元年(680)秋,①王增斌把宾王出狱以前之诗、文编年均引《畴昔篇》作为佐证,出狱后之诗、文系年再未引是诗作证,可见王亦以此篇为出狱之作,但未说明具体作于何年;②张志烈主张调露元年出狱后之作,③仪凤四年即调露元年(679),盖与陈氏编年相合,陈氏亦言此年作,笔者同意是说。

卷六《萤火赋》题注云:

按此篇当是为侍御史上疏下狱时作。

《萤火赋》首句云"余猥以明时,久遭幽絷",明万历黄兰芳评曰:"此骆公以忠谏获罪有感而作,与《在狱咏蝉》一时事也。"④明万历四十三年(1615)颜文选《骆丞集》注云:"据云卿所言,此乃上疏下狱时所赋。"⑤今人骆祥发编订此赋作于高宗永隆元年(680)秋,⑥王增斌主张作于高宗仪凤三年(678)秋,⑦张志

---

① 骆祥发:《骆宾王评传》,北京:北京出版社,1987年,第389页。
② 王增斌:《骆宾王系年考》,载《唐代文学论丛》,1982年第2期,见通篇。
③ 张志烈:《初唐四杰年谱》,成都:巴蜀书社,1993年,第206页。
④ (明)黄兰芳:《重订骆丞集》,卷一,明万历刻本,国家图书馆藏本。
⑤ (唐)骆宾王撰,(明)颜文选注:《骆丞集》,卷一,影印《文渊阁四库全书》,集部,第1065册,台北:商务印书馆,1986年,第353页。
⑥ 骆祥发:《骆宾王评传》,北京:北京出版社,1987年,第389页。
⑦ 王增斌:《骆宾王系年考》,载《唐代文学论丛》,1982年第2期,第95页。

烈先生认为作于高宗调露元年（679）秋。① 综上，黄、陈二家皆从文意判断而编年，颜注又本于郗序，然《旧唐书·文苑传》载宾王于"高宗末，为长安主簿，坐赃，左迁临海丞"，②陈氏又注《在狱咏蝉》云："'乌昔岁以啼寒，蝉今秋而表洁'，距临海之除不远矣。"宾王序并云"久遭幽絷"，且调露元年（679）距宾王获罪下狱亦有一年之久，故云"久遭幽絷"。按：《旧唐书·高宗纪》载，仪凤四年即调露元年，大赦天下，宾王于是年秋获释，则不可能是永隆元年（680）之作，且调露元年（679）亦距高宗末不远。故笔者同意张志烈先生，即此赋编年于调露元年秋较妥。

卷七《上司列太长伯启》题注云：

> 案：启中"赤文荐社"云云，此司列太长伯当是刘姓，因为《旧唐书·高宗纪》载："龙朔三年八月戊申，命司元太常伯窦德玄、司列太常伯刘祥道等九人为持节，分行天下，仍令内外官五品已上各举所知。麟德元年八月戊子，刘祥道为司礼太常伯，二年十月戊午刘祥道上疏请封禅。"疑即刘祥道也……临海此启，盖上于麟德初也，时刘祥道以太常伯兼右相，故称太常伯。

又，启中有"赤文荐社"之语，陈氏并注明此句典出《宋书·符瑞志》"孔子梦摘麟"，即"赤刘将主天下"事，暗指刘祥道，与题注合。而明万历三十年（1602）黄兰芳评注《重订骆丞集》之该启题注云："唐高宗总章二年，以卢承庆为太常伯。"③黄氏意指此篇作于是年。观启中所叙"嵩山动万岁之声，德水应千年之邑"，此当指麟德二年（665）唐高宗封禅泰山之事，而此时，刘祥道为司列太常伯，陈氏按"司礼"一作"司列"，故黄氏有误，陈氏不采有因。今人骆祥发、

---

① 张志烈：《初唐四杰年谱》，成都：巴蜀书社，1993年，第205页。
② （后晋）刘昫等：《旧唐书》，卷一百九十，北京：中华书局，1974年，第5006页。
③ （明）黄兰芳注释：《重订骆丞集》，卷五，明万历刻本，国家图书馆藏本。

王增斌、张志烈等亦主此启上于麟德初,①与陈氏考证一脉相承,亦不出陈氏所据。此处,陈氏从职官、史事、典故三处举证,推断作年,按语亦见谨慎。

卷八《与亲情书》末注云:

> 案:此书所云"晚夏炎郁",盖调露二年之六月,临海将还故里,宗族先以书存问,临海答之云尔。

陈氏此处亦按文意编年,万历黄兰芳评注本亦云"即贬临海丞时也,临海于义乌为近,故便道过家",②此处陈氏亦有参黄氏之说的可能。今人骆祥发证为高宗开耀元年(681)七月抵乡之作,③王增斌证为调露二年(680)秋赴任临海经义乌葬母时作,④张志烈证为调露二年六月赴任临海前作。⑤据陈氏所据"晚夏炎郁"之句,又据前证,则张志烈先生所言亦近之。此一处编年,陈氏承前启后之力甚明。

《笺注》卷十《代李敬业檄》,历来传颂,万历陈魁士注本⑥和颜文选注本⑦、清陈熙晋《笺注》本,俱编为中宗嗣圣元年(684)秋九月,今人骆祥发等亦承其说,可见其一脉相承,不赘。

综上所述,陈氏之前的数篇编年,虽或有其道理,但也甚为简陋,如明万历黄氏对《畴昔篇》之编年。而陈氏以史实征引为主要编年依据,并且善于从骆宾王诗旨文意、用典以及职官、舆地等处着眼,相生发明,考证精审,对后人的启发很大。关于陈氏依据诗意、文意编年,自明胡应麟始,颇有争议的是骆

---

① 骆祥发:《骆宾王评传》,北京:北京出版社,1987年,第381页;王增斌:《骆宾王系年考》,载《唐代文学论丛》,1982年第2期,第87页;张志烈:《初唐四杰年谱》,成都:巴蜀书社,1993年,第91页。
② (唐)骆宾王撰,(明)黄兰芳注:《重订骆丞集》,卷五,明万历刻本,国家图书馆藏本。
③ 骆祥发:《骆宾王评传》,北京:北京出版社,1987年,第391页。
④ 王增斌:《骆宾王系年考》,载《唐代文学论丛》,1982年第2期,第99页。
⑤ 张志烈:《初唐四杰年谱》,成都:巴蜀书社,1993年,第212页。
⑥ (唐)骆宾王撰,(明)陈魁士注:《灵隐子》,卷一,万历刻本,国家图书馆藏本。
⑦ (唐)骆宾王撰,(明)颜文选注:《骆丞集》,卷四,影印《文渊阁四库全书》,集部,第1065册,台北:商务印书馆,1986年,第447页。

集中的《夕次旧吴》《过故宋》《咏怀》三首诗,陈氏皆断为宾王从敬业举事兵败后之作,皆意含黍离之悲和故国之思。胡应麟以为《咏怀》为广陵事(即从敬业举事)前之作,后之学者由此而纷争并起,各筹己是,唯张志烈先生颇认同陈熙晋,并云:"早在中宗时郗奉命搜访编辑骆宾王文集,在序中说'兵事既不捷,因致逃遁'。"①况且陈熙晋在考证此三首作年时并未全部武断,《夕次旧吴》"当为亡命后作",《过故宋》"殆为亡命后作",极为谨慎。唯《咏怀》注云:"信逃遁后所作,胡元瑞(即胡应麟)谓作于广陵起义之前,非。"是篇王增斌先生亦主逃亡之作。② 笔者认为,此三篇难以确考其作年原因有三:其一,宾王亡命逃匿,其事迹为史家所讳,故史载不详;其二,按宾王所作诗文,多有序,此三首或许有序并述其原由,而今天的骆集已为残帙,其序文散佚,文献不足征;其三,此三首诗的内容所指不确,似有兴寄咏叹之意,而历来诗家亦不乏诸如此类的咏史之作,故众说纷纭,难以决断,此三点亦为骆集编年不能尽然之原因。因此,在证据不足的情况下,此三首的编年宜遵陈氏为妥。

---

① 张志烈:《初唐四杰年谱》,成都:巴蜀书社,1993年,第235页。
② 王增斌:《骆宾王系年考》,载《唐代文学论丛》,1982年第2期,第101页。

第四章 陈氏注骆的笺释与考证

中国古典文学的传统注释方法一般大致分为音韵、训诂和考据的语言解释，知人论世的历史解释和以意逆志的心理解释，以及对诗文内容的解释、诗文艺术风格的评析等几个方面。陈氏注骆于上述诸点亦皆具备，并以征引广博、纠正谬误和考辨精审见长。本章试从这几个方面入手，以求比较全面和深入地分析陈氏笺注骆集的特点，探讨其学术价值和意义。

第一节 训诂与考据

中国古典解释学的传统是将训诂与考据结合起来而为之，训诂专以解释字词意义为主，兼重文字和音韵的解释；考据则以解释典故、名物、职官等事典为主。有清一代，古文献整理的特征是以考据见长，尤以文字、音韵、训诂的成就最高，实质上是继承了汉代经古文学的优良传统。[①] 以乾嘉学派为代表的考据派，在经史诸子的笺释方面取得了骄人的成绩，其代表学者为钱大昕、顾广圻、戴震、段玉裁、王念孙、全祖望、章学诚等人。然整个清代学术重镇仍为经史诸子，于集部典籍之整理并不甚重视，虽然出现了钱谦益、仇兆鳌等人的注杜大作，但从整个清代学术意义上而言，古典文学文献的整理和研

---

① 孙钦善:《中国古文献学史简编》,北京:高等教育出版社,2001年,第448页。

究仍不过是经学的附庸。所以陈熙晋《骆临海集笺注》在文字、音韵和训诂等方面，亦多吸收清代中叶的乾嘉考据学派诸如段玉裁、王念孙等人在经典笺释方面的研究成果。对清代古文献学的成就，焦循在其《雕菰楼文集》卷八《辩学篇》总结曰："今学经者众矣，而著书之派有五：一曰通核，主以全经，贯以百氏，协其文辞，揆以道理；二曰据守，信古最深，谓传注之言，坚确不移，不求于心，固守其说；三曰校雠；四曰摭拾，即辑失；五曰丛缀，丛考字句名物。"①陈氏注骆与上述五个方面非常相似，其中三、四两点，前文已经论述。本节围绕"通核""据守""丛缀"等三方面试总结陈氏注骆的考证特点。

一、文字、音韵与训诂

陈氏于文字、音韵和训诂方面的考证方法主要特点颇如焦循所言之"通核""据守"，但偏重于后者，即信古，固守其说，却很少揆以道理，即滤以己见，而其首务在于"通核"，即广泛征引有关文字、音韵和训诂方面的古籍。此类典籍大凡为《说文》《尔雅》《广韵》《广雅》《释文》以及经史子集方面的注、疏、集解和正义诸籍，此虽为有清一代注释唐人诗文集普遍之特点，然陈氏广泛搜征，已难能可贵，尤其见胜于之前诸家注骆。下面就文字、音韵和训诂三方面各举数例，以明陈氏注骆"据守"的特征。

（一）文字

卷一《上吏部侍郎帝京篇并启》"承恩累息"，陈注：

班倢妤《自伤悼赋》："每寤寐而絫息兮，中佩离以自思。"颜师古《注》："絫息，言惧而喘息也。絫，古累字。"

卷二《兖州饯宋五》"淮尸泗水地"，陈注：

"尸"，古文"夷"字。《书·禹贡》："泗滨浮磬，淮夷蠙珠暨鱼。"

① 孙钦善：《中国古文献学史简编》，北京：高等教育出版社，2001年，第450页。

卷十《姚州破贼设蒙俭露布》"聚蚊蚋而成响,声若雷霆",陈注:

《汉书·中山靖王传》:"夫众煦漂山,聚蟁或䨲……"《注》:"师古曰:'蟁,古蚊字;䨲,古雷字。言众蚊飞声,有若雷也。'"

卷三《乐大夫挽歌诗五首》其三"城郭犹疑是,原陵稍觉非;九京如可作,千载与谁归。"陈注:

《礼·檀弓下》:"文子曰:'是全要领以从先大夫于九京也。'"郑氏《注》:"晋卿大夫之墓地在九原,'京'盖字之误,当为'原','下'同,'下'亦作'原'字,是观乎九原之'原',古本作'京'也;又,赵文子与叔誉观乎九原……李惇曰:'晋卿大夫之墓地在九原,犹汉、晋都洛阳而称北邙也。'此二字自晋称之方确,'原'字作'京','京'即古'原'字,今人读'京'作'京'音,错误。"按:康成《注》:"明言'京'盖字之误,当为'原',则'京'非'原'字也。"此诗因上句有"原陵",故曰"九京"。

综合上述四例,可概陈氏注骆在文字上的考证大致有两个方面:其一,直接考证骆集文字,如卷二、卷三例;其二,在征引例证时,间接考证与本字有关之字,如卷一、卷十例。陈氏基本上都是细致罗列和排比前人之有关考证,于己则无甚发明,但间有精彩之处,即如卷三例,对于"九京"之"京"的考释,陈氏先通核典籍,考证"九京"与"九原"之称的由来,然后结合骆诗文法,断定"京"字实指"京",即古"原"字,骆诗之所以字面出现"京"字,乃承上文之"原"字。

(二)音韵

陈氏注骆,对音韵的解释大体也分为两个方面,一为大量征引前人成果进行考释。一为陈氏自行解释,并以简明扼要见长,陈氏自行解释大致分为四个方面,如:

1. 直音

骆诗"平江淼淼分青浦",陈氏注曰:"郭璞《江赋》:状滔天以淼茫,音

'眇'。"(卷四《艳情代郭氏赠卢照邻》)

2. 反切

骆诗"不分君恩绝",陈氏注曰:"分,扶问切。"(卷二《同淄州毛司马秋九咏·秋风》)

3. 四声

骆诗"看吹分岩桂",陈氏注曰:"吹,去声。"(卷二《秋日山行简梁大官》)

4. 通假

骆诗"牵迹强凄惶",陈氏注曰:"《三国志·魏志·文帝纪》:黄初二年,诏曰:'昔仲尼凄凄焉,遑遑焉,欲屈以存道,贬身以救世。''遑'与'惶'通。"(卷一《在江南赠宋五之问》)

但陈氏注骆对于音韵之考证,把主要精力放在了征引有关典籍和前人的研究成果上,亦从反切和通假等方面举证:

1.骆诗"十年不调几遭回",陈氏注曰:"颜师古《注》:调,选也,音徒钓反。"(卷一《帝京篇》)

2.骆诗"轻举送长离",陈氏注曰:"瓒曰:长离,灵鸟也,'离'与'丽'古字通。"(卷三《送阎五》)

3.骆诗"别日分明相约束",陈注云:"陆德明《释文》:约,刘,于妙反,一音如字;束,刘,诗树反,一音如字。"(卷四《艳情代郭》)

4.骆诗"莫教憔悴损容仪",陈注:"《广雅·释诂》:憔悴,忧也,并音义同。"(卷五《畴昔篇》)

5.骆文"幸属大炉贞观",陈氏注云:"《易·系辞下》:天地之道,贞观也;孔颖达《疏》:谓天覆地载之道,以正贞得一,故其功可为物之所观;陆德明《释文》:观,官映反,不音官。"(卷九《自叙状》)

上述五例,分别为陈氏所用通假、直音、反切、本音等释音法解释字音,其中例5用反切与本音法综合解释字音,纠正时人对"贞观"之"观"字的误读,比较新鲜。此五例乃陈氏注骆解释字音普遍使用的方法,然有时将诸法综合运用,进行深入的考证,如卷四《从军中行路难》"沧江绿水东流驶",陈氏注:

唐释玄应《大般涅槃经音义》:"'𩢷',古文'使'字,或作'驶',同,山吏反。"《仓颉篇》:"驶,疾也,字从'史',经文从'夬'作'駃',古穴反,駃騠,骏马也。"孙星衍曰:"《说文》无'驶'字,或借'𩢷'为之,'騠'音义亦疾也。"徐铉《新附》有"吏",又从"吏",未知何据。

陈氏排比前人的考证成果,考辨"驶""𩢷""吏"三者之音义关系,从文字和音韵上两相考辨,最后存疑,亦见谨慎。

(三)训诂

对于训诂的作用,清陈澧云:"诂者,古也。古今异言,通之使人知也,时有古今,犹地有东西南北,相隔远,则言语不通矣。地远则有翻译,时远则有训诂;有翻译,则能使别国如乡邻;有训诂,则能使古今如旦暮。"① 而清代乾嘉考据学派在训诂方面的主要成就,一为因音求义;一为贯通群籍,随文释训以确定字义;一为使字义辨析更加细致,分出本义、引申义、假借义。关于因音求义,又分为两点:第一,通声音,明假借,不受字形束缚而望文生训;第二,同音或音近的字往往表示共同的语根,意义可能相同。② 陈氏注骆在上述诸方面基本能够"据守"前人尤其是乾嘉学者的成果,并举要征引,往往能够较精确地解释骆集字义,使读者能够较为容易地把握诗文内容。下面,围绕这几方面试展开说明陈氏训诂的方法:

声训、形训与义训

1. 声训

如卷三《浮查并序》"大则有栋梁舟楫之材",陈注云:

《尔雅·释宫》:"……㝔廇谓之梁。"段玉裁曰:"㝔之言网也;廇者,中庭也,架两大梁,而后可定中庭也。"

此是陈氏征引乾嘉学者因声求义而不望文生训极典型的例子,但此非直接训

---

① (清)陈澧:《东塾读书记》,卷十一"小学",上海:商务印书馆,1930年。
② 孙钦善:《中国古文献学史简编》,北京:高等教育出版社,2001年,第453页。

释骆集具体字眼。又如卷三《丹阳刺史挽歌》其三"松声薄暮来",陈氏引李善注《文选》云:

> 李善《注》:孔安国《尚书传》曰:"薄,迫也。"

此为直接训释骆诗字词的典型例子,征引准确,干净利落。

2. 形训

如卷六《萤火赋》"悟冤狱之为虫",陈注云:

> 《说文·十篇》:"冤,屈也,从冖、兔,兔在冖下,不得走,亦曲折也。"

又如,卷四《代女道士》"翻向成都骋骀引",陈氏云:

> 段玉裁《注》:"按:'骀'字假借作'趣',《周礼》《诗》《周书》之'趣马',《月令》《左传》谓之'骀',骀,趣者,疾也,掌疾养马,故曰'骀'。"

此处,陈氏又引段玉裁之说。

3. 义训

如卷六《萤火赋》"憼宵行以熠耀",陈注云:

> 《豳风》:"熠耀宵行。"《传》:"熠耀,磷也;磷,萤火也。"《疏》:"《释虫》云'萤火即炤',舍人云'萤火',即夜飞有火虫也。"《本草》:"萤火,一名'夜光',一名'熠耀'。"按:诸文皆不言萤火为磷。《淮南子》云:"久血为磷。"许慎云:"谓兵死之血,为鬼火,然则磷者,鬼火之名,非萤火也。"陈思王《萤火论》曰:"《诗》云'熠耀宵行',《章句》以为鬼火,或谓之磷,未为得也,故云宵行,然腐木得湿而光,亦有明验;众说并为萤火,近得实矣。"段玉裁曰:"萤火,谓其火荧荧闪旸,陈思王《萤火论》曰《章句》者,谓薛君《章句》,《毛》《韩》古无异说,《毛诗》字本作'荧',古者,鬼火与即炤,皆谓之'荧火',绝无'萤'字也。《钱氏诗话》:《诗》'熠耀宵行',宵行,虫名;熠耀,其光也,如后'仓庚于飞,熠耀其羽',亦是此义,不应指为虫名。"

陈氏对于"萤火"与"荧火"的考辨，得力于两个方面：一为贯通群书，充分据引；一为征段玉裁说，因音求义，析其(荧)本义，解出骆集"熠耀"二字真正含义。陈氏有时参考前人之说，并能亲自训释字义，富有总结性意味，如卷四《艳情代郭氏赠卢照邻》"无那短封即疏索"，陈氏注云：

> 无那，犹言无奈，奈、那通用，顾炎武《日知录》曰："《左传》：'河鱼腹病奈何？'华元之歌曰：'弃甲则那，直言之曰那，长言之曰奈何'，一也；六朝人多书'奈'为'那'，《三国志》：《文钦与郭淮书》：'所向全胜，要那后无继何'；《宋书·刘敬宣传》：牢之曰：'平元之后，令我那骠骑何？'"唐人诗多以"无奈"为"无那"，短封犹言短书也。

陈氏对于"短封"的解释，则言简意赅，一目了然。

陈氏串解字义探析：

1. 并列释义

如卷五《畴昔篇》"穷巷抵樵轮"，陈氏注云：

> 《方言》：抵，会也。《广雅·释诂》：抵，至也。

又，卷五《夕次旧吴》"维舟背楚服"，陈注云：

> 《诗·小雅》："泛泛杨舟，绋纚维之。"《尔雅·释水》：绋，繂也；纚，缕也。郭璞《注》：缕系。邢昺《疏》：李巡云"繂竹为索，所以维持舟者；郭云'缕系'；孙炎云"舟止，系之于树木，戾竹为大索，然则绋训为繂，繂是纼，纚训为缕，缕又为系，正谓舟之止息，以纼系而维持之也"。

陈氏征引诸籍释义，义项并列，以求解释得全面。

2. 比照释义

如卷二《冬日野望》"安步陟山椒"，陈注云：

> 武帝《李夫人赋》："释舆马于山椒兮，奄修夜之不阳。"《注》：孟康曰：山椒，山陵也；李善《注》：《月赋》曰：山椒，山顶也。

此处比照释义,诗题为"冬日野望",末句为"三江归望断,千里故乡遥",诗人似从山顶远望的角度写起,故取"山顶"为妥,陈氏此处并未作断,供人对比和品味其中精妙,比较客观。

3. 进层释义

陈氏此种释义方式,最见功力,其钩罗排比的深刻用意值得借鉴,如卷二《途中有怀》"涸鳞惊煦辄",陈注云:

> 杨雄《方言》:煦,热也,干也;郭璞《注》:热则干燥。

卷二《饯陆道士陈文林》"通庄指浮气之关",陈注云:

> 《尔雅·释宫》:六达谓之庄;邢昺《疏》:孙炎曰:"庄,盛也。"

卷三《挽乐大夫五首》其三"青鸟新兆去",陈注云:

> 《仪礼·士丧礼》:主人皆往兆南,北面,郑氏《注》:兆,域,所营之处;郝敬曰:兆犹初也,死者久宅,初曰"兆";《尔雅·释言》:兆,域也;郭璞《注》:谓茔界;《广雅·释丘》:"垗"与"兆"同。

此处第三例,深入浅出,使词义的解释随着罗列例证的递进而引申,并因声求义,析其假借,揭其本义,引述精切。

综上所述,陈氏三种串解字义的方式是笔者经过统计后选取的典型,以示陈氏排比搜罗用心之苦。

寓评于注,饱带感情:

中国传统的诂、训、传结构体式是呈层进上升的关系,即具体释义、分析章句、体察美刺三者之间的层进关系。① 陈氏注骆的结构模式基本遵循于此,除了对词的训释和分析章句外,也能征举有关典籍,附以微言,暗含对作品中人物的评价,即"以意逆志",体现了注者对作者情感意志的感知过程,如卷十《代李敬业传檄天下文》"加以虺蜴为心,豺狼成性",陈氏注云:

---

① 周光庆:《中国古典解释学导论》,北京:中华书局,2002年,第190页。

《诗·小雅》:"哀今之人,胡为虺蜴……"《笺》云:"虺蜴之性,见人则走。"《正义》曰:"陆机《疏》云:虺蜴……如蜥蜴……大如指,形状可恶……"《左传·闵公元年》:"戎狄豺狼,不可厌也。"孔颖达《疏》:"二者皆贪残之兽。"《说文·九篇》:"豺,狼属狗声";又《十篇》:"狼,似犬……"范处义《诗补传》:"虺,蝮蛇也,螫毒视他蛇为甚;蜴,守宫也,能十二时变色,哀当今之人,不能听我之言,何为如虺之肆毒以害人,如蜴之变幻莫测也……"据《毛传》,以虺、蜴为二物,此以"虺蜴"对"豺狼",盖本此义。

陈氏此段注释表面上看是为注释而注释,实则暗含了对武则天的褒贬,则陈氏的训释乃与骆文浑然天成,体现了"知人论世"和"以意逆志"的阐释原则,关于此种阐释方法,是后文专论的对象,此处从略。

(四)文字、音韵与训诂兼用

上述文字、音韵和训诂的注释方法,在大多情况下,陈氏不是孤立使用,而是综合运用。这也是中国古典解释学的特点,而陈氏的主要特征是尽量钩罗有关典籍,用尽心思排比例证之间的逻辑关系,"通核"各家,"据守"成说,间下断语并揆以道理。这也是陈氏用力最深处之一,如卷十《钓矶应诘文》"况疗饥者半菽可以充腹",陈氏注云:

《诗》曰:"泌之洋洋,可以疗饥。"案:今《陈风》作"乐饥",《传》:乐饥,可以乐道忘饥;《笺》云:泌水之流洋洋然,饥者见之,可以疗饥;陆德明《释文》:乐,本又作疗,《毛》:音洛;《郑》:力召反;沈云:旧皆作"乐"字,晚《诗》本有作"广"下"樂"字,以形声言之,殊非其义,"疗"字当"广"下作"尞"。案:《说文》云:癊,治也;疗,或"癊"字也,则《毛》止作"乐",《郑》本作"癊"。

陈氏"通核"诸籍,从《说文》之说,认为骆文"疗"字宜作"癊"字解,即当"治"解,按:作者句意亦是此意,陈说是。陈氏对典故烂熟于心,有时把文字、

音韵、训诂与典故巧妙地结合运用,极为生动,如卷三《春日离长安客中言怀》(亦作《春霁早行》)对"揶揄"的注释:

> 黄朝英《靖康缃素杂记》:"《前书》云:李左车设伏兵之计,以御韩信,而赵王不用,遂为市中人耶歈之。"苏鹗《衍义》云:"耶歈者,举手相弄之貌,即今俗谓之'冶由'也,耶歈,盖音韵讹舛耳。"又《后汉·王霸传》:"王郎起兵,光武在蓟,令霸至市中募人,将以击郎,市人皆大笑举手邪揄之。《注》:引《说文》曰:"歋歈,手相笑也;歋音弋支反,歈音踰,又音由,此云邪揄,语轻重不同。"又《世说》载:襄阳罗友,少好学,性嗜酒,当其所遇,则不择士庶,桓宣武虽以才学遇之,然以其诞率,非宏远才,许而不用,郡人有得郡者,温为席送别,友亦被命至,尤迟晚,温问之,答曰:"旦出门,于中路逢一鬼,大揶揄云:'我只见汝送人作郡,何以不见人送汝作郡?'遂惭怖却回,不觉淹缓之罪。"桓虽知其滑稽,心颇愧焉,后以为襄阳太守。

此处,陈氏将"揶揄"字形、音、义之演变和其出典巧妙地穿插串解,尤其是最后一个典故的引述,正合宾王诗句"揶揄惭路鬼"的意境,显得有趣而贴切。

二、考据

陈氏注骆于考据方面,亦以"通核"与"据守"见长,首先表现为他对经史子集四部古籍内容之理解和掌握的纯熟,每考证一处都能信手拈来,左右逢源;其次,在"据守"前人成果的过程中,体现了"辨章学术,考镜源流"的特征。其考据内容不外乎对名物、典故、成语、职官、天文、地理等诸多方面的考证。下面,谨列陈氏各处考证和骆集内容紧密联系较为典型的例证,以分析陈氏《笺注》运用考据的特征。

(一)名物考

对于名物的解释在古典文学解释中占有重要的地位。陈氏学识广博,对骆集中有关宫室、器服、礼乐、天地、山川、草木、虫鱼、鸟兽等名物的考证,能够

紧密结合骆集内容而阐释,如对卷八《上吏部侍郎书》中"天伦"和"凶服"的考证:

> 《穀梁传·隐公元年》:"兄弟,天伦也。"范宁《注》:兄先弟后,天之伦次;凶服,谓天伦之丧服。按《论语》:凶服者式之。孔安国曰:凶服者,送死之服衣。皇侃《疏》:孔子见他人送死之衣物,为敬而式之也,朱子始指丧服,以为哀有丧。江永曰:凶服者式之,五服皆然。
> 《新书·礼乐志》:齐衰不杖周,正服,为祖父母,为伯叔父,为兄弟,故逾七月,五服未终也。是朱子之释凶服,初唐已有是说矣。

故骆文云:"况属天伦之丧,而凶服之制行终",陈氏又案断云:"案:是书作于上元三年四月,据上所云,则临海有兄弟卒于上元二年。"按:今人骆祥发在其《骆宾王评传》中亦遵陈氏之说。陈氏严格依照骆文原意训释名物,推断宾王兄弟卒年,为今人所采纳。

(二)典故与用语考

古人在诗、文创作中好施典故、用语。典故一般指借古书中的故事喻言本事,用语则为多袭用或化用古人现成语句,两者在注释中的作用,即前者完成对诗意的阐释,后者则是对作者独创性的评价。① 宾王诗、文均以对仗精工、用典俪密著称,陈熙晋在笺注骆集时,亦能够精确地指出其中用典所在和袭用诗句之所来。

1. 典故考

陈氏释典,往往与骆诗相映成趣,很切合诗意。如上文所举"揶揄"一事。又如骆诗"柏梁高宴今何在",陈氏引《三辅黄图》云:"柏梁台,在长安中北门内,帝尝置酒其上,诏群臣和诗。"如此简短几句解释,即点明骆诗用典处,且与作者在诗中抒发的沧桑之感正合。有时,陈氏亦能从骆诗用典之处推断骆宾王的行实,如对其"汲冢宁详蠹,秦牢讵辨冤"(卷四《早秋出塞寄东台祥正

---

① 蒋寅:《〈杜诗详注〉与唐诗之注释》,见《唐代文学研究(第六辑)》,桂林:广西师范大学出版社,1994年,第378页。

学士》)用典的考释就是如此,陈氏引《晋书》"束皙观汲冢竹书皆有疑证"事、《穆天子传》"蠹书于陵"事和《北堂书钞》"东方朔言秦狱之地有虫名为'怪哉',乃为愤气所生"事,并云:"此言为(东台祥正)学士时,以事获罪也。"按:此诗乃宾王罢祥正学士西行从军时作,以此诗首二句"促驾逾三水,长驱望五原"可证,中间又云"汉月明关陇,胡云聚塞垣;山川殊物候,风壤异凉温",可证为边塞怀思,抒发怨愤之篇,陈氏推测亦不无道理。陈氏在征引典故时,注意考辨典故的出处。这也是陈氏释典用力至深的地方,如对《上吏部裴侍郎书》"仰南熏之不赉"一句中"南熏"的解释:

> 《礼·乐记》:"昔者,舜作五弦之琴,以歌南风;夔始制乐,以赏诸侯。"郑氏《注》:"夔欲舜与天下之君共此乐也,南风,长养之风也,以言父母之长养己,其辞未闻也。"孔颖达《疏》:"南风,《诗》名,是孝子之诗,南风长养万物,而孝子歌之,言己得父母生长,如万物得南风生也,舜有孝行,故以此五弦之琴,歌南风之诗,而教天下也,夔欲天下同行舜道,故歌此南风,此赏诸侯,使海内同孝也,云其辞未闻也者,此南风歌辞,未得闻也,如郑此言,则非《诗》'凯风'之篇,熊氏以为'凯歌',非矣。案:《圣证论》引《尸子》及《家语》难郑云:昔者,舜弹五弦之琴,其辞曰'南风之熏兮,可以解吾民之愠兮;南风之时兮,可以阜吾民之财兮。'郑云'其辞未闻',失其义也。"今案:马昭云:"《家语》王肃所增加,非郑所见,又《尸子》杂说,不可取证正经,故言未闻。"《史记·乐书》集解:"王肃曰:'南风,育养民之诗也'。"案:"解愠阜财"之辞,言南风养万物,以喻父母养己,使天下尽欢至养,同归孝治,即《孟子》"厎豫天下化之意",此用"南熏",盖亦通之于孝子之义矣。

按:《诗经·邶风·凯风》有"凯风自南,吹彼棘薪。母氏圣善,我无令人"之句,清方玉润曰:"岂独以美孝子,亦将以表贤母。"① 然《诗经》仅言"凯风",不

---

① (清)方玉润:《诗经原始》,北京:中华书局,1986年,第131页。

言"南风",陈氏于此能够排比诸家,辨正谬说,最后又说骆文用"南熏"亦是通孝子之意,而骆文上句云"子迷入塞之魂,母切倚闾之望",可证。

2. 用语考

关于古人作诗为文袭用成语、诗句的传统,蒋寅先生认为:"诗人实际使用的语词,与我们认为理论上的出处,即最早的或者最经典的,可能并无多大关系,他接受的来源完全是多方面的。"如杜诗"薄云岩际宿,孤月浪中翻"(《宿江边阁》),仇兆鳌指出它是点化何逊"薄云岩际出,初月波中上"(《入西塞示南府同僚》)一句,是比较贴切的,但是像"无食无儿一妇人"之类,非要强调指出它出自某书某句,则无异于痴人说梦。因此蒋寅先生进一步说,古典注释中的语源问题,实际上乃触及文学研究中的一个重要命题:如何判定作家或作品所受的传统的影响,即采用的书目,从中划定作家接受影响的范围。① 笔者同意蒋寅先生的观点,陈熙晋《笺注·凡例》云:"临海诗文,根柢经籍,于人人习见之书,多援引古义,初唐以后,少臻此诣,今一一诠解。"陈氏所述即如蒋寅先生所言,其中很多注释即为搜罗并确定骆宾王诗文创作所受影响的语源和用以证明宾王创作所受语源之影响。宾王诗文,有时化用前人原句,有时直用前人原句,陈氏皆能一一征引其出处。比如卷五《在军中登城楼》"歌舞入长安",注引北齐祖珽《从北征诗》"方击单于颈,歌舞入长安"之成句,此乃宾王直接袭用前人成句例,陈氏亦予以指出。下面围绕此两点,以分析陈注中考证宾王袭用前人语句的具体情况:

其一,考证骆集袭用古人成句之处:

(1)征引经传集解

卷十《祭赵郎将文》"陈力就列",注云:

何晏《论语集解》:言当陈其才力,度已所任,以就其位。

按:此处陈氏以何晏《论语集解》解释成语"陈力就列"的意思,《论语·季氏将

---

① 蒋寅:《〈杜诗详注〉与唐诗之注释》,见《唐代文学研究(第六辑)》,桂林:广西师范大学出版社,1994年,第378页。

伐颛臾》有"陈力就列,不能者止"之语,释义和征引出处可谓一举两得。

(2)征引史传

卷一《夏日游德州赠高四》"去去访林泉",注云:

> 魏收《魏书·逸士传·冯亮》:周视嵩高形胜之处,林泉既奇,营制又美,曲尽山居之妙。

卷十《代李敬业传檄天下文》:"宋微子之兴悲,良有以也",注云:

> 《魏志·夏侯尚传》:杜袭之轻薄尚,良有以也。

(3)征引杂著

卷一《帝京篇》"且论三万六千是,宁知四十九年非",注云:

> 《抱朴子·内篇·勤求第十四》:百年之寿,三万余日耳,幼弱则未有所知,衰迈则欢乐并废,计定得百年者,嬉笑平和,则不过五六十年,咄嗟灭尽,哀忧昏耄六七千之日耳。
>
> 《庄子·杂篇·则阳第二十五》:蘧伯玉行年六十,而六十化,未尝不始于是之,而卒诎之以为非也,未知今之所谓是之非五十九年非也。
>
> 《淮南子·原道训》:凡人中寿七十岁,然而趋舍指凑,日以月悔也,以至于死,故蘧伯玉年五十,而知四十九年非。

(4)征引诗赋

卷一《帝京篇》"小堂绮帐三千户",注云:

> 梁元帝《春夜看妓诗》:蛾眉渐成光,燕姬戏小堂。《古东飞伯劳歌》:南窗北牖挂明光,罗帷绮帐脂粉香。

卷一《夏日游德州赠高四》"风月芳菲节,物华纷可悦",注云:

> 《楚辞·九歌·少司命》:绿叶兮素枝,芳菲菲兮袭予。谢灵运《撰征赋》:怨物华之推驿。

其二,考证宾王诗文化用古人成句之处。骆宾王化用前人成句,尤其是在化用前人诗、赋、散文成句等处,陈氏之考证,有很多是分外贴切的,如:

(1)化用古人诗句

卷一《江南赠宋五之问》"秋江无绿芷,寒江有白苹;采之将何遗,故人漳水滨",注云:

> 《古诗》:涉江采芙蓉,兰泽多芳草。采之欲遗谁,所思在远道。

卷二《秋晨同淄州毛司马秋九咏·秋风》"纨扇曲中秋",注云:

> 班婕妤《怨歌行》:新裂齐纨素,皎洁如霜雪。裁为合欢扇,团团似明月。出入君怀袖,动摇微风发。常恐秋节至,凉风夺炎热。弃捐箧笥中,恩情中道绝。

按:卷二例句化用班婕妤整首诗意,陈氏解得煞是贴切。又,卷四《艳情代郭氏赠卢照邻》"不复下山能借问",注引《古诗》曰:"上山采蘼芜,下山逢故夫。长跪问故夫,新人复何如?"此处骆诗化用《古诗》事典,陈氏则给予准确的解释,观诗意,亦与之合。

(2)化用古人辞赋、散文之句

卷四《从军中行路难》"君不见封狐雄虺自成群,凭深负固结妖氛",注云:

> 《楚辞·招魂》:蝮蛇蓁蓁,封狐千里些,雄虺九首,往来倏忽,吞人以益其心些。

卷三《浮查序》"非夫禀乾坤之秀气,含宇宙之淳精,孰能负凌云概日之姿",注云:

> 魏文帝《与钟繇书》:至于菊纷然独荣,非夫含乾坤之纯和,体芬芳之淑气,孰能如此?

卷六《萤火赋》"子尚不知鱼之为乐,吾又安知萤之所利",注云:

> 《庄子·外篇·秋水》:庄子与惠子游于濠梁之上,庄子曰:"儵鱼出游从容,是鱼乐也。"惠子曰:"子非鱼,安知鱼之乐?"庄子曰:

"子非我,安知我不知鱼之乐?"

综上,陈氏考证骆集语源大凡若此,有时不能确定诗人用语之最早出处,则尽力多引其语源,如卷二《秋九咏·秋雁》"刷羽泛清澜",注引如下几处:

> 刷羽泛清源。(沈约《和谢宣城诗》)
> 刷荡漪澜。(左思《吴都赋》)
> 刷羽同摇漾。(沈约《咏湖中雁诗》)

又,卷三《四月八日题七级》"复栋侵黄道,重檐架紫烟",注引:

> 赤松临上游,架鸿秉紫烟。(郭璞《游仙诗》)
> 兹亦耿介,矫翮紫烟。(李善注《古白鸿颂》)
> 青城接丹霄,金楼带紫烟。(梁武帝《乾闼婆诗》)

又,卷一《江南赠宋五之问》"连州拥夕涨",注引:

> 跻江津而起涨。(郭璞《江赋》)
> 洄湍濆而起涨。(伏滔《望涛赋》)
> 蟠蟺焕烂以映涨。(孙绰《望海赋》)
> 云霞肃川涨。(江淹《望荆山诗》)
> 落照满川涨。(刘孝绰《和太子落日望水诗》)

许多学者认为陈氏注骆往往数说并存,无可决断。但笔者以为,上述数例恰是陈氏治学严谨与灵活之处,为避穿凿,符合蒋寅先生所持的观点:诗人接受语源完全是多方面的。

另外,陈氏有些注释则引与宾王同时或稍近其前后的诗人的诗句,如卷二《秋日饯尹大往京序》"尹大官三冬业畅,指兰台而拾青",注引王勃《宴张二林亭序》:"张二官松驾乘闲,桂筵追赏。"又引王勃《夏日宴宋五官宅观画幛序》:"宋五官芝筵袭誉,盛文史于三冬。"又引杨炯《宴族人杨八宅序》:"杨八官金木精灵,山河粹气。"按:唐人一般不用本朝事,且王、杨、卢、骆并称"四杰",则陈氏此处征引王、杨之句,似从当时诗文习尚,即从文体流行体式方面考虑对作者创作的影响,若此,亦是陈氏独具匠心的一面。

陈氏有时又能从骆集用典和用语两方面同时结合起来考证,如卷七《上司列太常伯启》"折冲千里,鲁连谈笑之功",注引《战国策·赵策》"鲁仲连却秦救赵"事,属于解释典故的考据;又引左思《咏史诗》"吾慕鲁仲连,谈笑却秦军",属于解释语源的考据。此处,正如蒋寅先生所言,陈氏将阐释文意和评价作者在文学形式上继承和独创两点完美地结合起来。若此例者,《笺注》中尚复不少,不赘。

(三)职官考

陈氏考证职官,一般是突出职官制度的演变过程,有时又能结合骆集内容,兼能考证宾王曾任官职为何,如卷四《久戍边城有怀京邑》"棘寺游三礼",注云:

> 《北史·邢邵传》:"邵请置学,奏曰:'美榭高墉,严壮于外,槐宫棘寺,显丽于中。'"考《周礼·秋官》:"朝士掌建邦外朝之法,左九棘,孤卿大夫位焉;右九棘,公侯伯子男位焉。"正康成《注》:"树棘以为位者,取其赤心而外刺,象以赤心三棘也。"《初学记》引此条于《职官部·太常卿》。李商隐《为濮阳公祭太常催丞文》"棘署选丞",此棘寺谓太常也。按:李峤有《赠骆奉礼从军诗》。《旧书·职官志》:"太常寺有奉礼二人。"盖骆曾为此官也。《书·舜典》:"帝曰:'咨四岳,有能典朕三礼?'佥曰:'伯夷。'帝曰:'俞,咨伯,汝作秩宗。'"孔安国《传》曰:"三礼,天地人之礼。"《旧书·职官志》:"太常寺,古曰'秩宗',秦曰'奉常',汉高改为'太常',梁加'寺'字,后代因之,太常卿之职,掌邦国礼乐郊庙社稷之事。"

陈氏在此所引典籍多达八种,揭示太常卿之发展演变史和其内设职官的详细情形,并以李商隐文、李峤诗和史类书籍相互印证骆宾王曾任太常卿奉礼一职,获得后人肯定。如骆祥发《骆宾王评传》亦引之为证,腾福海在其《骆宾王任官考》中,亦据此进一步考证骆宾王在麟德元年至咸亨元年,在京任职奉礼郎。① 因此,陈氏的考证为后人研究骆宾王生平事迹提供了依据。

(四)典制考

典制,即古代社会典章制度等,一般有其严格的组织程序和称谓。陈氏考释典制,即十分留意于此,如对骆文"玄猷畅东巡之礼"(卷七《为齐州父老请陪封禅表》),注云:

> 《后汉书·张纯传》:"岁二月,东巡狩,至于岱宗,柴。"则封禅之义也。《梁书·许懋传》:"臣案舜幸岱宗,是为巡狩,而郑引《孝经·钩命决》曰:'封于泰山,考绩柴燎。禅乎梁甫,刻石记功。'此纬书之曲说,非正经之通义也。"

按:《汉书·郊祀志上》:"柴,望秩于山。"柴,指古代烧柴祭祀,届时烧柴祭天,并遥望远处山川,按次序而祭奠。又,巡狩专指帝王巡察诸侯或地方官,而古代帝王封禅,一方面是祭祀天地,但更重要的方面是巡察地方,借此炫耀文治武力,即所谓"巡狩"。宾王此表上于高宗封禅之时,故此处"巡狩"即指封禅,且下文又有"业绍禋宗"之句,禋宗,据《周礼·春官·大宗伯》云:"以禋祀昊天上帝,以实柴祀日月星辰,以槱燎祀司中、司命、风师、雨师。"符合《孝经》所言"考绩柴燎",且帝王封禅,即封于泰山,禅于梁甫,古今学人甚明,则《后汉书》所载,亦有"纬书曲说"之嫌,而许懋所言更疑其哗众取宠,居心叵测。陈氏于此罗列二说,并未作断,似出于审慎。但陈氏熟谙经史,断不会不知此。

(五)天文考

卷二《秋日饯尹大官往京并序》"间吴会于星津",注云:

> 《汉书·地理志》:吴地,斗分壄也。《尔雅·释天》:析木谓之

---

① 骆祥发:《骆宾王评传》,北京:北京出版社,1987年,第97~99页。滕福海:《骆宾王任官考》,载《温州师院学报》,1993年第1期,第13~15页。

津,箕斗之间,汉津也;星纪,斗牵牛也。郭璞《注》:箕龙尾,斗南斗,天汉之津梁。邢昺《疏》:星纪,吴越也。

陈氏对天文与地理的熟知,使其征引和解释游刃有余,运用自如。

又,卷七《为齐州父老请陪封禅表》"臣闻圆天列象,紫宫通北极之尊;大帝凝图,玄猷畅东巡之礼",陈注云:

《庄子·杂篇·说剑》:"上法圆天,以顺三光;下法方地,以顺四时。"《易·系辞传上》:"在天成象。"韩康伯《注》:"象,况日月星辰。"《汉书·李寻传》:"盖言紫宫极枢,通位帝纪。"《注》:"孟康曰:紫宫,天之北宫也;极,天之北极星也;枢,是其回转者也。"《天文志》曰:"天极其一明者,太一常居也。太一,天皇大帝也,与通极为一体,故曰'通位帝纪'也。"《晋书·天文志》:"北极五星,钩陈六星,皆在紫宫中。北极,北辰最尊者也;其纽星,天之枢也。"李德林《天命论》:"大帝聪明,君臣正直。"颜(文选)注:"凝,聚也,聚天下之图籍而君之也。"

诗人短短四句,陈氏却能引书多种予以解释,且皆为切中诗意之辞,亦见其"通核"的功力。

(六)地理考

卷五《畴昔篇》"东南美箭称吴会",对"吴会"的考证:

《尔雅·释地》:"东南之美者,有会稽竹箭焉。"范成大《吴郡志·考证门》:"世多称吴门为吴会,意谓吴为东南一都会也。自唐以来已然,此殊未稳,吴本秦会稽郡,后汉分为吴、会稽二郡,后世指二浙之地,通称吴会,谓吴与会稽也。"诸葛亮曰:"荆州北据汉沔,西通巴蜀,东连吴会。"皆指两地为说。《庄子释文·浙江》注云:"浙江,今在余杭郡,后汉以为吴、会分界,今在会稽钱塘,其云分界,则言两地尤明。褚伯玉,吴郡钱塘人,隐居剡山,齐太祖即位,手诏吴、会稽二郡,以礼迎遣,此证尤切。"案:吴会临海诗中屡见,唯此诗下皆咏越事,上言吴江淮海,则明指吴与会稽也,非都会之会。

陈氏援据旁证又参考骆诗章法,得出此"吴会"为"吴"与"会稽",而非"吴会"(即"吴门"也),此乃援据骆文并释舆地。陈氏每考一处地理,皆交代其历史沿革,最后再下按语,并以清代舆地名称与之对证,如考"盱眙"(《早发淮口望盱眙》)云:"《旧书·地理志》:淮南道楚州盱眙,汉县,武德四年,置西楚州,管东楚西楚,领盱眙一县;八年,废西楚州,以盱眙属楚州。"又据引胡三省《通鉴·唐纪》进一步考释道:"盱眙县,汉属临淮郡,后汉属下邳国,晋安帝分置盱眙郡,陈置北淮州,隋废为县,属江都郡,唐属楚州。"又下按语,云:"楚州,今江苏淮安府;盱眙,今隶安徽泗州。"非但如此,有时又加以实地考察,如对骆集中"河沦赤虺,川多风雨之妖"(卷十《破设蒙俭等露布》)所涉地理的考证,除引述史籍之外,又云:"余往于役东川及官仁怀司马,征途所经雪山关,壁立万丈,赤虺怒吼乎其中,行人唤渡,往来如织。盖黔蜀之要隘也,川多风雨,想唐初未尝不假道于斯矣。"并以知人论世的态度,体察作者在文中反映唐军实际的战况。陈氏考证地理,大率如此,足见其科学求实的精神。除上述情形外,又如卷五《远使海曲春夜多怀》题注云:

《元和郡县志》:河南道密州莒县,汉海曲县,在县东一百六十里。按《汉志》:琅邪郡、东海郡,俱有海曲。临海《上齐州张司马启》曰:"访康成于北海。"康成,北海高密人,所居不句,诗中有"遽切鲁禽情"之句。盖临海少居兖州,故云然也。汉海曲故县,在今山东沂州府日照县。

此种结合诗文内容考释典故和舆地的方法,为研究骆宾王行履和交游提供了依据,不能等闲视之。

综上六个方面,大致勾勒出陈氏《笺注》中所用考据的一般方法和特点。其实,除此之外,陈氏于诗文所涉及之风俗、方言、避讳、人物等方面的考证则更有精博可道之处,有时按而不断,体现出实事求是的治学精神。但主要是遵循乾嘉考据学派的传统治学方法,即"通核"群籍、"据守"成说,进而钩罗排比,考辨正误,于今人治学仍不失其借鉴意义。

第二节　史事笺证

古人注书,一般分为以训诂字词为主的"注"和以解释章句、考证史事的"笺"。陈氏对骆集的笺注则体现了这两方面。上一节主要是对陈氏训诂和考据的综述,即其"注"的部分,本节则着重探析其"笺"的特征。著名学者马茂元先生在《论骆宾王及其在"四杰"中的地位》一文中,总结陈氏笺释的基本方法时说:

> 陈氏本着知人论世的精神,运用了以意逆志的方法,在分体编年、逐篇笺释之中,首先贯串了一条历史的线索,我们读了他的《续补唐书骆侍御传》之后,再读全书,不但比较完整地了解了骆宾王的生平,而且从中可以看出一个时代的影子。①

陈氏《笺注·凡例》亦云:

> 临海一生涉历,诗文所传,尚可略见其概,今从本集证以新、旧《唐书》及初唐人集,藉以考见时事,其所不知,付之阙如。

结合马茂元先生所言和陈氏《凡例》,笔者通阅《笺注》后,总结出以下三点:

一、陈氏的《续补唐书骆侍御传》,交代了骆宾王一生所任官职和事迹。

二、陈氏以史籍所载,证明骆集中诗文写作的背景,并结合时代特点和宾王的诗文内容,知人论世、以意逆志,揆察宾王为人及其与自身所处时事之关系。

三、在解释骆集思想内容与稽考相关史实的同时,基本上把一些写作背

---

① (唐)骆宾王撰,(清)陈熙晋注:《骆临海集笺注》,上海:上海古籍出版社,1985年,第437页。

景较清晰的作品做了编年。

以上第一点，即陈氏《续补唐书骆侍御传》乃《笺注》体外之文，其中关于骆宾王任官和生平事迹的一些考证，今之学者从闻一多一直到傅璇琮、骆祥发等，多有歧见，尚无定论。以笔者浅见，其根本原因是缺乏充足而且具体的史料，只能从骆集诗文内容进行推测。笔者学力所限，在此不好妄作雌黄。第三点，前文已经做了一些论述，亦不赘述。今就第二点，试从陈氏本人对骆宾王的评价取向，并结合马茂元先生的观点，谈谈陈氏注骆另一层面的问题。陈氏所言之"考见时事"，即其以"知人论世"和"以意逆志"的解释方法去考证骆宾王为人及其与自身所处时事之关系，并考察陈氏注骆在此方面与"诗史互证"的清代古典诗歌解释方法之继承关系。

一、知人论世——窥测风云际会

所谓"历史解释"，即多方搜集材料，探求作品的特定社会文化环境和作者在这一环境之下独有的文化心态。① 而本于孟子的中国古典文学传统解释学的"知人论世"说，则大略同于此。《孟子·万章下》：

> 诵其诗，读其书，不知其人，可乎？是以论其世也，尚友也。②

孟子的"知人论世"说，历来对之解释不一，清乾嘉学者章学诚《文史通义·文德》云：

> 是则不知古人之世，不可妄论古人文辞也。知其世矣，不知古人之身处，亦不可以遽论其文也……身之所处，固有荣辱隐显、屈伸忧乐之不齐，而言之有所为而言者，虽有子不知夫子之所谓，况生于千古以后乎？……今则第为文人，论古必先设身，以是为文德之恕而已尔。③

---

① 周光庆：《中国古典解释学导论》，北京：中华书局，2002年，第304页。
② （宋）朱熹：《四书章句集注》，北京：中华书局，1983年，第324页。
③ （清）章学诚：《文史通义》，卷三"内篇三"，上海：上海书店影印，1988年，第81页。

孟子将"知人论世"强调为"尚友",章氏又以"设身"为"知人论世"之第一要略,即论者宜知其"荣辱隐显"和"屈伸忧乐"者。章氏把孟子强调的"尚友"解释得比较通透。就章氏所言之"荣辱隐显、屈伸忧乐之不齐"这一方面,陈氏在骆集相关诗文笺释上,多有体现。如卷一《上吏部侍郎帝京篇并启》"君侯蕴明略以佐时",注云:

> 班固《汉书·刘屈氂传》:"君侯长何忧乎?"《注》:如淳曰:"《汉仪注》:列侯为丞相称君侯。"师古曰:"通呼列侯之尊称,非必丞相也……"案:张悦《赠太尉裴公神道碑》:"乾封岁,征为司文少卿,寻除司列少常伯,官复旧号,为吏部侍郎,加银青光禄大夫;仪凤二年,兼安抚大使……迁礼部尚书,加上柱国兼右卫大将军;调露中为定襄道大总管,乃封公闻喜县开国公。"是行俭为吏部侍郎时,并未膺封爵,子安与临海均称以"君侯"矣。

按:新、旧《唐书》载,行俭任吏部侍郎时尚未封爵,则此时临海称其为"君侯"符合师古所言。此处看似对裴行俭的任官考述,实则交代了这样一个背景:即新、旧《唐书》所载行俭任吏部侍郎时"始设长名榜、铨注等法",且此启开首言"昨引注日",则骆宾王上书亦当此时,以"君侯"称呼行俭,可见宾王沉沦下僚、位低则卑的心态。又,卷三《别李峤》题注:

> 《新唐书·李萧卢韦赵和列传》:李峤,字巨山,赵州赞皇人……二十擢进士第,始调安定尉,举制策甲科,迁长安。时畿尉名文章者,骆宾王、刘光业,峤最少,与等夷。受监察御史,稍迁给事中,忤武后旨,出为润州司马,久乃召为凤阁舍人。神龙二年,代韦安石为中书令。三年,封赵国公。睿宗立,致仕。

李峤比之宾王,可为仕途顺意,陈氏引其作比,实则暗示宾王生平仕途蹭蹬。马茂元先生所言从陈氏注骆中"可以看出一个时代的影子",在《笺注》中首先体现为各篇题注中交代的历史背景,如卷七《为齐州父老请陪封禅表》题注:

> 《旧书·高宗纪》:麟德二年十月,将封泰山,发自东都;十二月

> 丙午,御齐州大厅;乙卯,命有司祭泰山;丙午,法灵岩顿。三年春正月戊辰朔,车架至泰山顿。

陈氏此种注释历史背景的方法颇似郝润华所言之中国古典文学"以史证诗"的早期注释方法,即"以史释诗",如《文选》第二十三卷"咏怀"题下之欧阳坚石的《临终诗》,李善题注云:

> 王隐《晋书》曰:"石崇外生欧阳建,渤海人也,为冯翊太守。赵王伦之为征西,挠乱关中,建每匡正,不从私欲,由是有隙。及乎伦篡立,劝淮南王允诛伦,未行,事觉,伦收崇、建及母妻,无少长,皆行斩刑。"孙盛《晋阳秋》曰:"建字石坚,临刑作。"①

对此,郝润华认为,《文选》李善注所引阮籍《咏怀诗》颜延之与沈约注,是最早将诗歌与历史背景联系起来的诗歌注释。这种注释方法已完全摆脱了魏晋以来博物取事的赋注方式,而李善的《文选注》是在当时诗歌注释研究阶段中的一个新突破,就是吸收前人的研究成果,已经更多关注作品与时代的关系。② 郝润华在对中国传统的"诗史互证"法历史发展过程的解释中,认为孟子的"知人论世"说实际上是以史证诗。③ 周光庆亦云:"孟子首倡的'知人论世'说与《春秋左传》创立的'以事解经'法,同为历史解释方法论的开山之作。"④二人就"知人论世"在古典解释学发展史上的地位的认同是基本一致的。关于"诗史互证"法的形成与发展,据郝润华的总结,大致分为三个历史阶段:其一,自孟子的"知人论世"至唐以前的背景交代式的"以史证诗",代表为李善《文选注》;其二,宋代以降的"钩沉史事""发抉诗歌深意"的深层次的"以史释诗",典型代表为赵次公的《杜诗先后解》;其三,明清时期确立的"诗

---

① (梁)萧统撰,(唐)李善注:《文选》,长沙:岳麓书社,2002年,第726页。
② 郝润华:《〈钱注杜诗〉与诗史互证法》,第一章第一节,合肥:黄山书社,2000年,第3~4页。
③ 郝润华:《〈钱注杜诗〉与诗史互证法》,第一章第一节,合肥:黄山书社,2000年,第2页。
④ 周光庆:《中国古典解释学导论》,北京:中华书局,2002年,第326页。

史互证"法,标志为钱谦益的二十卷《杜工部诗笺注》。① 郝润华将钱氏"诗史互证"法总结为"以诗考史"和"以史证诗"两部分,"以诗考史"则又分为"补史之阙""正史之误"两点内容。② 清代,从钱谦益注杜到陈熙晋注骆,"诗史互证"的古典文学的传统解释方法中间又经历了仇兆鳌注杜,仇氏标榜"论世知人",在具体的解释方法上是"以史补诗",并云:"唐史出于传闻,未可尽信,杜诗出于目击,不必致疑。"③且陈氏《笺注·凡例》云:"从本集证以新、旧《唐书》及初唐人集,藉以考见时事。"可见,陈氏是自觉将历史事实与骆集诗文内容结合起来进行考证的。由于陈熙晋文集的亡佚,使我们不能得到其继承钱谦益以来的"诗史互证"法的直接证据,其《笺注》内容及其序跋、《凡例》又无相关提及之语,但陈氏作为经史学家,对钱谦益开创的"诗史互证"法不可能完全没有了解和吸收。已故青年学者张晖在其《中国"史诗"传统》一书中以为:

> 历代的"诗史"论述尤其重视诗歌中"情"的作用……清初……传统诗学中强调作品对于外部世界忠实的模仿很可能有突破抒情传统,形成另外一套类似于西方诗学中的模仿理论……清代大量的诗歌笺注者利用以诗证史的方法来阅读诗歌,开始重新重视诗歌的文本特征,强调诗人通过比兴、美刺来微婉地传达对现实重大事件的看法,从而将强调模仿的"诗史"说重新纳入抒情传统之下。④

张晖在这里是为其征析明、清以来传统的"史诗互证"法所沉淀的积习和流弊而张本,但客观上审述了"以诗证史"在有清一代已属显学而确凿无疑。作为一方朴学鸿儒的陈氏在当时的学术环境下,受其烘染和熏陶抑或极为自

---

① 郝润华:《〈钱注杜诗〉与诗史互证法》,第一章第一节,合肥:黄山书社,2000年,第1~16页。
② 郝润华:《〈钱注杜诗〉与诗史互证法》,第三章第一节,合肥:黄山书社,2000年,第76页。
③ (清)仇兆鳌注:《杜诗详注》,卷十一《去秋行》按语,北京:中华书局,1979年,第927页。
④ 张晖:《中国"史诗"传统》,北京:三联书店,2016年,第280~284页。

然之事。又,清道、咸间学者王柏心在为陈氏作《征帆集序》云:

> 西桥先生宦黔时……其得诗独多,且工囊迹旧闻,疏而证之,皆淹洽可喜,于历代战守得失、人才贤否,以独见论定之多出人意表者……从容讽谕,往往即民风以推见当时之治……见闻恢博,过古人且百倍,又以经世之才盱衡民隐……①

王氏序文虽不无溢美之词,但可以看出,陈氏为诗、为论兼主"讽谕"与"经世",反映在其注骆中便为"考见时事",即"知人论世",进而言之,就是"诗史互证"。其"知人论世、以意逆志"的笺释方法,是以抒发微言、评价骆宾王及骆宾王所处之历史环境为核心,在具体方法上则继承了钱谦益以来的"诗史互证"法,下面试作分析。

(一)史实笺证诗文

1. 笺释诗文背景

这种笺释,陈氏一般置于诗文题下,如本节始所举之《别李峤》和《请陪封禅表》题注。又如,卷七《上司列太常伯启》题注云:

> 临海此启,盖上于麟德初也。时刘祥道以太常伯兼右相,故称"太常伯",亦称"右相"云。

于此,陈氏一般只注明作者诗文写作背景,并不做深入发明。

2. 考证诗文内容

如卷五《畴昔篇》首数句:

> 少年重英侠,弱岁践衣冠。即托囊中赏,方承膝下欢。遨游灞陵曲,风月洛城端。且知无玉馔,谁肯逐金丸。

陈注云:

> 《旧书·文苑传》:"骆宾王,少善属文,然落魄无行,好与博徒

---

① (清)陈熙晋:《征帆集》,卷首,清刻本,国家图书馆藏本。

游。"固不羁之士也……《西京杂记》:韩嫣好弹,常以金为丸,所失者日有十余。长安为之语曰:"若饥寒,逐金丸。"京师儿童,每闻嫣出弹,辄随之,望丸之所落,辄拾焉。

今人周裕锴认为,引用史料说明诗人创作背景及其作品之创作年代,严格地说,只能算是"以史释诗"。因为只有把考证学重证据、实事求是的精神融入"以史释诗"中,才可称其为"以史证诗",①周氏之"以史释诗"说刚好能说明上面的第一点,即笺释作品写作背景。按:《旧唐书》只记骆宾王"少善属文""落魄无行"及"好与博徒游"诸语,出于贬义,陈氏于此则反其意而别有生发,即称骆为"不羁士",明显带有褒扬的口气。这一方面与陈氏注骆的旨意,即肯定骆宾王的一生有关。另一方面,则出于内证,即骆诗《畴昔篇》。又云:

临海《与博昌父老书》曰"昔吾先君,出宰斯邑";《上裴侍郎书》曰"少遭不造,老母在堂";《上兖州崔长史启》曰"少奉过庭之训,长趋克己之方";《上兖州张司马启》曰"虽则放旷林泉,颇得闲居之趣,而乃寂寞蓬户,惟深色养之忧";《上瑕丘韦明府启》曰:"糟糠不赡,甘旨之养屡空;箪食无资,朝夕之欢宁展?"盖早丧父,奉母居于兖州,嗣赴帝乡,未虚子职,此篇首称膝下,深情笃行,千载如见。

陈氏又连举骆文内证,解释是诗,突出骆宾王少年即知孝义,并非《旧唐书》所言之"轻薄"之徒。外证(即史证)与内证的交合考证,又出新意。骆宾王诗文最大的特点是善用典故来比附说明自己的处境与心境,陈氏此处抓住"逐金丸"这个"古典",即《西京杂记》中所记"韩嫣好弹"事,进一步印证骆诗中的"今典"含义,即《旧唐书》本传所载其"落魄无行"事,从"古典""今典"的角度来解读骆诗,并能领会《畴昔篇》一诗的真正意旨,拨正《旧唐书》谬说,并发明新意,说宾王是"不羁士"。

关于"古典"与"今典",乃近代著名学者陈寅恪先生在总结中国传统的"诗史互证"法时的独创性提法。他在《柳如是别传·缘起》中云:"自来诂释

---

① 周裕锴:《中国古代阐释学研究》,上海:上海古籍出版社,2003年,第377页。

诗章，可别为二：一为考证本事，一为解释词句。质言之，前者乃考今典，即当时之事实；后者乃释古典，即旧籍之出处。"①郝润华认为，陈寅恪这种诗歌考据理论，是对清代考据学的进一步发展，传统的笺释方法只重视古典，不究今典。② 当然，郝润华是根据陈寅恪对其自身的理论进一步阐释而言的，即陈寅恪所言之"解释古典故实，自当引用最初之出处，然最初出处实不足以尽之，更须引其他非最初而有关者，以补足之，始能通解作者潜辞用意之妙"。③事实上，古人注书，总是在自觉与不自觉的使用着这种方法，只不过没有形成诚如陈寅恪所云之具有逻辑性、思致性很强的治学规则。至迟，在宋代汤汉注释陶渊明诗时已经应用了此种方法。越南人阮氏明红根据陈寅恪的理论，在其《汤汉注〈陶靖节先生诗〉研究》中将汤汉的深层次的"以史证诗"解释法总结为"古典字面，今典实指"，④如陶诗《述酒》云"重离照南陆"，汤汉注："司马氏出重黎之后，此言晋室南渡"云云，汤汉说明"重离"即"重黎"，"古典"即指《史记·楚世家》载之"共工氏作乱，帝喾使重黎诛之而不尽。帝乃以庚寅日诛重黎，而以其弟吴回为重黎后，复居火正，为祝融"事；"今典"即《晋书·元帝本纪》记之"愍帝崩，（元帝）即皇帝位"而中兴晋室的历史事实。⑤故此处陈氏注骆与汤汉注陶诗方法用意颇为相近。

又，卷九《自叙状》云：

> 知臣莫若君……诚能简材试剧，考绩求功，观其所由，察其所以；临大节而不可夺，处至公而不可干；冀斯言之无亏，于从政乎何有？

---

① 陈寅恪：《柳如是别传》，第一章，上海：上海古籍出版社，1980年，第7页。
② 郝润华：《〈钱注杜诗〉与诗史互证法》，第四章第二节，合肥：黄山书社，2000年，第121页。
③ 陈寅恪：《柳如是别传》，第一章，上海：上海古籍出版社，1980年，第11页。
④ [越南]阮氏明红：《汤汉注〈陶靖节先生诗〉研究》，北京师范大学2004年博士论文，第四章第二节，第86页。
⑤ [越南]阮氏明红：《汤汉注〈陶靖节先生诗〉研究》，北京师范大学2004年博士论文，第四章第二节，第79页。

陈氏注云：

> 《汉书·霍光传》："赞曰：霍光处废置之际，临大节而不可夺。"……高宗永徽初，政有贞观之风，无何，废王皇后，立武昭仪。褚遂良以死争，长孙无忌、韩瑗、来济，皆以救遂良得罪，李勣有托孤之责，而助立孽后，大节如此。显庆以后，政出闱闼，许敬宗、李义府等奸佞得志，公道之废久矣。"大节"二语，当时之不亏其言者，有几人哉？临海独张目言之，宜其所如不合矣！

陈氏题注曰："按：道王于永徽后历滑、徐、沁、卫诸州，临海为道王府属，系刺史所属参军录事之类。"可知宾王任道王府属及其上《自叙状》亦当于此时。与永徽初时事相结合看，骆宾王于状中所言"临大节而不可夺"，即暗指永徽朝中事件，作为一个正直磊落的封建文人士子，其指陈时政之意容当有之。故陈氏熟谙唐史，将骆文所含的"古典"（汉霍光事）和"今典"（武则天废中宗事）紧密结合起来，对骆文中所体现的思想情感能够结合当时的现实予以揭示，体现了继承"以史证诗"这一传统。

(二) 诗文考证史实

1. 补史阙

卷五《畴昔篇》：

> 蜀路何悠悠，岷峰阻且修；回肠随九折，进泪下双流；寒光千里暮，露气二江秋；长途看束马，平水见沈牛。华阳旧地标神制，石镜峨眉真秀丽；诸葛才雄已号龙，公孙跃马轻称帝；五丁卓荦多奇力，四世英灵用文艺；云气横开八阵形，桥影遥分七星势。川平烟雾开，游戏锦城隈；塘高龟步转，水净雁文回；寻姝入酒肆，访客上琴台；不识金貂重，偏惜玉山颓。

陈氏注云：

> 《史记·司马相如列传》：相如素与临邛令王吉相善，卓王孙有

女文君，新寡，好音，故相如缪与令相重，而以琴心挑之，文君夜亡奔相如，相如乃与驰归。家居徒四壁立，相如与俱之临邛，尽卖其车骑，置一酒舍酤酒，而令文君当炉，相如自着犊鼻裈，与保庸杂作，涤器物于市中……临海自姚州归，久客于蜀，自"蜀路何悠悠"下，皆咏蜀中情事。

按：宾王有诗《忆蜀地佳人》云："东吴西蜀关山远，鱼来雁去两难闻。莫怪尝有千行泪，只为阳台一片云。"盖知宾王于蜀地曾有一段恋情，宾王诗云："寻姝入酒肆，访客上琴台；不识金貂重，偏惜玉山颓。"以文君相如情事隐喻这一段往事，陈氏即以相如文君情事为"古典"暗示宾王于蜀中情事这一"今典"。

骆诗《畴昔篇》："我住青门外，家临素浐滨……时有桃源客，来访竹林人。"陈氏注云："《晋书·嵇康传》：所与神交者……遂为竹林之游，世所谓'竹林七贤'也，此言闲居都下也。"按："古典"即指竹林七贤，"今典"即指骆宾王闲居都下，此处为以诗补史。又，卷八《上瑕丘韦明府启》：

某纬萧末品，拾艾幽人。寓迹雩坛，挹危直之秘说；托根磐渚，戢战胜之良图。幸以奉训趋庭，束情田于理窟；从师负笈，私默识于书林。

陈氏注云：

"雩坛"见《上兖州张司马启》。(《上兖州张司马启》注：《水经注·泗水篇》："泗水经鲁县，分为二流，夫子教于洙泗之间……沂水北对稷门，亦曰雩门，门南隔水，有雩坛……曾点所欲风舞处也……")《书·禹贡》："泗滨浮磬。"《礼·礼运》：人情以为田。《晋书·张凭传》：帝召与语，叹曰："张凭勃窣为理窟。"梁元帝《侍中吴平光侯墓志》：学兼义府，谈均理窟。《后汉书·李杜列传》：李固少好学，常步行寻师，不远千里。章怀太子《注》：谢承《书》曰："固改易姓名，杖策驱驴，负笈追师三辅，学五经，积十余年。"孔融《荐祢衡表》：安世默识。李善《注》：《汉书》曰："张安世字少孺，上行幸河东，尝亡书三筬，诏问莫能知，唯安世识之，具上其事，后复购得书以相校，无所遗失，上奇其能，擢为尚书……"案：临海父宰博昌，故曰"幸以奉训趋庭"，其《与博昌父老书》有"张学士""辟间公"，可见交游之盛。篇中所云"从师负笈"，则临海之学问亦得于齐鲁者多矣。

作者此处用典繁富而精切，俱隐喻自身过去于齐鲁一带的往事，陈氏一一给予破解，通过考证古人史事，即"古典"，来解释宾王本事，即"今典"。

关于骆宾王事迹，新、旧《唐书》及《资治通鉴》诸史所载俱极简略，其原因有两端：一为宾王与王杨诸人虽然并称"四杰"，但在当时就被讥为"轻薄为文"，不为世所重；二为宾王参加了李敬业即刘昫《旧唐书》所谓"作乱"，即讨伐武则天的起义，为避时忌而史载甚鲜。今人一般从正史里只能了解其官历道王府署、主簿、侍御史、临海丞等职及被诬下狱、举事反武诸事，至于其从军姚州后返蜀居留及其学问渊源等有关宾王生平的重要事实，诸史皆缺略。因此，明胡应麟在《补唐史骆侍御传》中痛斥曰："迺史氏因循，弗昌言于纪述。"又指责《新书》"阔略"、《旧书》"尤谬"，于今天看来，诸史确有失客观与公允处。上述两例，陈氏能从他集与骆集互相举证，考出宾王的一些鲜为人知的史实，颇富有史学的实证精神。陈氏在骆诗《艳情代郭氏赠卢照邻》题注后云：

卢照邻《对蜀父老问》：龙集荒落，律纪蕤宾，余自鄞鄙，归于五津，从王事也……案：龙集荒落为己巳岁，高宗总章二年也，明年为咸亨元年。照邻《病梨树赋序》云："癸酉之岁，卧病长安。"岁癸酉，实咸亨四年，临海入蜀，在咸亨中。此诗云："妾向双流窥石镜，君住三川守玉人。"是时升之方自蜀至洛，当在咸亨四年以前也。

王勃《杜少府之任蜀川》云"风烟望五津"，则"五津"即指蜀地，卢照邻于总章二年（669）入蜀及其于咸亨四年（673）之前离蜀，唐史本传无载，陈氏亦一并考出。关于骆宾王的师从，陈氏则"知人论世"，证以宾王本集，补史之阙，"借诗以存史"。

2. 证史实

卷三《寄叙员半千》:"嗟为刀笔吏,耻从绳墨牵。"陈氏注云:

> 《史记·萧相国世家》:萧相国何,于秦时为刀笔吏。《汉书·循吏传》:朱邑,入为大司农,是时张敞为胶东相,与邑书曰:"直敞远守剧郡,驭于绳墨,固无奇也,虽有亦安所施?"案:此二句疑指半千擅发仓粟,刺史见案事。

《旧唐书·文苑传》载员半千任武陟尉时"属频岁旱饥,劝县令殷子良开仓以赈馁,子良不从。会子良赴州,半千便发仓粟,怀州刺史郭齐宗大惊,因而按之",陈氏于是诗题下注云:"案:此诗首句'薄宦三河道'及'刀笔吏'云云,当是员为武陟尉时骆寄之也。"又在"薄宦三河道"句下考证地理云:

> 《史记·货殖列传》:昔唐人都河东,殷人都河内,周人都河南。夫三河,在天下之中,若鼎足,王者所更居也。《元和郡县志》:河北道怀州武陟县,本汉旧地,隋开皇十六年,分修武县,置武陟县,属殷州。贞观元年,省殷州属怀州。案:武陟今隶河南怀庆府,即古河内之地,故云。

陈氏以历史事实与舆地沿革为依据,验证骆诗本意。骆诗以"刀笔吏""绳墨"等故事为古典,实指员半千放赈受絷这一今典,陈氏亦给予破解,但不轻率,加以按语,足见审慎。

又,卷八《与程将军书》:

> 君侯怀管乐之材,当卫霍之任;丰功厚利,盛德在人;送往事居,元勋盖俗。

陈氏注云:

> 《新书·则天纪》:弘道元年十二月,高宗崩;甲子,皇太子即帝位。司马光《资治通鉴·唐纪十九》:高宗弘道元年十一月戊戌,以右武卫大将军程务挺为单于道安抚大使;则天光宅元年春二月戊

午,裴炎与中书侍郎刘祎之、羽林将军程务挺、张虔勖勒兵入官,废中宗为庐陵王。是务挺有单于道之命,尚未行,故曰"送往事居"。

陈氏对"送往事居"这一典故引《左传》而考证云:

> 《左传·僖公九年》:初,献公使荀息傅奚齐,公疾,召之曰:"以是藐诸孤,辱在大夫,其若之何?"稽首而对曰:"臣竭其股肱之力,加之以忠贞,其济,君之灵也;不济,则以死继之。"公曰:"何谓忠贞?"对曰:"公家之利,知无不为,忠也;送往事居,耦俱无猜,贞也。"杜预注:往,死者;居,生者。往谓高宗,居谓中宗。

按:《旧唐书·程务挺传》载"嗣圣初……受则天密旨……废中宗为庐陵王,立豫王为皇帝……又明年……裴炎下狱,务挺密表申理之,由是忤旨,务挺与唐之奇、杜求仁友善,或构言务挺与裴炎、徐敬业皆潜相应接,则天遣左鹰扬将军裴绍业就军斩之,籍没其家。"陈氏于该文尾注云:"杨恽《报孙会宗书》:……将相裴炎、程务挺辈……与敬业等合谋……潜相应接矣,临海之为敬业传檄天下也,曰'送往事居',与务挺书已有是语。"综合上述两例,则程务挺承旨废中宗事乃出于"潜相应接"之权宜之计,宾王于是书后亦有"特以平生之私,忘其贵贱之礼;幸勿为过,谨不多谈"之语,盖为接应之言,密谋举事之意暗藏。则陈氏此处能够领会骆文意绪,并云"往谓高宗,居谓中宗",考述其"古典字面",巧释其"今典实指",文意与史实互为印证。

(三)诗文与史实互证

卷四《宪台出絷寒夜有怀》题下注云:

> 郗云卿《骆宾王文集序》:骆宾王,仕至侍御史,后以天后即位,频贡章疏讽谏,因斯得罪,贬临海丞。《旧书·文苑传》:骆宾王,高宗末,为长安主簿,坐赃左迁临海丞。合二说观之,盖因为侍御时,讽谏得罪,而坐以前为长安主簿时之赃。《畴昔篇》所云"适离京兆谤,还从御史弹"是也。临海以母老,却行俭之辟,时为武功主簿。

上元三年之四月，《畴昔篇》"茹茶空有恨，怀摘独伤心"。在干州郡禄之后，母当卒于是年，是年冬，改元仪凤。迨三年始除服，补长安主簿，擢侍御，因贡疏遭诬绎是诗，当是初被系之作，盖仪凤三年冬也。明年夏，改元调露，下篇云"青陆春芳动"，作于是春。《萤火赋》《在狱咏蝉》诸作，即在是秋。调露二年，除临海丞，据《畴昔篇》有"谁能跑迹依三辅，会就商山访四翁"之句，则出狱后非即除临海丞也，释系当在是年六月大赦改元之后。

郝润华认为："诗史互证法"之"以史证诗"，即以史实探揣诗人之心迹，阐明诗歌旨意，不仅要理解诗意，还需深"发明"。[1] 周裕锴将清代诗注中的历史主义思维方式总结为三个方面，即重年谱、尚编年和贵本事，[2]则陈氏此注可谓二者兼而有之。按：两《唐书》皆载骆宾王为长安主簿、武功主簿及坐赃下狱、除临海丞诸事兼调露元年大赦天下事，陈氏此处解析诗意，进行诗史互证，顺便将此诗给予编年，将宾王于上元至调露之间的事迹和诗作以年谱的形式勾勒出来。关于此时期骆集中有关作品的编年，今人有不同意见，但基本不出陈氏所囿。另外，就骆是否因此上疏获罪而下狱，马茂元先生早在20世纪60年代的一篇文章，即《论骆宾王及其在"四杰"中的地位》中说：

> 原注例有云："临海一生涉历，诗文所传，尚可略见其概，今从本集证以新、旧《唐书》及初唐人集，藉以考见时事，其所不知，付之阙如。"……但其中也有某些勉强牵合的地方，例如，骆宾王的下狱，据《旧唐书》本传说是"坐赃"。证以《狱中书情通简知己》所说"绝缣非易辨，疑璧果难裁"，《在狱咏蝉》所说"无人信高洁，谁谓表余心"的话看来，所谓"赃"，当然是受到诬陷，至于别人为什么要诬陷他，却难以查考。据《狱中书情》"三缄慎祸胎"之语，可知是言语不慎，而

---

[1] 郝润华：《〈钱注杜诗〉与诗史互证法》，南京大学1999年博士论文，第一章第二节，第13页。

[2] 周裕锴：《中国古代阐释学研究》，上海：上海古籍出版社，2003年，第373~374页。

招致了莫须有的打击,但言语不慎,不一定就指上书朝廷,或者和当时统治集团新旧势力的明争暗斗有必然联系。上述两诗和《萤火赋》中,作者并未流露什么存君兴国的思想感情,而陈氏在《续补传》里据胡应麟等人的说法,却得出了这样的推断:"时高宗不君,政由武氏,宾王数上章疏讽谏,为当时所忌,诬以赃,下狱,久絷,尚未昭雪,作《萤火赋》以自广。"这是替宾王后来参加徐敬业的军事行动安一伏笔,并使自己的论点构成一个体系,但却缺乏充分的论据,是难以成为定论的。①

笔者以为,马茂元先生的观点也有值得商榷的地方。胡应麟、陈熙晋的观点,二者皆源自《新唐书》本传所记和宋蜀本《骆宾王文集》郗云卿序,即谓宾王"仕至侍御史,后以天后即位,频贡章疏讽谏,因斯得罪"者云云。且郗序亦云:"中宗朝,降敕搜访宾王诗笔,令云卿集焉,所载即当时之遗漏……鲁国郗云卿。"《旧唐书》亦云"有兖州郗云卿,集成十卷,盛传于世。"则知郗、骆为同时之人自不必说。且据宾王《畴昔篇》诸篇可证,骆亦视齐鲁为乡梓;又,郗为鲁人,则二人又可能有桑梓之宜,否则中宗岂只令云卿集辑其集。因此郗云卿当悉宾王生平和其文集内容亦自不必说。且今存宋蜀本骆集亦为残集,宾王诗文亡佚之篇当属不少,其中当有上疏讽谏之篇,而马茂元先生仅从《萤火》诸篇断定宾王无忠君爱国语,难免挂一漏万。陈氏则以"诗史互证"的方法和"知人论世"的精神,将稽考史实与分析诗意二者结合起来,相生发明,揣测诗人心迹,是比较客观和正确的。

又,卷九《自叙状》题注:

> 按:道王于永徽后历滑、徐、沁、卫诸州,临海为道王府属,系刺史所属参军录事之类,故曰"易彼上农,叨兹下秩",非如王府橡属之品秩也。王子安有《秋晚入洛于毕公宅别道王宴序》曰:"英王入座,

---

① (唐)骆宾王撰,(清)陈熙晋笺注:《骆临海集笺注》,上海:上海古籍出版社,1985年,第437~438页。

牢醴还陈,高士临筵,樵苏不爨。"是道王爱才礼士,子安诸人,皆尝从游,临海则招致幕下者也。

陈氏又于"易彼上农,叨兹下秩"下注云:

《礼·王志》:诸侯之下士视上农夫。……《后汉书·桓谭冯衍传》赞:礼谦上才,荣征下秩。《汉书·东方朔传》赞:戒其子以上容,首阳为拙,柳下为工,饱食安步,以仕易农。

陈氏此处亦以"上农""下秩"为古典,比附今典,即唐书本传所载宾王为道王府属事,宾王云"易彼上农,叨兹下秩"即指此段经历,陈氏又证以王勃序文,知人论世,发明骆文意旨,即所谓道王"爱才礼士"。

综上三个方面论述,陈氏注骆所用的"知人论世"的历史解释法,实际上继承了钱谦益以来的"诗史互证",可贵处有二:一是贯以"古典"释"今典"的解读手法,从考证历史典故的层面来揭示诗文内容所指史事和诗文中所含的宾王本事;二是兼以考证职官、地理、编年等。

二、以意逆志——凸显宾王侠义精神

《孟子·告子》云:

说《诗》者不以文害辞,不以辞害志,以意逆志,是为得之。①

对此,历代均有不同解释,富有代表性的如汉代赵岐《孟子·章句》对此解释云:"诗之文章,所以兴事也。辞,诗人所歌咏之辞。志,诗人所志之事。意,学者之心意也……人情不远,以己之意逆诗人之志。"宋代朱熹则云:"文,字也;辞,语也;逆,迎也……不可以一字害一句之义,不可以一句而害设辞之志。当以己意迎取作者之志,乃可得之。"吴淇《六朝选诗定论·缘起·以意逆志》:"诗有内外,显于外者曰文曰辞,蕴于内者曰志曰意。……以古人之意

---

① (宋)朱熹:《四书章句集注》,北京:中华书局,1983年,第306页。

求古人之志。"①由是，周光庆总结为：志，即诗歌之辞与文所蕴含诗人的思想情感，有待于解释者去领悟与融会；意，是解释者心灵中先在的意；逆，则是复杂的解释过程，即以心揆心，强恕而行，清除解释者与创作者之间的历史距离、文化距离和心理距离。最后，以意逆志的心理解释，必须以语言解释为基础，为前导。②周光庆的解释在当今学界亦富有代表性，本小节就此结合陈氏注骆，稍事论述。

陈熙晋《临海集序》云：

> 临海，志士也，非文士也。杨用修有言："孔北海与建安七子并称，骆宾王与垂拱四杰为列，以文章之末计，掩立身之大闲，可惜也。"呜呼，文章与立身，果有二道哉？亦论其志而已矣。北海志乎汉，建安，献帝纪年也，概北海与七子不可，概以建安未始不可；临海志乎唐，垂拱，武氏纪年也，概临海于四杰不可，概以垂拱尤不可。北海糜身，无救于炎祚。临海昌明大义，志卒伸于二十一年之后，非直北海比。唐史于临海，不传之忠义，而侪王、杨诸人，违其志矣。

由第一章对陈氏治《左传》的总结是"籍求真是于《春秋》"，在于纠正杜预对于历史的歪曲，此序又强调临海为志士，而非文士，可知其注骆动机亦在于纠正史谬，传诸忠义，当然也不排除陈熙晋视骆宾王为乡先贤而注释其文集这一原因。关于陈熙晋之前历代对宾王的评价，大致可分为唐宋和明清两个时期。③唐宋时期，由于所谓骆宾王与徐敬业"作乱"，以官方史籍为代表的评价，基本是持否定与贬低的态度。宋元以后直至明清以来，武则天的"正统"地位渐失，尤其是明代胡应麟等人的力倡，骆宾王的历史地位与日提高，胡应麟云宾王"大节高风，瑰才卓行"，鸣其遭遇为"亘古不白之沉冤"，抨击旧史馆臣乃"以怨诽讥之"。事实上，早在唐代，中宗下令辑集宾王遗篇就已经表明

---

① 周光庆：《中国古典解释学导论》，北京：中华书局，2002年，第356~359页。
② 周光庆：《中国古典解释学导论》，北京：中华书局，2002年，第356~357页。
③ 骆祥发：《骆宾王评传》，北京：北京出版社，1987年，第358~360页。

当时的统治阶级即以其为忠义之士,杜甫《戏为六绝句》云"尔曹身与名俱灭,不废江河万古流",虽然是针对其诗文风格而言的,但亦未必不含有对其品行节义的肯定。而五代时孟棨的《本事诗》又续以"灵隐续诗"的千古佳话。凡此等等,俱表明骆宾王的光辉形象和忠节大义并未在民间消失。历史往往是当局者迷,旁观者清,随着时间的推移,有些不公正的历史问题是能够被廓清的,譬如骆宾王个人的历史问题,陈熙晋的立论也是上承明代胡应麟等人而继续生发,一方面能够遵从客观历史事实,从此点看,陈氏此论是符合唯物史观的,在学术思想上亦富有进步性;另一方面,又能据集中诗文内容,以意逆志,发明诸多新意。如卷八《答员半千书》:

  夫人生百年,物理千变。名利宠辱之形立矣,爱憎毁誉之迹生焉。其有道在则尊,德成而上。幽贞为虚白之室,静默为太玄之门。知轩冕是傥来,悟荣华非力致。苟斯道之坠,亦何患乎无成?而欲图侥幸于权重之交,养声誉于众多之口。斯所以杨朱徘徊于歧路,阮籍怵惕于穷途。

陈氏注云:

  案:半千《陈情表》云:"七步成章,一字无改,臣不愧子建;飞书走檄,援笔立成,臣不愧枚皋。请陛下召天下三五千人,与臣同试诗、策、判、笺、表、论,勒字数定,一人在臣先者,陛下斩臣头,粉臣骨,悬于都市,以谢天下才子。"盖敢为大言以希进用者,则其书中之旨,大较可知矣。临海《寄员半千诗》曰:"不应惊若砺,只为直如弦。"其所以信之者若此。此书勖以道德,悟厥傥来,所以规之者又若此。盖临海滞迹齐鲁,凡十余年,交厚则望深,望深则爱至,宜亢直乃尔也。

按:骆宾王除是篇外,还有寄半千诗,俱情切弥笃之语,可知二人交情之深厚。据《旧唐书·文苑传》载员半千在武后"长安中,五迁正谏大夫兼右控鹤内供奉,半千以控鹤之职古无其事,又受斯任者率多轻薄,非朝廷进德之选,上疏请罢之,由是忤旨,左迁水部郎中",可见员半千其人即如宾王称之"直如弦"。陈氏"以古人之意,求古人之志",道出宾王对半千的深挚情感,表明宾王耿直的个性。

集中很多诗篇乃宾王指陈时弊,抒发情志之作,陈氏俱能以心揆心,道出作者言外之意,如陈氏就骆《答员半千书》整个意脉所在,做了一番较为中肯的解述:

> 临海以江东羁贯,附稷下遗氓,与员里居密尔,芩苔之好,有自来矣。以彼异才,方谓"坐致云霄,瞬升宰府,而乃八科累应,一饭才允,继臣朔而上书,同子建之求试",仕进之意,无乃太锐乎。详玩此书,始喻以时命,终勉以道德,足为浇竞之药石,流俗之钀撅。盖其所志,过王、杨诸人远矣。

陈氏《临海集序》已明书骆为志士,且集中诗文亦多忠愤之语,亲切感人,陈氏亦大多能以心揆心,摅以真见。《畴昔篇》乃宾王自陈生平之作,多抒发块垒之语,如云"判将命运赋穷通,从来奇舛任西东……荣亲未尽礼,徇主欲申功",陈氏根据薛仁贵于咸亨元年(670)兵败大非川的史实,结合诗意,进一步解释道:"临海从军在咸亨元年,凯歌未奏,行役徒劳,所谓'奇舛西东'者也,未奉毛义之檄,先请终军之缨,亦可悲矣。"按:此为壮志难酬而抒愤怨,陈氏解析可谓中的。又《代李敬业传檄天下文》:"一抔之土未干,六尺之孤安在?"陈氏则解释曰:"按:檄文前言'君之爱子,幽之于别宫',谓相王也;此言'六尺之孤安在',谓中宗也。春秋大义,严于斧钺,宜武氏见之而矍然心慑也。"据《旧唐书·李勣传》载:

> 初,敬业传檄至京师,则天读之微哂,至"一抔之土未干",遽问侍臣曰:"此谁为之?"或对曰:"骆宾王之辞也!"则天曰:"宰相之过,安失此人!"

此处记载似为美化武氏之语,但宾王辞锋之利,使其亦为之震撼则是真。宾王秉持忠义大节,陈氏亦能解透。

宾王三首组诗《夕次旧吴》《过故宋》《咏怀》,多发黍离之悲,对其是否为亡命之作,历来争论颇多。陈氏力排众议,自成一家之言,认为宾王兵败后亡命之作,如对《咏怀》一首的解释道:

> 临海少年落魄,薄宦沉沦,始以贡疏被愆,继因草檄亡命。播迁陵谷,晦匿姓名,狙击一朝,鸿冥万古。此篇叙述生平,徘徊岁晚,悲愤无聊之概,长歌当哭之辞,信遁逃后所作。胡元瑞(即胡应麟)谓于广陵起义之前,非也。

今人张志烈、王增斌等都认同是败后之作,且其诗首云"少年识事浅,不知交道难",陈氏解释云:"如敬业辈,所托非人,举事不终,追悔而无自也。"中间云"太息关山险,呼嗟岁月阑",陈氏解释云:"言唐拥形胜之势,坐使武氏窃国,讨乱无人,岁月如流,义兵不再,可谓痛恨。"末又云"莫将流水引,空向俗人弹",陈氏解释云:"结言孤怀独抱,难遇知音,读者可以悲其志矣!"若是一般的无病呻吟之作,则不应有此数句,此乃宾王慨叹回天无力、世事沧桑之作,陈氏的解释是非常符合情理的。

综上,陈氏即结合史实,又探析骆文意旨,领会其中包含作者的真正意绪。德国解释学之父狄尔泰说过:"阐释者的个性和他的作者个性不是作为两个不可比较的事实相对而存在的;两者都是在普遍的人性基础上形成的,并且这种普遍的人性是使得人们彼此间讲话理解的共同性有可能。"① 这种普遍的人性,穿越时空的隔膜,进行互相交流,拉近心理上的距离,就是以意逆志,其先决条件是知人论世。孟子的"知人论世"和"以意逆志"这两个观点是分别从两个不同的角度而言的,即考证历史和阐释文学。实际上,"诗史互证"即包含这两个因素。② 清初,王嗣奭在其《杜臆原始》里首次提出"诵其诗,论其世,而逆其意"。随后仇兆鳌在其《杜诗详注序》里又说道:"诗有关于世运……是故注杜者必反复沉潜,求其归宿所在……身历其世,面接其人,而

---

① 周裕锴:《中国古代阐释学研究》,上海:上海古籍出版社,2003年,第387页。
② 周光庆:《中国古典解释学导论》,北京:中华书局,2002年,第359页。

慨乎有余悲，情乎有余思也。"① 到了乾嘉时期，考据名家焦循自觉将"知人论世"与"以意逆志"结合起来阐释，其云："不论其世，欲知其人，不得也。不知其人，欲逆其志，亦不得也，孟子若预忧后世将秕糠一切，而以其察言也，特著其说以妨之，故必论世知人，而后逆志之说可用之。"② 据此，就对"四杰"为人的评价问题，再试着阐述一下二者的关系，20世纪初，著名学者兼诗人闻一多对"四杰"为人评价的态度是褒王、杨，贬卢、骆，尤其是对骆的评价，笔者以为，亦很值得推敲。他在《唐诗杂考·四杰》中说：

> ……卢、骆……一种在某项观点下真可目为"浮躁"的类型，久历边塞而屡次下狱的博徒革命家，骆宾王，不用讲了。看《穷鱼赋》和《狱中学骚体》，卢照邻也不象是一个安分的分子。骆宾王在《艳情代郭氏赠卢照邻》里，便控告过他的薄幸。然而按骆宾王自己的口供"但使封侯龙额贵，讵随中妇凤楼寒"，他原也是英雄气概的烟幕下实行薄幸而已。看《忆蜀地佳人》一类诗，他并没有多少给自己制造薄幸的机会。在这类上，卢、骆恐怕还是一丘之貉，最后卢照邻那悲剧型的自杀和骆宾王的慷慨就义，不也是一样？……只是一悱恻，一悲壮，各有各的姿态罢了。③

我们试将此论逐条梳理一下：首先，据郗云卿序和两《唐书》所载，宾王仅仅下过一次狱，即频贡章疏而获罪，坐赃下狱，并非屡次下狱。其次，闻一多说"但使封侯龙额贵，讵随中妇凤楼寒"是骆薄幸之语，此亦涉"以辞害志"和断章取义之嫌。此二句出自骆诗《军中行路难同辛常伯作》，此诗据陈熙晋考证，为咸亨元年（670）从军西域之作，今人亦颇多认同，诗旨在于抒写边防战士报国捐躯和建功立业的强烈愿望，并非为薄幸之作，仅以此二句即批骆为薄幸之人，未免以偏概全。至于《忆蜀地佳人》，通篇俱情切怅恨之辞，并无丝毫薄幸

---

① （清）仇兆鳌注：《杜诗详注》，卷首仇兆鳌原序，北京：中华书局，1979年，第1页。
② （清）焦循：《孟子正义》，卷九《万章上》，北京：中华书局，1987年，第639～640页。
③ 闻一多：《闻一多全集》，卷三，第四册，上海：三联书店，1982年，第2页。

之意，则可证骆亦为性情中人。再次，闻一多明显对骆宾王之"举事反武"表示不齿，实际上与旧史馆臣所持论调无异。闻一多先生没有顾及诗人之"荣辱隐显、屈伸忧乐之不齐"，亦无如宋朱熹所言之"以己之意迎取作者之志"，而是以己之意强古人之志，所得出的结论则多半是有失公允的。与之相比，陈熙晋的有关评析则是比较符合历史、符合诗人实际的。

总之，陈氏对"诗史互证"的继承，又贯穿以"知人论世"和"以意逆志"的阐释原则，从而全面解读骆诗和骆文，是其注骆的一个最重要的特征。

第三节　诗文诠释

以训诂和考据为主的解释集部经典著作的传统，历经千年而不废，而自宋人赵次公的《杜诗先后解》，又出现了一种新趋势，即自觉的分析和概括诗歌的创作手法。学界已经有人注意到，赵次公从分析修辞、句法、章法，品评艺术风格等几个方面开始系统地对杜诗进行艺术形式的阐释。① 以注杜为例，清代的钱注杜诗和仇注杜诗，尤其是仇兆鳌，对杜诗的艺术风格的分析则更显成熟，如对杜甫《中宵》的解释就有"中宵独步，领起通章，星月属赋，中宵所见；鱼鸟属比，中宵所感"诸语云云。综观有清一代对唐人集的笺释，还是以训诂和考据为主，艺术解释为次，陈氏注骆也未能脱其槽廒，但毕竟对骆集在艺术形式方面进行了一些阐释，下面试做简要分析。

一、解释诗文含义

陈氏对骆集诗意、文意的解释，属于对诗文内容的诠释，往往以简洁明了的语言取胜。如《丹阳刺史挽歌》其一"熏风虚听曲，薤露反成歌"，陈氏解释云："言熏风善养，雅曲虚闻，薤露易晞，哀歌反奏也。"但骆宾王的诗和文大都以用典精工著称，要想彻底了解其中每句、每篇的意思，非得从解释典故入手

---

① 武国权：《赵次公杜诗先后解研究》，第三章第四节，西北师范大学 2005 年硕士论文，第 50 页。

不可,由于陈氏博通经史,对每一个典故皆能信手拈来,其解释往往以别开生面取胜。如《帝京篇》"黄雀徒巢桂,青门遂种瓜",陈氏解释道:

《汉书·五行志》:成帝时,歌谣又曰:"邪径败良田,谗口乱善人。桂树花不实,黄爵巢其颠。故为人所爱,今为人所怜。"桂,赤色,汉家象;华不实,无继嗣也。王莽自谓黄象,黄爵巢其颠也。

按:前文有"莫矜一旦擅繁华"诸语,且宾王《帝京篇》如卢照邻《长安古意》,都流露了诗人透过盛世繁荣的温情面纱而抒发对人世无常的感叹,陈氏此解恰到好处。又如《代女道士王灵妃》:"相怜相念倍相亲,一生一代一双人。不投丹心比玄石,谁将浊水况清尘?"陈氏便引《诗经》解释句意:"案:此用《诗》'我心非石'意。"按:《诗经·邶风·柏舟》有"我心匪石,不可转也"之语。

陈氏在解释骆句出处和用典时,又能巧妙运用古人之注,自己不发一言,却能把句意点透。如《赠高四序》"入门自媚,谁相谓言",陈氏解释云:

古辞《饮马长城窟行》:"入门各自媚,谁肯相为言?"李善《注》:但人入门,咸各自媚,谁肯为言乎? 皆不能为言也。

又《畴昔篇》:"适离京兆谤,还从御府弹。炎威资夏景,平曲况秋翰。"陈氏解释云:"《后汉书·孝明八王传》:枉法曲平,不听有司。章怀太子注:曲平,曲法申恩,平处其罪。按:此云'平曲',谓平法中曲处其罪也。"陈氏对古人的解释,又下按语,表示不同意见。

陈氏亦能在考证地理时兼诠释诗、文句意。如《夏日游德州赠高四》诗云:"日观临全赵,星临俯旧吴。"陈氏解释云:"德州系齐北地,近赵,骆籍婺州,于三国时属吴,故曰'临全赵、俯旧吴'。"

更重要的一点,陈氏亦能从诗文内容中领会作者的文学思想。如《和道士闺情诗启》是骆宾王现存诗文中最重要的一篇关于文艺理论的文章,比较全面地表述了他对历代诗家的评价以及对初唐文坛革新的意见,其中说道:"爰逮江左,讴谣不辍。非有神骨仙才,专事玄风道意。颜谢特挺,戕伐典丽。自兹以降,声律稍精。其间沿革,莫能正本。"陈氏解释曰:"言颜谢始变清虚,专尚繁密,取材典丽,戕伐无遗也……言当依声律以和乐。"事实上,骆宾王的诗文用典精切,属事俪密,亦讲求声律,陈氏的解释也很准确。

二、阐释诗文艺术

骆宾王诗文,由于典事俪密,故而声情并茂,在修辞、句法、文法、诗法以至章法结构等方面,俱通过遣词用句、用典来表现,陈氏都能给予切中肯綮的解释和评析。

(一)修辞解析

骆集诗文所用的修辞手法,以比喻居多,然大多由于用典的繁富,使其比喻义不能一眼看出,陈氏则先释典故,然后用简括的语言点出。如卷二《送王赞府上京参选赋得鹤》云"振衣游紫府",陈氏引《太平寰宇记》所载之有山名曰"紫府",其上"常有紫气"蒸腾,且有"仙人居之",又进一步解释道:"此借以言帝京也"。这样解释就比较符合诗意。

又,卷三《叙寄员半千》云"徒思鸿宝仙,斯志良难已",陈氏引《汉书·楚元王传》所载"淮南鸿宝苑秘书,书言神仙"事,进而解释道:"案此以升仙拟登位也。"此诗乃宾王为劝诫好友员半千切勿仕途冒进而作,陈氏解释得极为恰当。

卷八《上郭赞府启》云"叆玄枝而布族",若不作任何训诂和考据的解释,则无法理解其意,陈氏则爬罗抉剔,迎刃而解,注云:"顾野王《玉篇·云部》:叆叇,云貌。《庄子·外篇·在宥》:云气不待族而雨。陆德明《音义》:司马云:族,聚也。颜(文选)注:云如枝叶之状。《南都赋》:玄云合而重阴,谷风起而增哀。"然后又解释道:"此借枝叶以言云耳。"四库馆臣认为颜文选注多不可取,但陈氏将其考证合理之处审为己用,可见陈氏的治学态度。

(二)章法、句法解析

1. 句法

卷九《李长史宅宴序》云:"洲渚肃而兼葭变,风露凝而荷芰疏。"陈氏注曰：

> 《诗·秦风》：蒹葭苍苍，白露为霜。……陆云《答车茂安书》：严霜陨而蒹葭萎，林乌祭而蔚罗设。此句法所本。

陈氏在此以解释骆句的出处来分析其句法特点，指出作者创作对于前人的继承。

2. 章法

骆宾王诗文，在遣词谋篇上，多构思精巧、匠心独运。明代文学评论家胡应麟曾将其与初唐诸诗家并称云："做排律先熟读宋、骆、沈、杜诸篇，仿其布格措词，则体裁平整，句调精严，益以摩诘之风神。"[①]陈氏有关的点评，亦颇能说明之。如卷五《畴昔篇》乃骆宾王出狱之作，尽叙生平之事，多发感慨之语，长达百韵，将五、七言错杂运用，隶事用典与叙事、抒情浑然一体，谋篇亦有讲究，其中写道：

> 昨夜琴声奏悲调，旭旦含嚬不成笑。果乘骢马发嚣书，复道郎官禀纶诏。冶长非罪曾缧绁，长孺然灰也经溺。高门有阅不图封，峻笔无闻敛敷妙。

陈氏注曰：

> 此诗前俱按次顺叙，若从迁官上疏，说道获罪，匪特平直寡味，兼亦章法嫌冗。"昨夜"二句，离奇不测，先言陷罪，下方点出京兆御史，可悟诗心。

这样的评析，对于准确理解宾王的诗意也是有帮助的。骆宾王的一些短诗，亦时有精巧之作，如卷二《咏云酒》：

> 朔空曾纪历，带地旧疏泉；色泛临砀瑞，香流赴蜀仙；款交欣散玉，洽友悦沈钱；无复中山赏，空吟吴会篇。

---

① （明）胡应麟：《诗薮》，内编，卷四，北京：中华书局，1958年，第74页。

陈氏考证典故后又下按语云："按：此诗通篇俱以'云酒'二字分咏。"典故"纪历""砀瑞""散玉"均与云有关；"疏泉""香流""沈钱"均与酒有关，宾王此诗出句均带"云"意，对句均含"酒"意。陈氏以考证典故、成语的手段，道出诗人章法布局的用意，很见功力。

（三）诗法、文法分析

首先，骆诗文属对精工，其中亦多变化，陈氏一般按其变化，适时点出其中精妙。如：

1. 卷二《过张平子墓》："玉卮浮藻丽，铜浑积思深。"陈氏注云："按张平子所造，本是铜尊，云玉卮者，避下文也。"此处考证名物兼点明诗法。

2. 卷五《咏怀》："一言芬若桂，四海臭如兰。"陈注云："沈约《齐故安陆昭王碑文》：兰桂有芬，清晖自远。上句言'芬若桂'，就对也。"此处考证作者诗句出处兼点明诗法。

3. 卷六《荡子从军赋》："屏风宛转莲花帐，窗月玲珑翡翠帏。"陈注云："潘岳《悼亡诗》：皎皎窗中月，照我南室端。以'窗月'对'屏风'，此借字对也。梁简文帝《晓思诗》：炉烟入斗帐，屏风隐镜台。六朝已有此对法矣。"此处点明作者袭用前人诗法。

4. 卷六《萤火赋》："化腐木而含彩，集枯草而藏烟。"陈注云："案：《逸周书·时训》解：大暑之日，腐草化为萤。是萤亦称化也，云'腐木'者，避下文也。"此处考证法同例1。

5. 卷九《自叙状》："幸属大炉贞观，合璧光辉。"陈氏注云："《旧书·太宗纪》：贞观元年春正月乙酉，改元。《高宗纪》：显庆五年夏四月戊寅，造八关宫，改为合璧宫。一用太宗年号，一用高宗宫名，使事精切如此。"此处考证用典兼点明文法。

6. 卷七《上司列太常伯启》："登小鲁之岩。"陈注云："登岩，谓登泰山也。登泰山，小天下，就对故云'小鲁'。"此处解释单句内"就对"的文法。

有时，陈氏能从考证历史典故和地理特点的角度入手，解释骆集诗文"就

对"的手法。如卷三《咏雪》:"影乱铜乌吹,光销玉马津。"陈氏注云:

> 《元和郡县志》:河南道滑州白马县,白马山,在县东北三十里。《开山图》曰:有白马群行山上,悲鸣则河决,驰走则山崩。津与县盖取此山为名。黎阳津,一名白马津,在县北三十里鹿鸣城之西南隅。郦食其说汉祖曰"守白马之津,塞飞狐之口",谓此津也。"就对,故曰"玉马"。

《元和郡县志》将地理与典故并释,陈氏亦能引来解释诗法。又《军中行路难同辛常伯作》:"君不见玉关尘色暗边庭,铜鞮杂虏寇长城。"陈注云:

> 《隋书·地理志》:上党郡铜鞮,有铜鞮水。案:铜鞮,春秋晋邑,今山西沁州是也。吴均《战城南诗》:杂虏寇铜鞮,征役去三齐。《通典·边防门》:"车鼻即败之后,突厥为封疆之城,自永徽以后二十余年,北鄙无事。调露元年,突厥首领阿史德温奉职,二部落相率反叛,裴行俭大破之。"此诗在咸亨初作,与突厥不相涉,铜鞮但就对尔。

按:是诗作于咸亨初,背景为薛仁贵征西域战败事。故"铜鞮"对"玉关"不能坐实了讲,陈氏通过考证有关史实与地理后点出宾王诗法所在。

其次,就骆诗格律而言,明胡应麟云:"王、杨、卢、骆格未纯,体未备。"①如卷四《在军中赠先还知己》:"别后边庭树,相思几度攀。"陈注云:"方回《瀛奎律髓》曰:'宾王诗近似庾信,时有平仄字不协,此篇乃字字入律,工不可言。'纪相国昀曰:'纯就自己一边说,又自一格。'"方、纪之点评能印证胡的观点。但处于初唐律诗沈、宋定格前渐趋成熟的阶段,亦不乏合律合体之作,如《在狱咏蝉》,借物抒情,起承转合,浑然一体,后人多所称道。其《幽絷书情通简知己》,明胡应麟在《诗薮·内编》云:"精工俪密,极用事之妙,老杜多出于此,如'地幽蚕室闲,门静雀罗开'。"②早在五代孟棨《本事诗》就称宾王诗《灵

---

① (明)胡应麟:《诗薮》,外编,卷四,北京:中华书局,1958年,第181页。
② (明)胡应麟:《诗薮》,内编,卷四,北京:中华书局,1958年,第73页。

隐寺》之"楼观沧海日,门听浙江潮"乃一篇之警策。陈氏于前人已经评析过且成为定论的,就不再予以解释,对骆宾王另外一些不为人知的合律合体的诗作,又能别出新论,发表独到之见,如卷三《秋夜送阎五还润州》云:

> 通庄抵旧里,沟水泣新知。断云飘易滞,连雾积难披。傃风啼迥蝶,惊月绕疏枝。无力励短翰,轻举送长离。

陈氏对此,别有新解,云:"案:此篇首句言阎旋里,次句言已与之别,三四句叹己之遇,五、六句借乌雀以喻己,'长离',喻阎也。"陈氏在此以简要之语概括诗意,实际上道出了宾王是诗富有"起承转合"的合律性。作为诗学命题的"起承转合"之说,最早在元代杨载的《诗法家数》与傅若金《诗法正论》就有阐述。尤其杨载《诗法家数》将"破题""颔联""颈联""结句"概括为"律诗要法",分别以"兴起"(起)、"俪龙之珠,抱而不脱"(承)、"变化"(转)和"言有尽而意无穷"(合)等语解释之。范德机则进一步生发:"作诗法有起承转合四字,以律诗言之,首联为起,颔联为承,颈联为转,尾联为合。"①实际上,有人认为唐人试贴诗就已经暗含着这些要素了。虽然,以蒋寅先生为首的一些学者否定"起承转合"为律诗的天然要素,也否认其源自唐诗,但毕竟古人已有是说,在一定程度上有其存在的理由。道光间周以清亦言:"今之制义排比声调,裁对整齐即唐人所试之律诗律赋,貌虽殊而体则一也。"②周氏之说乃就八股文之"起承转合"而言的观点,与之同时的陈熙晋亦未必不借鉴此说,因此,其举析骆诗此点,亦合当时论诗之习尚。

(四)诗文意旨与风格评析

历代文学评论家,就骆宾王《帝京篇》,多发议论。如清人沈德潜云:

> 作《帝京篇》,自应冠冕堂皇,敷陈主德,此因己之不遇而言,故始盛而以衰飒终也。首叙形势之雄,宫阙之壮,次述王侯贵戚之奢

---

① 蒋寅:《起承转合:机械结构论的消长》,载《文学遗产》1998年第3期,第66页。
② 蒋寅:《起承转合:机械结构论的消长》,载《文学遗产》1998年第3期,第67页。

侈无度。至"古来"以下,慨世道之变迁;"已矣哉"以下,伤一己之湮滞,此非诗之正声也。

陈氏则云：

> 窃谓不然,夫陈思王《京》《洛》之篇,每涉斗鸡走马;谢朓《金陵》之曲,不离绿水朱楼,未闻例效班、张,同其研炼。此诗为上吏部而作,借汉家之故事,喻身世于本朝,本在摅情,非关应制,国风比兴,岂尚敷陈,启中自言之矣。篇末自述邅回,毫无所谓之意露于言表,显以贾生自负,想见卓荦不可一世之概。非天下才不能作是论也。沈说非是。

唐初,太宗首赋《帝京篇》,随后即有上官仪等人的应制之作,遣词虽有革新之意,然大都事功之作,无甚新意。宾王此篇,当时就誉为"绝唱",胡应麟《诗薮·内编》云："沈、宋前排律殊寡,唯骆宾王篇什独盛,佳者'二庭归望断、蓬转俱行役、彭山折坂外、蜀地开天府',流丽雄浑,独步一时。"①虽未独指其《帝京篇》而言,但其称"流丽雄浑"一语,也颇能切中《帝京篇》的风格特点。胡应麟又曰："初唐短歌,子安《滕王阁》为冠,长歌宾王《帝京篇》为冠。"②可见,所谓绝唱,并非溢美之词,而沈氏所论则单趋一面,亦说教味太浓。陈氏本着知人论世的精神,将骆宾王此篇与曹植和谢朓媲美,见解又比胡应麟等更加深刻,亦非常人所能道出。

总之,陈氏注骆对文体形式的分析在其洋洋数十万言的笺释中只占很小一部分,并且未从全集逐篇来分析,只是对若干篇目略析而已,没有形成一定的体系,但毕竟比之明代以来颜文选等人的注释,则有较大的弥补,对于丰富古典解释学的内容和方法都很有借鉴的价值。

---

① （明）胡应麟：《诗薮》,内编,卷四,北京：中华书局,1958年,第72页。
② （明）胡应麟：《诗薮》,内编,卷三,北京：中华书局,1958年,第45页。

第四节　订疑纠谬

《清史稿》卷四百八十一载陈熙晋治学擅长"订疑纠谬",并且"务穷竟原委",此点在《笺注》中亦不乏体现。综观《笺注》纠误约八十余处,大凡在考证骆宾王诗、文所涉及之典故、名物、职官、典制、历史、舆地、文字、音韵、训诂、俗语、避讳、称谓等方面时以多方引证、钩稽排比而进行纠误,其中纠正颜文选误注约有二十余处,内容亦大体不出这些范围,且见解独到,足以启发后人治学。由于篇幅有限,兹将陈氏考订卓著处略做分析。

一、订正诗文、故实之谬

《笺注·凡例》言其注释宗旨之一为"考见时事",陈氏于此用力亦深,参以史籍进行纠谬,并进一步阐发诗意,如卷四《从军中行路难》题注云:

> 按:此为由蜀至姚州从军之诗,别本作辛常伯作,题云"军中行路难与骆宾王同作",非也。云南安宁州城南葱蒙卧山唐河东州刺史王仁求墓,有闾丘均碑文,曰:"咸亨之岁,犬羊大扰,枭将失律,元凶莫惩。"以本集《祭赵郎将文》证之,即张柬之《表》所称郎将赵武贵讨击破败者也。王少司寇昶以为是薛仁贵败绩,仁求佐梁积寿削平之,甚误。考《唐会要》:咸亨元年四月二十四日,吐蕃陷我安西,罢四镇,长寿二年十一月一日,武威军总管王孝杰克服四镇;姚州本龙朔中武陵县主簿石子仁奏立之,后长史李孝让、辛文协并为群蛮所杀,又使将军李义总等往征,郎将刘惠基在阵战死,其州遂废;垂拱四年,南蛮郎将王善宝、昆州刺史爨乾福又请置州,善宝即仁求子也。两事各不相蒙。《旧唐书·吐蕃传》:睿宗即位,摄检察御史李知古上言:"姚州诸蛮,先属吐蕃,请发兵击之。"蛮酋傍名乃引吐蕃攻知古,杀之,并非高宗时,唯临海出塞后,由蜀至姚州。《畴昔篇》:"阳关积雾万里昏,剑阁连山千种色。"非其证欤?

考《元和郡县图志》卷三十二:"姚州本汉云南县之地,武德四年,安抚大使李英以此中人多姓姚,故置姚州,为泸南之巨屏,天宝十三年没蕃,贞元初蛮帅异牟寻归国,册拜谓之南诏。"①与《唐会要》所载情形相合。又,两唐书俱载薛仁贵咸亨元年(670)征讨吐蕃不利,遂兵败大非川,②实为征西域之战,即《唐会要》所言之"咸亨元年吐蕃陷安西四镇"事。又,姚州几废几立,皆唐朝西南边陲之事,与薛仁贵征伐西域之地相距数千里,故不可能为同时同地事,即陈氏所言之"两事各不相蒙"。又,本诗内有"长驱一息背铜梁,直指三巴逾剑阁"和"去去指哀牢"等句,其中"铜梁""三巴""剑阁"乃皆由中原入蜀至姚州必经之地,似非由中原入西域之道。今人彭庆生云:"姚州战事始于本年(咸亨三年)春,而前年(咸亨元年)十二月官复旧名(《旧纪》),不得再称'常伯'。"③且宾王于姚州所作两道《露布》和一篇《祭文》均未提及"常伯"二字,则此首非辛常伯作,实乃骆宾王从军姚州时之作。陈氏征引群书,稽考史实,又证诸骆诗,考辨作者和作年,开启了解读骆诗之门径。

又,卷八《上廉察史》题注云:

> 《新书·百官志》:龙朔二年,改御史台曰宪台,光宅元年,分左右台,两台岁再发使八人,春曰风俗,秋曰廉察,以四十八条察州、县。案:光宅系武后纪元,而此启具陈为亲欲仕之意,必上于高宗时,盖武后元年,始分左右台,其设廉察等使,则非始于此时也。

本启云:"每读书,见古人负米之情,捧檄之操,未尝不废书辍卷,流涕伤心。"则陈氏所言极是,即为宾王求仕之作。启中又云:"悦帝力以栖魂,情欣养素;仰皇华而畅虑,敢用披丹。"则似为高宗麟德二年(665)封禅泰山经齐鲁时,而宾王此时正闲居齐鲁,遂上此书,亦在情理之中,故陈氏所谓"上于高宗时"则

---

① (唐)李吉甫:《元和郡县图志》,卷三十二,北京:中华书局,1983年,第825页。
② (后晋)刘昫:《旧唐书》,卷八十三,北京:中华书局,1975年,第2783页;(宋)欧阳修:《新唐书》,卷一百十一,北京:中华书局,1975年,第4142页。
③ 彭庆生:《唐高宗朝诗歌系年考》,载《中国文化研究》,2006年秋之卷,总第53期,第172页。

较为得实。由此判断,廉察使非设于武后时期。此为陈氏以骆宾王文意推考职官演变由来,纠正《新唐书》之讹,堪值一提。再引一例说明:

> 卷十《代李敬业传檄天下文》题注云:
>
> > 近本作"讨武曌檄"。案,朱子《资治通鉴纲目》:中宗嗣圣六年,太后自名"曌",改"诏"曰"制目",凤阁侍郎宗秦客改造十二字以献,至是行之,"曌"即"照"字也,是武后名曌,在起兵后五年,作檄时不得有是名,违实甚矣。

又,该篇"伪临朝武氏者"句下注云:

> 顾炎武《日知录》曰:"伪临朝武氏者,敬业起兵,在光宅元年九月,武氏但临朝,而未革命也,近刻古文,改作'伪周武氏',不察檄中云'包藏祸心,睥睨神器',乃是未篡之时,故有是语,越六年,天授元年九月,始改国号曰周。"

此两处考证,一为陈氏考证,一为引证他说,事虽细小,但引据有理,考述细致入微,纠正了史谬,对准确编年并解读骆文亦不无裨益。

二、纠正颜注之误

明代中叶,理学盛行,学风亦渐趋于空疏,颜注之寡陋,时习使然,四库馆臣云颜文选注本"援引疏舛",陈氏亦云"舛陋疏舛,殆鲜可采"。综观其《笺注》纠颜注之谬仅二十余处,盖陈氏不能一一举摭其误,只举特例而已。颜注之谬不外乎有解释典故之误、解释名物之误、引用史实之误等处,陈氏亦能摘要引述并给予纠正,如卷一《夏日游德州赠高四》篇"紫电浮剑匣"句,颜注引崔豹《古今注》所记吴大帝宝剑有六:曰"白虹""紫电""辟邪""流星""青冥""百里"。陈氏以为颜注非是,乃谓宾王此句典出欧阳询《艺文类聚·军器部》所记"丰城剑气"事,揣度宾王诗句"日观邻全赵,星临俯旧吴。鬲津开巨浸,稽阜镇名都。紫电浮剑匣,青山孕宝符",乃盛赞吴地气宇非凡之意,且《艺文类聚》载张华于丰城观紫气得到剑匣,"剑至,光耀炜煜,焕若电发",则陈氏解释较为合理。若引吴大帝宝剑"紫电"这个典故,则不符合"紫电浮剑匣"的原意,且不太符合事理,又与骆诗句意不符。可见颜文选没有细揣此句意思,望文生义,轻率释典,陈氏则能着眼于诗意,求索用典之处。卷八《上瑕丘韦明府启》"加以招携白屋"下注云:

> 《说苑·尊贤篇》:周公旦,白屋之士所下者七十人。李翀《日闻录》:白屋者,庶人屋也。《春秋》:丹桓公楹,非礼也;在礼,楹;天子丹,诸侯黝垩,大夫苍,士黈,黄色也。按此,则屋楹循等级用采,庶人则不许,是谓之白屋也。又,主父偃曰:"士或起白屋而致三公。"颜(文选)注云"以白茅覆屋",非也。古者宫室有度,官不及数,则屋室皆露本材,不容僭施采画,是为白屋也。白茅覆屋,古今无传,后世诸侯王及达官所居之室,概饰以朱,故曰"朱门",又曰"朱邸",以别于白屋也。

此段考述极为精妙,所引例证亦令人信服,相比之下,颜注则望文生训。

宾王诗《早发诸暨望盱眙》"徙帝留余地,封王表旧城"句,颜注引"汉淮阴侯韩信"事来解释,陈氏以为非,遂引《史记·项羽本纪》云:"项梁召诸别将会薛计事,乃求楚怀王孙心,立以为楚怀王,都盱台;项梁死,怀王恐,徙盱台之彭城。项王乃尊怀王为义帝,自立为西楚霸王。汉之元年,项王乃使徙义帝长沙郴县,趣义帝行,乃阴令衡山临江王击杀之江中。"又引《水经注》"淮水经盱眙县故城南……又东经淮阴县故城北,汉高帝六年,封韩信为侯国"云云,则骆诗典出《史记·项羽本纪》,而非出于韩信封王之事。细察宾王诗题为"早发淮口望盱眙"地点分明,且诗中"徙帝留余地,封王表旧城"大有咏史兴叹之意,项梁封王、项羽徙帝又俱不离盱眙一带。陈氏释典,切中诗意,而颜注盖据《水经注》载淮水经盱眙又经淮阴故城说,将此牵强于韩信受封淮阴王事,两相混淆,轻下断语,误释典故,此亦为颜注误引史实例。

胡朴安云:"吾人读书,于名物之考证,小之草木鸟兽之名称,大之兵农礼乐之制度,其名称也,当知雅俗古今之不同;其制度也,当知因革变迁之时异……当合群经而参互错综以求之,不可据一书以为标准。"① 陈氏于此亦不含糊,如卷四《在狱咏蝉》颔联"不堪玄鬓影,来对白头吟",陈氏注云:

> 《宋书·乐志》:《白头吟》与《棹歌》同调,古词。吴兢《乐府古题》:《白头吟》,右古词,"皑如山上雪,皎如云间月",又云"愿得一心人,白头不相离",始言良人有两意,故来与之相决绝,次言别于沟水之上,叙其本意,终言男女当重意气,何用于钱刀也。一说司马相如将聘茂陵人女为妾,文君作《白头吟》以自绝,相如乃止。若宋鲍照"直如朱丝绳",张正见"平生怀直道",唐虞世南"叶如幽径兰",皆自伤清直芬馥,而遭铄金点玉之谤,君恩似薄,与古文近焉。冯舒《诗纪匡谬》曰:"《宋书·大典》有《白头吟》,作古辞,《乐府诗集》《太平御览》亦然,《玉台新咏》题作'皑如山上雪',非但不作文君,并题亦不作'白头吟'也。唯《西京杂记》有文君为《白头吟》以自绝之说,然亦不着其词,或文君自有别篇,不得遽以此诗当之也。宋人不明其故,妄以此诗实之。"

陈氏于此广搜群籍,综错考证,旨在怀疑《白头吟》是否出自卓文君之手。考历代诸家对宾王此句之解释,皆有不同。颜注云:司马相如过茂陵,见女子绿发白齿,欲聘之为妾,卓文君作《白头吟》以自绝,其词曰"凄凄重凄凄,嫁女不须啼。愿得一心人,白头不相离"。清章燮注宾王此句云:"白头,宾王自伤其老也。"② 今人所编《唐诗选》引《汉乐府歌辞·古歌》云:"座中何人,谁不怀我,令我白头。"并解释为宾王白头,"吟"指蝉鸣。③ 金性尧以为是乐府曲名,从《乐府诗集》。④ 骆祥发云:"白头吟,指蝉对自己的白头吟唱,作者年已花甲,故以白头自喻。"颜注所据未引出处,恐属妄断;《唐诗选》与骆祥发所宗皆

---

① 胡朴安:《古书校读法》,南京:江苏古籍出版社,1985年,第128页。
② (清)孙洙编,章燮注:《唐诗三百首注疏》,卷四,合肥:安徽人民出版社,1983年,第125页。
③ 中国社会科学院文学研究所编:《唐诗选》,北京:人民文学出版社,1978年,第19页。
④ 金性尧注:《唐诗三百首新注》,上海:上海古籍出版社,1980年,第161页。

同清章燮之说；金性尧宗《乐府诗集》。然各家偏举一隅，又多武断，唯陈氏详列众说，纠正宋人之误，考证亦见精博与审慎，此点亦为陈氏注骆一大特色。

三、陈氏订疑纠谬条例总括

包括上述数条，《笺注》订疑纠谬，经笔者粗略统计，约八十余处。其中该洽精审者约六十余处，其考辨方法从总体而言，就是援引经籍史传，考证周详，不容疏漏、不妄加臆测，必要处下以按语。现以《笺注》卷次先后为序，①胪列如下（同一卷下只书篇名，不记卷次；同一篇内，只书诗句，不记篇名，以此类推），笔者仅出按语，谨供参考：

卷一《帝京篇》"楚翚丹质，在荆南以多惭"注，笔者按，以下为名物之辨，陈氏以为"骏鸃"非山鸡，似山鸡而丹多，故云丹质：

《尹文子·上篇》：楚人担山雉者，路人问何鸟也。担雉者欺之曰：凤凰也。路人曰：我闻有凤凰，今直见之，汝贩之乎？曰：然。则十金，勿与。请加倍，乃与之。将欲献楚王，经宿而鸟死。路人不遑惜金，唯恨不得以献楚王。国人传之，咸以为真凤凰。贵欲以献之，遂闻楚王。王感其欲献于己，召而厚赐之。过于买鸟之金十倍。《尔雅·释鸟》：伊洛而南，五彩皆备成章曰翚。郭璞注：翚，亦雉属，言其毛色光鲜。《左传·昭公十七年》：丹鸟氏，司闭者也。杜预注：鷩，雉也。孔颖达疏：樊光曰：丹雉也。许慎《说文·四篇》：骏鸃，鷩也。郭璞注《子虚赋》曰：骏鸃，似凤有文彩。《史记索隐》谓即山鸡。颜师古注《子虚赋》曰：骏鸃，鷩，似山鸡而小冠，背毛黄，腹赤，项绿，尾红。质，躯也。山雉不必全丹，而丹多，故云丹质也。

又，"徒以易象六爻，幽赞通乎政本；诗人五际，比兴存乎国风。故体物成章，必寓情于小雅；登高能赋，岂图容于大夫"注，笔者按，以下为"易象六爻"

---

① （唐）骆宾王撰，（清）陈熙晋笺注：《骆临海集笺注》，上海：上海古籍出版社，1985年，第10～367页。

"诗人五际""比兴国风"之辨：

通，一作"适"。容，一作"荣"。《左传·昭公二年》：晋侯使韩宣子来聘，且为政而来见，礼也。观书于太史氏，见《易象》与《鲁春秋》。曰：周礼尽在鲁矣！吾乃今知周公之德与周之所以王也！杜预注：《易象》，上下经之象辞。孔颖达疏：《易》文推演爻卦象物，而为之辞，故《易·系辞》云：八卦成列，象在其中。又云：易者，象也。是故谓之易象。孔子述卦下总辞，谓之为象；述爻下别辞，谓之为象。其实卦下之语，亦是象物为辞。故二者俱为象也。孔颖达《周易正义》：伏羲初画八卦，卦有六爻，遂重为六十四卦也。《系辞》曰：因而重之，爻在其中矣是也。《说卦》：昔者圣人之作易也，幽赞于神明而生蓍。王弼注：幽，深也；赞，明也。《礼》：哀公问：为政先礼，礼其政之本与？按《易象》与《春秋》，并称周礼，故曰政本。《汉书·翼奉传》：《易》有阴阳，诗有五际。注：应劭曰：君臣父子兄弟夫妇朋友也。孟康曰：《诗内传》曰：五际，卯酉午戌亥也。阴阳，终始际会之义，于此则有变改之政也。孔颖达《诗·大序》疏：郑以《泛历枢》云：午亥之际为革命，卯酉之际为改正。辰在天门，出入候听。卯，天保也。酉，祈父也。午，采芑也。亥，大明也。然则亥为革命，一际也。亥又为天门出入候听，二际也。卯为阴阳交际，三际也。午为阳谢阴兴，四际也。酉为阴盛阳微，五际也。陈寿祺曰：奉治《齐诗》，六情五际，皆《齐诗》说。孟康注引《诗内传》者，《齐诗内传》文也。应劭注非《齐诗》本义也。《文选·文赋》注引《春秋演孔图》云：诗含五际六情，绝于申。宋均注：申，申公也。申公为《鲁诗》，五际六情出《齐诗》。或云绝于申者，绝于鲁也。盖尊齐而绌鲁之辞也。此说未当。考《毛诗·采薇》正义引《泛历枢》云：阳生酉仲，阴生戌仲，绝于申者，谓五际之道。阳气至申而绝，至酉始生也。宋均注误解耳。《诗序》：故《诗》有六义焉：一曰风，二曰赋，三曰比，四曰兴，五曰雅，六曰颂。《疏》：风之所用，以赋、比、兴为之辞。郑司农云：比者，比方于物。兴者,托事于物。又言国风者,国是风化之界。《诗》以当国为别,故谓之国风。《文心雕龙·比兴篇》:诗人比兴,触物圆览。陆机《文赋》:赋体物而浏亮。《左传·成公十四年》:婉而成章。《小雅》疏:《关雎序》曰:雅者,正也。政有大小,故有小雅焉,有大雅焉。此为随政善恶,为美刺之形容,以正物也。所正之形容有小大,所以为二雅矣。司马迁以良史之才,所坐非罪,及其刊述坟典,辞多慷慨。班固曰:迹其所以自伤悼,《小雅·巷伯》之伦也。夫唯《大雅》即明且哲,以保其身,难矣哉。又《淮南子》曰:国风好色而不淫,《小雅》怨诽而不乱,推此而论,则"二雅"拟诸其形容,象其物宜。作者之初,自定其礼。作既有体,唯达者识之。《鄘风·定之方中》,毛亨传:建国必卜之,故建邦能命龟,田能施命,作器能铭,使能造命,升高能赋,师旅能誓,山川能说,丧纪能诔,祭祀能语。君子能此九者,可谓有德音,可以为大夫。《汉书·艺文志》:登高能赋,可以为大夫。言感物造耑,材智深美,可与兴事,故可以为列大夫也。

又,"皇居帝里崤函谷,鹑野龙山侯甸服。五纬连影集星躔,八水分流横地轴。秦塞重关一百二,汉家离宫三十六。桂殿阴岑对玉楼,椒房窈窕连金屋"注,笔者按,以下为地理、天文、事典等方面的综合考辨纠误,考证精湛博洽,务穷原委:

星,一作"天"。阴岑,一作"嵚岑"。《晋书·王导传》:建康,古之金陵,旧为帝里。《战国策·秦策》:东有崤、函之固。李吉甫《元和郡县志》:河南道河南府永宁县,二崤山,又名嵚岑山,在县北二十八里,自东崤至西崤三十五里,东崤长坂数里,峻阜绝涧,车不得方轨,西崤全是石坂十二里,绝险不异东崤。新安县,函谷故关,在县东一里。汉武帝元鼎三年,为杨仆徙关于新安。陕州灵宝县,函谷故城,在县南十里,秦函谷关城,汉弘农县也。《西征记》曰:函谷关城,路在谷中,深险如函,故以为名,其中劣通,东西十五里绝岸壁立,崖上柏林荫谷中,殆不见日,关去长安四百里,日入则闭,鸡鸣则开,秦法也。东自崤山,西至潼津,通名函谷,号曰天险,所谓秦得百二也。《汉书·地理志》:秦地,于天官东井、舆鬼之分堅也,自井十度至柳三度,谓之鹑首之次,秦之分也。堅,古野字。宋敏求《长安志·县二·长安》:龙首山,在县北十里。《秦记》曰:龙首山长六十里,头入渭水,尾达樊川,头高二十丈,尾渐下可六七丈,土赤不毛。秦时有黑龙从南山出饮渭水,其行道因成土山。《周礼·夏官·职方氏》:方千里曰王畿,其外方五百里曰侯服,又其外方五百里曰甸服。贾公彦疏:侯之言候,为王斥候;甸之言田,为王治田出税。张衡《西京赋》:自我高祖之始入也,五纬相叶,以旅于东井。注:善曰:五纬,五星也。汉元年十月,五星聚于东井,沛公至霸上。魏收《魏书·高允传》:允与司徒崔浩述《成国记》,允曰:夫善言远者,必先验于近,且汉元年冬十月,五星聚于东井,此乃历术之浅。案《星传》:金水二星,常附日而行。冬十月,日在尾箕,昏没于申南,而东井方出于寅北,二星何因背日而行?是史官欲神其事,不复推之于理。时坐者咸怪。后岁余,浩谓允曰:果如君语,以前三月聚于东井,非十月也。顾栋高曰:秦以亥月书正,延至汉高、惠、文、景之世犹然。至武帝太初定历,改用夏正,史官因追改年月,独汉元年冬十月失于追改,犹仍秦旧,故有五星聚东井,致高允之疑。其实秦之冬十月,乃夏正之七月,七月初未交中气,犹未离六月躔度,日在鹑火,与东井、秦分鹑首犹是隔宫相望,金水二星附日而行,故俱得会于此。汉初司星者原不错,后人疑为夏正之十月。则日躔析木之次,与鹑首秦分隔离七宫,金、水无会聚之理。扬雄《方言》:躔,历行也,日运为躔。司马相如《上林赋》:荡荡乎八川,分流相背而异态。《三辅黄图》:关中八水,皆出入上林苑。霸水,出蓝田谷,西北入渭。浐水,亦出蓝田谷,北至霸陵入霸。泾水,出安定泾阳开头山,东至杨陵入渭。渭水,出陇西首阳县鸟鼠同穴山,东北至华阴入河。丰水,出鄠南山丰谷,北入渭。镐水,在昆明池北。潦水,出鄠县西,南入潦谷,北流入渭。滈水,在杜陵,从皇子陂西北流,经昆明池入渭。张华《博物志·地类》:地有三千六百轴。《史记·苏秦列传》:秦,四塞之国。张守节《正义》:东有黄河,有函谷、蒲津、龙门、合河等关,南有南山及武关、峣关,西有大陇山及陇山关、大震、乌兰等关,北有黄河南塞。《汉书·高帝纪》:田肯贺上曰,秦,形胜之国也,带河阻山,悬隔千里,持戟百万,秦得百二焉。注:应劭曰,言河山之险,与诸侯相悬,隔绝千里也。所以能禽诸侯者,得天下之利百二也。苏林曰:百二,得百中之二,二万人也。秦地险固,二万人足当诸侯百万人也。苏说是也。班固《西都赋》:离宫别馆,三十六所。《三辅黄图》:桂宫,汉武帝造,周回十余里。《关辅记》云:桂宫在未央北,中有光明殿,土山复道,从宫中西上城,至建章、神明台、蓬莱山。《三秦记》:未央宫渐台西有桂宫,中有光明殿,皆金玉珠玑为帘箔,处处明月珠,金陛玉阶,昼夜光明。江总《为陈六宫谢表》:声高一笑,价起两环;乃可桂殿迎春,阑房侍宠。徐陵《玉台新咏》序:既而椒房宛转,柘馆阴岑。《三辅黄图》:《汉书》曰,建章宫南有玉堂,璧门三层,台高三十丈,玉堂内殿十二门阶,阶皆玉为之。铸铜凤,高五尺,饰黄金,栖屋上,下有转枢,向风若翔。椽首薄以璧玉,因曰璧门。东方朔《十洲记》:昆仑山,玉楼十二所。班固《西都赋》:后宫则有掖庭、椒房,后妃之室。《三辅黄图》:椒房殿,在未央宫,以椒和泥涂,取其温而芬芳也。王延寿《鲁灵光殿赋》:旋室㛹娟以窈窕。《广雅·释诂》:窈寠,深也;寠与窕通。徐坚《初学记·中宫部》:《汉武帝故事》曰,帝为胶东王,年数岁。长公主指问曰:儿欲得妇不?曰:欲得。指女阿娇好不?笑曰:若得阿娇,当作金屋贮之。

又,"赵李经过密,萧朱交结亲"注,笔者按,以下为李夫人、赵飞燕之辨,陈氏以为诗中用典,非指李夫人、赵飞燕:

(颜)注,颜延年曰:"赵,汉成帝赵后飞燕也;李,武帝李夫人也。"顾炎武《日知录》曰:"按成帝时自有赵、李。《汉书·谷永传》言赵、李从微贱专宠。《叙传》：班倢伃供养东宫，进侍者李平为倢伃，而赵飞燕为皇后。自大将军薨后，富平定陵侯张放、淳于长等始爱幸。出为微行，行则同舆执辔；入侍禁中，设宴饮之会。及赵、李、诸侍中，皆引满举白，谈笑大噱。史传明白如此，而以为武帝之李夫人，何哉？"

《夏日游德州赠高四并序》"紫电浮剑匣，青山孕宝符"注，笔者按，陈氏以颜注为宝剑名，恐非：

"紫电"，用丰城剑气事，见序。（欧阳询《艺文类聚·军器部》，雷次宗豫章记曰：吴未亡，恒有紫气见斗牛之间，张华闻雷孔章妙达象纬，乃要宿，问天文。孔章曰：是宝物也，精在豫章丰城。华遂以孔章为丰城令，至县，掘深二丈，得玉匣，长八尺，开之，得二剑，其夕斗牛气不复见。孔章乃留其一，匣而进之，剑至，光曜炜煜，焕若雷电。后华遇害，此剑飞入襄城水中。孔章临亡，戒其子恒以剑自随。后其子为建安从事，经浅濑，剑忽于腰间跃出，遂视见二龙相随焉。）崔豹《古今注》："吴大皇帝宝剑有六：白虹、紫电、辟邪、流星、青冥、百里。"颜文选注引此，恐非。

又，"谈玄明毁璧，拾紫陋籯金"注，笔者按，以下为"籯""盈"字之辨：

注，如淳曰：籯，竹器，受三四斗，今陈留俗有此器。蔡谟曰：满籯者，言其多耳，非器名耳。若论陈留之俗，则吾陈人也，不闻有此器。师古曰：许慎《说文解字》云：籯，笭也。扬雄《方言》云：陈楚宋魏之间谓箭为籯，然则筐笼之属是也；今书本籯字或作"盈"，又是盈满之义，盖两通也。宋祁曰：籯，浙本不从竹；详蔡注，不从竹为是。注文"吾陈"字下，疑有"留"字，"箭"字疑作"筲"。

又，"雾卷天山静，烟销太史空"注，笔者按，以下为"太史""大史"之辨：

太史，郭璞注："今所在未详。"郝懿行《义疏》：《诗般正义》引李巡曰，禹大使徒众通水道，故曰"太史"。孙炎曰：大使徒众，故依名云。《释文》引或云"太史"者,史官记事之处。按此盖因大本作太,望文生训耳。

又,"潘岳本自闲,梁鸿不因热。一瓢欣狎道,三月聊栖拙"注,笔者按,以下为典故之辨,陈氏以为用梁鸿事:

> 《世说》"德行"篇:"梁伯鸾少孤,尝独止,不与人同食,比舍先炊已,呼伯鸾及热釜炊,伯鸾曰:'童子鸿不因人热者也,灭灶更然之。'"按:梁鸿字伯鸾也。三月聊栖拙,言归故乡栖迟三月之久,故下云"栖拙隐金华"也。颜注一瓢三月,用颜子事,非也。

《在江南赠宋五之问》"弹随空被笑,献楚自多伤"注,笔者按,以下为"厉王""成王"之辨,陈氏以为"楚厉王"不实:

> 《韩非子·和氏篇》:"楚人和氏,得玉璞楚山中,奉而献之厉王。厉王使玉人相之,玉人曰:'石也。'王以和为诳,而刖其左足。及厉王薨,武王即位,和又奉其璞而献之武王。武王使玉人相之,又曰:'石也。'王又以为诳,而刖其右足。武王薨,文王即位,和乃抱其璞而哭于楚山之下,三日三夜,泪尽,而继之以血。王闻之,使人问其故曰:'天下之刖者多矣,子奚哭之悲也?'和曰:'吾非悲刖也,悲夫宝玉而题之以石,贞士而名以诳,此吾所以悲也!'王乃使玉人理其璞,而得宝焉。遂命曰'和氏之璧'。"张淏《云谷杂记》:案《楚世家》,熊通自立为武王,是楚之王。自熊通始,其先初无所谓厉王者,岂即其兄蚡冒耶?且以武王初即位之年,为周平王之三十年,岁在辛丑,至文王初即位之年壬辰,已五十二年矣。若加以厉王,当不止于此。和虽三献,不应历年如是之久。《新序》无文王而有共王。《淮南子》注及《前汉邹阳并后汉孔融陈元三传》注,俱无厉王而有成王。又赵壹《传注》引《琴操》,又有怀王及子平王,其不同如此,但武王至共王,已六世,几于百年,平王在怀王之前,相去甚远,初非父子。此乃谬妄显然者。

又"潇湘一超忽,洞庭多苦辛"注,笔者按,以下为"潇""潚"之辨,陈氏以为"潚湘为二水,俗又改潚为潇,其谬日甚":

> 《水经注·湘水篇》:"言大舜之陟方也。二妃徒征,溺于湘江,神游洞庭之渊,出入潇湘之浦。潇者,水清深也。"《湘中记》曰:"湘川清照五六丈下,见底石入楂蒲矢,五色鲜明,是纳潇湘之名矣。"《说文·十一篇》:"湘水,出零陵阳海山,北入江。潚,深清也。"段玉裁曰:"据善长说,则潚湘者,犹云清湘,其字读如肃,亦读如萧,自景纯注《中山经》云:潇水,今所在未详,始别潇湘为二水,俗又改潚为潇,其谬日甚矣。"

又,"不惜劳歌尽,谁为听阳春"注,笔者按,以下为"善歌者皆郢人"与"歌于郢中者"之辨:

> 沈括《梦溪笔谈·乐律一》:世称善歌者皆郢人,郢州至今有白雪楼,此乃因宋玉问曰:客有歌于郢中者,其始曰"下里巴人",次为"阳阿薤露",又为"阳春白雪",引商刻羽,杂以流徵,遂谓郢人善歌。殊不考其义,其曰客有歌于郢中者,则歌者非郢人也。其曰下里巴人,国中属而和者数千人;阳阿薤露,和者数百人;阳春白雪,和者不过数十人;引商刻羽,杂以流徵,则和者不过数人而已。以楚之故都,人物猥盛,而和者止数人,则为不知歌甚矣。

卷二《晚泊江镇》"四运移阴律,三翼泛阳侯"注,笔者按,以下为"战船"与"轻舟"之辨:

> 《文选·张景阳七命》曰:"浮三翼,戏中沚。"其事出《越绝书》,李善注颇言其略,盖战船也。其书云阖闾见子胥,问船运之备,对曰:"船名大翼、小翼、突冒、楼船、桥船。大翼者,当陵军之车;小翼者,当陵军之轻车。"又,《水战兵法·内经》曰:"大翼一艘,广一丈五尺三寸,长十丈。中翼一艘,广一丈三尺五寸,长九丈。小翼一艘,广一丈二尺,长五丈六尺。"大抵皆巨战船,而昔之诗人,乃以为轻

舟。梁元帝云"日华三翼舸",又云"三翼自相追"。张正见云"三翼木兰船",元微之云"光阴三翼过",其他亦鲜用之者。案:今本《越绝书》无此文。疑在佚篇内也。

《晚憩田家》"龙章徒表越,闽俗本非华"注,笔者按,以下为"龙章"与"章甫"之辨:

(颜注)《庄子·内篇·逍遥游》:宋人资章甫,越人断发文身,无所用之。(陈注)陆德明释文:章甫,殷冠也;越,今会稽山阴县。赵至《与嵇茂齐书》:"表龙章于裸壤,奏韶舞于聋俗。"李善注:"龙,衮龙之服也;章,章甫之冠也。"案,《后汉书·邓禹传论》:"褫龙章于终朝,就侯服于卒岁。"章怀太子注:"龙章,衮龙之服也。"崔骃《答豫章王书》:"凤鸣不足喻,龙章莫之比。"则龙章犹言衮龙之章也。疑选注非。

《初秋登王司马楼宴赋得同字并序》"于时葭散秋灰,檀移夏火,鸿飞渐陆"注,笔者按,以下为音义之辨:

《易渐》:"九三,鸿渐于陆。"虞翻注:高平称陆。王弼注:陆,高之顶也。上九,鸿渐于陆,其羽可用为仪,吉。王弼注:进处高洁,不累于位,无物可以屈其心而乱其志,峨峨清远,仪可贵也。孔颖达疏:上九与三,皆处卦上,故并称陆。杨万里《易传》:"渐之进,至于九五之渐于陵,高之极也,不可逾矣。逾则僭,故九三下卦之极,上九上卦之极,其进也,皆至于高平之陆而止矣。然九三之渐于陆,躁于进也,虽平而高,上九之渐于陆,安于进也。虽高而平,上九以刚阳之德,秉谦巽之极,此其羽翼翔集,截然而不可乱,岂不足以高出一世,而为天下之仪表乎?"顾炎武《易音》:"渐上九爻辞,鸿渐于陆。先儒并读如字,范谔昌改为逵,朱子本义从之,谓合韵,非也。古人读仪为俄,不与逵为韵,虞翻以九三为陆。朱震曰:上所往进也,所反亦进也,渐至九五极矣。是以上反而之三,当以陆为正。"

又,《游兖郡逢孔君自卫来欣然相遇若旧》题注,笔者按,以下为地名之辨:

> 《元和郡县志》:"河北道卫州,《禹贡》冀州之域,后为殷都,成王以殷封康叔为卫侯。今郡及魏郡之黎阳、河内之野王、朝歌,皆卫之分。颜注以孔君谓即刺卫州之孔若思,恐非。"

《伤祝阿王明府》"翔凫犹化履,狎雉尚驯童"注,笔者按,以下为"王子晋"与"王子乔"之辨,陈氏以王子乔为春秋东周人,而非曹魏时人:

> 应劭《风俗通·正失篇》:"俗说孝明帝时,尚书郎河东王乔迁为叶令。乔有神术,每月朔常诣台朝。帝怪其来数而不见车骑,密令太史候望之,言其临至时,常有双凫从东南飞来。因伏伺见凫,举罗,但得一双舄(鞋)耳。使尚方识视,四年中所赐尚书官属履也。每当朝时,叶门鼓不击自鸣,闻于京师。后天下一玉棺于厅事前,乔曰:'天帝独欲召我。'沐浴服饰,寝其中,盖便立覆。宿夜葬于城东,土自成坟。县中牛皆流汗吐舌,而人无知者,号叶君祠。吏民祈祷,无不如意;若有违犯,立得祸。明帝迎取其鼓,置都亭下,略无音声,但云叶太史候望在上西门上,遂以占星辰,省察气祥,言此令即仙人王乔也。谨按《春秋左氏传》:叶公子高,姓沈,名诸梁,古者令曰公,忠于社稷,惠恤万民,方城之外,莫不欣戴。及其终也,叶人追思而立祠。此乃春秋之时,何有近孝明乎?《(逸)周书》称灵王太子晋,幼有盛德,聪明博达,师旷与言,弗能尚也。晋年十五,顾而问曰:'吾闻大师能知人年之短长也。'师旷对曰:'女色赤白,女声清,女色不寿。'晋曰:'然,吾后三年将上宾于天。'其后太子果死。后世以其自豫知其死,传称王子乔仙。国家故于上西门城上候望,何有伺一飞凫,遂建其处乎!世之矫诬,岂一事哉!"案王乔事,应仲远辩其矫诬,范蔚宗载入《后汉书》,殊不可解。王子晋事见《(逸周)书》"太子晋解"。

《于西京守岁》题注,笔者按,以下为诗题、作者之辨:

> 王勃《守岁序》:"对他乡之风景,忆故里之琴歌。柏叶为铭,影泛新年之酒;椒花入颂,光开献岁之词。作者七人,同为六韵。"今临海诗四韵,知非与子安同作也。

《过张平子墓》"日落丰碑暗,风来古木吟"注,笔者按,以下为"碑"与"铭"之辨,陈氏援引经籍,以为"碑非文章之名",原是"葬祭飨聘之祭所植一大木","其字从石",意"取其坚且久"之义,"易之以石",乃"后儒所增",并"乱之以铭":

> 《水经注·淯水篇》:"洱水又经西鄂县南,水北有张平子墓,墓之东侧,坟有平子碑,文字悉是古文,篆额是崔瑗之辞,盛弘之、郭仲产并云夏侯孝若为郡,薄其文,复刊碑阴为铭,然碑阴二铭,乃是崔子玉及陈禽耳,而非孝若,悉是隶字,二首并存,尝无毁坏。又言墓次有二碑,今唯见一碑,或是余夏景驿途疲而莫究矣。"欧阳修《集古录》:"后汉张平子墓铭,永和四年,世传崔子玉撰并书,按范晔《汉书·张衡传》'赞'云:'崔子玉谓衡数术穷天地,制作侔造化。'此铭有之,则真子玉作也。其刻石有二本,一在南阳,其文至凡百君子而止,其后亡矣;其在向城者,自凡百君子以上则亡矣,今以二本相补续,其文遂复完,而缺其后四字。孙何《碑解》:碑非文章之名也。陆机曰'碑披文而相质',则本末无据焉。《檀弓》曰:公室视丰碑,三家视桓楹。《释者》曰:丰碑,斫大木为之;桓楹者,形如大楹耳。四植谓之桓。《丧大记》曰:君葬四绋二碑,大夫葬二绋二碑。又曰:凡封,用绋去碑。《释者》曰:碑,桓楹也,树之于圹之前后,以绋绕碑间之辘轳,輓棺而下之,用绋去碑者,纵下之时也。《祭仪》曰:祭之日,君牵牲,既入庙门,丽于碑。《释者》曰:丽,系也,谓牵牲入庙,系著中庭碑也。或曰:以靭贯碑中也。《聘礼》曰:宾自碑内听命。又曰:东面,北上,碑南。《释者》曰:宫必有碑,所以识日景,引阴阳也。考

是四说,则古之所谓碑者,乃葬祭飨聘之祭所植一大木耳,而其字从石者,将取其坚且久乎。然未闻勒铭于上者也。今丧令其螭首龟趺,洎丈尺品秩之制,又易之以石者,后儒所增耳。汉班固有《泗水亭长碑文》,蔡邕有《郭有道陈太丘碑文》,其文皆有序冠篇,末则乱之以铭,未尝斥碑之材而为文章之名也。彼士衡未知何从而得之,是直以绕绋丽牲之具,而名其文,戾孰甚焉,何始寓家于颍。尝适野,见荀陈古碑数四,皆穴其上,若贯索之为者。走而问起居郎张公观,公曰:'此无足异也。'盖汉实去圣未远,犹有古丰碑之象耳。后之碑则不然矣。"

《夏日游目聊作》"讵假沧浪上,将濯楚臣缨"注,笔者按,以下为"水道"之辨,陈氏取《尚书·禹贡》"导漾水东流为汉,又东为沧浪之水":

《水经》:沔水又东北流,又屈东南,过武当县东北。郦道元注:县西北四十里汉水中,有洲名沧浪洲,庾仲雍《汉水记》谓之千龄洲,非也,是世俗语讹,音与字变矣。《地说》曰:水出荆山,东南流,为沧浪之水,是近楚都,故渔父歌曰:沧浪之水清兮,可以濯我缨;沧浪之水浊兮,可以濯我足。余按《尚书·禹贡》:言导漾水东流为汉,又东为沧浪之水,不言过而言为者,明非他水决入也,盖汉沔水自下,有沧浪通称耳。缠络鄢郢,地连纪郡,咸楚都矣。渔父歌之,不违水、地考。按经传,宜以《尚书》为正耳。

《同辛簿简仰酬思玄上人林泉四首》其三"客有迁莺处,人无结驷来"注,笔者按,以下为音义之辨,即"嘤""莺"出处、字义、诗义之辨,陈氏以为"旧本唐诗黄莺字皆如此,元明以后,浅人乃谓古无'莺'字,尽改为'莺',而莺失其本义,而昔人因'嘤'制'莺'之理晦矣":

叶大庆《考古质疑》:《东皋杂录》:《诗》:伐木丁丁,鸟鸣嘤嘤;出自幽谷,迁于乔木。又曰:嘤其鸣矣,求其友声。《郑笺》云:嘤嘤,两鸟声。正文与注,皆未尝及黄鸟,自白乐天作《六帖》,始类入"莺门"。《缃素杂记》载刘梦得《嘉话》云：今谓进士登第为"迁莺"者久矣。盖《诗》并无"莺"字。顷岁省试《早莺求友诗》，又《莺出谷诗》，别书固无证据，斯大误也。洪驹父云：古今诗人，误用出谷迁乔为黄莺，《禽经》称莺嘤嘤然，要是后人傅会，非《诗》本意。大庆按：《诗》"嘤嘤"虽非指"莺"，然汉张衡《归田赋》：王雎鼓翼，仓庚哀鸣；交颈颉颃，关关嘤嘤。又《东京赋》：雎鸠鹂黄，关关嘤嘤。则唐人以"嘤嘤"为"莺"，又未必不本于此。况梁元帝《言志赋》：闻莺鸣而怀友。陈杨《谨从驾祀麓山庙诗》：檐巢始入燕，轩树已迁莺。自梁、陈已用"迁莺事"，而曰承袭唐人之误，非也。《说文·二篇上》：嘤，鸟鸣也。段玉裁注：《小雅》：鸟鸣嘤嘤。毛曰：嘤嘤，惊惧也。《释训》曰：丁丁，嘤嘤，相切直也。郑曰：嘤嘤，两鸟声也。本不言何鸟，昔人因嘤嘤似离黄之声，出谷迁乔，亦似离黄出蛰土而登树，故就"嘤"改莺为仓庚之名。古者仓庚名离黄、名黐黄、名楚雀、名黄栗、留黄、鹂留，不名"黄莺"，亦无"莺"字也。唯高诱注《吕览》曰：含桃、莺桃，莺鸟所含。陆机《诗疏》云：黄鹂留，幽州人谓之黄莺。"莺"字始见，要因其声制字耳。《诗》：交交桑扈，有莺其羽。毛公曰：莺然有文章也。莺绝非莺。唐人《耕韵》"莺"注：鸟羽文也；"莺"注：黄莺也。一韵中可并用。旧本唐诗黄莺字皆如此，元明以后，浅人乃谓古无"莺"字，尽改为"莺"，而莺失其本义，而昔人因"嘤"制"莺"之理晦矣。

卷三《浮查并序》"昔负千寻质，高临九仞峰"注，笔者按，以下为"寻""仞"之辨，陈氏取段玉裁引程氏瑶田《通艺录》之说：

《说文·三篇》："寻，度人之两臂为寻，八尺也。"《八篇》："仞，伸臂一寻，八尺。又，周制寸、尺、咫、寻、常、仞诸度量，皆以人之体为法。"段氏玉裁曰："诸家之说仞也，王肃、赵岐、王逸、曹操、李筌、颜师古、房玄龄、鲍彪诸人，并曰八尺。而郑玄《周礼》《礼仪》注、包咸《论语注》、高诱《吕氏春秋》、王逸注《大招》《招魂》、李谧《明堂制度论》、郭璞注司马相如赋,用司马彪之说。陆德明《庄子释文》,则皆谓七尺。近歙程氏瑶田《通艺录》有说曰:'言七尺者,是也。'扬雄《方言》曰:'度广曰寻。'杜预《左传》'仞沟洫'注:'度深曰仞。'二书皆言人伸两手以度物之名。而寻为八尺,仞必七尺者,何也？同一伸手度物,而广深用之,其势自不得不异,人长八尺,伸两手亦八尺,用以度广,其势全伸而不屈。而用之以度深,则必上下其左右手,而侧其身焉。身侧则胸与所度之物,不能相摩,于是两手不能全伸,而成弧之行,弧而求其弦以为仞,必不能八尺。故七尺曰仞,亦其势然也。《说文》测下云:'深所至也。'《玉篇》云:'度深曰测,测之为言侧也。'余说与之合矣。玉裁谓程说甚精,仞说可定矣。《考工记》:'广二寻,深二仞谓之浍。'倘其度同八尺,何不皆曰二寻,如上文广二尺深二尺之例也。许书于尺下既寻、仞兼举,寻者,八尺也,见寸部。则仞下必当云七尺,今本乃浅人所窜易耳。程氏又曰:'《小尔雅》云四尺,应劭云五尺六寸,此其谬易见也。'"

《赋得白云抱幽石》"讵知吴会影,长抱谷城文"注,笔者按,以下为音义之辨,陈氏以为"吴会下对谷城,读如都会之会乃合":

顾炎武《日知录》:"宋施宿《会稽志》曰:按《三国志》,吴郡会稽,为吴、会二郡,前辈读为都会之会,殆未是,钱康功曰:今平江府署之南名吴会坊。《汉书·吴王濞传》:上患吴会轻悍。按今本《史记》《汉书》并作'上患吴会稽',不知顺帝时始分二郡,汉初安得言吴会稽？当是钱所见本未误,后人妄增之。魏文帝诗:'行行至吴会。'陈思王《求自试表》:'抚剑东顾,而心已驰于吴会矣。'晋文王与孙皓书曰:'惠矜吴会,施及中土。'左思《魏都赋》曰:'览麦秀与黍离,可作谣于吴会。'此不得以为会稽之会也。盖汉初原有此名,如曰'吴都'云尔。"胡三省《通鉴辨误》:"太史公谓吴为江南一都会,故后人谓吴为吴会。"按此诗以吴会下对谷城,读如都会之会乃合。

《和王记室从赵王春日游陀山寺》"鸟旟陪访道,鹫岭狎栖真"注,笔者按,以下为地名、音义之辨,陈氏以为"鹫岭"释义,宜取唐释玄应《妙法莲华经音义》:

> 郦道元《水经注·河水》:"五山周围,状若城郭,即是瓶沙王旧城也。东南上十五里,到耆阇崛山,未至顶三里,有石窟,南向,佛坐禅处。西北四十步,复有一石窟,阿难坐禅处。天魔波旬,化作雕鹫,恐阿难,佛以神力隔石舒手,摩阿难肩,怖即得止。鸟迹、手孔悉存,故曰雕鹫窟也。其山峰秀端严,是五山之最高也。释氏《西域记》云:耆阇崛山在阿耨达王舍城东北,西望其山,有两峰双立,相去二三里,中道鹫鸟常居其岭,土人号曰耆阇崛山。胡语耆阇,鹫也。又竺法维云:耆阇崛山,山是青石,石头似鹫鸟。阿育王使人凿石,假安两翼两脚,凿治其身,今见存,远望似鹫鸟形,故曰灵鹫山也。数说不同,远迩亦异,今以法显亲宿其山,诵《首楞严》,香华供养,闻见之宗也。"唐释玄应《妙法莲华经音义》:"耆阇崛山,或言伊沙崛山,或言揭梨驮罗鸠胝山,皆讹也。正言姞栗陀罗矩吒山,此云鹫台,又云鹫峰,言此山既栖鹫鸟,又类高台也。旧译云鹫头,或云灵鹫者,一义也。又言灵者,仙灵也。案梵本无灵义。依别记云,此鸟有灵,知人死活,人欲死时群翔彼家,待其送林,则飞下而食。以能悬知,故号灵鹫也。"

《渡瓜步江》题注,笔者按,以下为地名、音义之辨,陈氏以为"瓜步"乃"瓜浦"之语讹:

> 任昉《述异记》:"水际谓之步,瓜步,在吴中,吴人卖瓜于江畔,用以名焉。昉按吴楚间谓浦为步,语之讹耳。"

《四月八日题七级》题注,笔者按,以下考辨"灵隐寺塔"建筑朝代,以诗歌内证为据,尤为精妙:

> 案诗有"香阁俯龙川"之句,所题疑杭州灵隐山之浮图也。乐史《太平寰宇记》:"江南道杭州钱塘县,巨石山,在县南三里,《郡国志》

云：上有七层古塔。王僧孺云：巧绝人工，山北有'落星'二字存。王十朋注苏轼《游灵隐高峰塔》诗：《武林山记》，北高峰，在灵隐寺后山，山有塔记，云唐天宝中，邑人建，高七级。"案本集《灵隐寺诗》有"扪萝登塔远"之句，疑非建于天宝也。

又，"铭书非晋代，壁画是梁年"注，笔者按，以下为佛像始刻朝代之辨，陈氏以为始于六朝：

> 朱彝尊曰："灵隐寺，晋咸和初，沙门慧理建，前有飞来峰，理公岩，冷泉经其下，岩上下多镌佛像。土俗相传，谓是元僧杨琏真伽所凿，非也。象教自汉孝明帝时，流入中国，终汉之世。凡宇内墓门石阙，刻镂先圣贤孝子列女，未有镌及佛像者，至晋始有之。潜说友撰《临安志》：在宋咸淳年，志中载寺有梁简文帝《石像记》，又据陆羽《灵隐寺记》，称理公岩，慧理宴息其下，有僧于岩上周回，镌小罗汉佛菩萨像。审视厥状戍削奇古，望而知为六朝遗迹。要非吴越以后工人所凿。"

《乐大夫挽歌诗五首》其三"九京如可作，千载谁与归"注，笔者按，以下为音义之辨，陈氏以"京"为"原"之古字，后人误以为"京"：

> 《礼·檀弓下》："文子曰：是全要领以从先大夫于九京也。"郑氏注："晋卿大夫之墓地在九原，'京'盖字之误，当为'原'。'京'音原，下同。下亦作'原'字。是观乎九原之'原'，古本作'京'也。"李惇曰："晋卿大夫之墓地在九原，犹汉、晋都洛阳而称北邙也。此二字自晋称之方确，'原'字作'京'，京即古'原'字，今人读'京'作'京'音，错误。"按康成注，明言'京'盖字之误，当为'原'，则'京'非'原'字也。此诗上句有'原陵'，故曰'九京'。

《丹阳刺史挽歌诗》"恻怆桓山羽，留连棣萼篇"注，笔者按，以下为地名之辨，陈氏以为"桓山""完山""恒山"非一山之别名：

> 案桓山，《说苑·辨物篇》作'完山'，俗作'恒山'，非。

卷四《边庭落日》"河流控积石,山路远崆峒"注,笔者按,以下为地名之辨,陈氏以为积石山是黄河之源,即大雪山,在"汉西海郡之外,是真当日大禹导河处":

《山海经·西山经》:积石之山,其下有石门,河水冒以西流。郭璞《传》:积石山,今在金城河关县西南羌中,河水行塞外,东入关内。《元和郡县志》:陇右道河州枹罕县,积石山,一名唐述山,今名小积石山,在县西北七十里。按:河出积石山,在县南羌中,注于蒲昌海,潜行地下,出于积石,为中国河,故今人目彼为大积石,此山为小积石。鄯州河源军,州西百二十里,仪凤二年,郎将李乙支置积石军。廓州西百八十里,仪凤二年,置龙支县,积石山,在县西九十八里。胡渭《禹贡锥旨》:杜氏《通典》曰,积石山,在今西平郡龙支县南,即《禹贡》河道积石。蔡传承其误曰:《地志》,积石在金城郡河关县西南羌中,今鄯州龙支县。阎百诗为之辨曰:汉河关县,宣帝神爵二年置,后梁吕光龙飞二年,克河关县,凡四百五十七年为郡县。后没入吐谷浑,遂不复。况积石又在其西南羌中乎?当在汉西海郡之外,是真当日大禹导河处。龙支县本汉金城允吾县地,后汉为龙耆城,南与河州枹罕县分界,是较禹所导之积石河,隔千有余里,岂在县界者乎?县界之积石乃小积石山,即郦注之唐述山耳。然则蔡传引《地志》,下当云今鄯州西南塞外山也,汉在羌中,唐在吐谷浑界。今河州枹罕县鄯州龙支县界有积石山,虽河所经,非禹所导者。渭按应劭云:析支东去河关千余里,河首积石,南枕析支,则县距此山,亦千余里可知矣。自东晋之后,县为吐谷浑所据,遂以枹罕为华戎之界,故元都实穷河源,仍以廓州西南之积石州为积石。而至正中修《宋史》,其《河渠志》亦云:黄河,自贵德西宁之境,至积石经河州,大积石山,今名大雪山,在今青海甘肃西宁府边外西南五百三十余里。小积石山,在今甘肃兰州府河州西北。

《久戍边城有怀京邑》"拜井开疏勒,鸣桴动密须"注,笔者按,以下为地名之辨，陈氏以为此"疏勒"并非"疏勒国城"：

> 《后汉书·耿恭传》：恭，字伯宗，有将帅才。永平十七年，为戊己校尉，屯后王金蒲城。至部，移檄乌孙，示汉威德。明年，北单于遣左鹿蠡王二万骑击车师，遂破杀后王安得，而攻金蒲城。恭乘城搏战，以毒药傅矢，因发强弩射之，虏中矢者，视创皆沸，遂大惊。会天暴风雨，随雨击之，遂解去。恭以疏勒城傍有涧水可固，五月，乃引兵据之。七月，匈奴复来攻恭，恭募先登数千人直驰之，胡骑散走。匈奴遂于城下拥绝涧水，恭于城中穿井，十五丈不得水，吏士渴乏，笮马粪汁而饮之。恭仰叹曰："闻昔贰师将军拔佩刀刺山，飞泉涌出；今汉德神明，岂有穷哉。"乃整衣服向井再拜，为吏士祷。有顷，水泉奔出，众皆称万岁。乃令吏士扬水以示虏，虏出不意，以为神明，遂引去。胡三省《通鉴汉明帝纪》注：此疏勒城在车师后部，非疏勒国城也。据《西域传》：疏勒国去长史所居五千里。后部，去长史所居五百里，耿恭自后部移金蒲城据疏勒城，其后范羌又自前部交河城从山北至疏勒迎恭。审观本末，则非疏勒国城明矣。

《从军中行路难》题注，笔者按，以下为诗文作者之辨，陈氏以诸多史事考证，以此诗为宾王独著：

> 按此为由蜀至姚州从军之诗，别本作辛常伯作，题云：军中行路难与宾王同作，非也。云南安宁州城南葱蒙卧山唐河东州刺史王仁求墓，有闾丘均碑文，曰："咸亨之岁，犬羊大扰，枭将失律，元凶莫惩。"以本集《祭赵郎将文》证之，即张柬之表所称郎将赵武贵讨击破败者也。王少司寇昶以为是薛仁贵败绩，仁求佐梁积寿削平之，甚误。考《唐会要》，咸亨元年四月二十四日，吐蕃陷我安西，罢四镇；长寿二年十一月一日，武威军总管王孝杰克服四镇。姚州本龙朔中武陵县主簿石子仁奏立之，后长史李孝让、辛文协并为群蛮所杀。又使将军李义总等往征，郎将刘惠基在阵战死，其州遂废。垂拱四

年,南蛮郎将王善宝、昆州刺史爨乾福又请置州,善宝即仁求子也。两事各不相蒙。《旧书·吐谷浑传》:睿宗即位,摄监察御史李知古上言:姚州诸蛮,先属吐蕃,请发兵击之。蛮酋傍名乃引吐蕃攻知古,杀之,并非高宗时。唯临海出塞后,由蜀至姚州。《畴昔篇》"阳关积雾万里昏,剑阁连山千种色",非其证欤?

《代女道士王灵妃赠道士李荣》"洛滨仙驾启遥源,淮浦灵津符远筮"注,笔者按,以下为音义之辨,陈氏以为字作"筮",而非"澨",颜本误:

《晋书·王导传》:初,导渡淮,使郭璞筮之,卦成,璞曰:吉,无不利,淮水绝,王氏灭。其后子孙繁衍,竟如璞言。崔鸿《十六国春秋·后秦录》十:运在小成,则灵津辍流;期在高悟,则玄锋可拟。案二句俱切王氏。颜本筮作澨,注称远澨地名,引《左传》楚薳越缢于远澨,非也。

《在狱咏蝉并序》"那堪玄鬓影,来对白头吟"注,笔者按,陈氏以《白头吟》即为卓文君所作,但其内容无考,不宜张冠李戴:

《宋书·乐志》:《白头吟》,与棹歌同调,古词。吴兢《乐府古题》:白头吟,右古词,"皑如山上雪,皎如云间月";又云"愿得一心人,白头不相离";始言良人有两意,故来与之相决绝;次言别于沟水之上,叙其本意;终言男女当重意气,何用于钱刀也!一说司马相如将聘茂陵人女为妾,文君作《白头吟》以自绝,相如乃止。若宋鲍照"直如朱丝绳",陈张正见"平生怀直道",唐虞世南"叶如幽径兰",皆自伤清直芬馥,而遭铄金点玉之谤,君恩似薄,与古文近焉。冯舒《诗纪匡谬》曰:《宋书大曲》,有白头吟,作古辞,《乐府诗集》《太平御览》亦然,《玉台新咏》题作"皑如山上雪",非但不作文君,并题亦不作"白头吟"也。唯《西京杂记》有文君为《白头吟》以自绝之说,然亦不著其词。或文君自有别篇,不得遽以此诗当之也,宋人不明其故,妄以此诗实之。

卷五《畴昔篇》"挥戈出武帐，荷笔入文昌"注，笔者按，以下为"武帐"含义之辨，陈氏以孟康说为是：

> 《汉书·汲黯传》：上尝坐武帐，黯前奏事，上不冠，望见黯，避帐中，使人可其奏。注，应劭曰：武帐，织成帐为武士象也。孟康曰：今御武帐置兵，阑五兵于帐中也。师古曰：孟说是也。

又，"地角天涯眇难测，莺啼蝉吟有悲望"注，笔者按，以下为故实之辨：

> 《蜀旧志》：王、杨、卢、骆，无不入蜀，亦以使事，至其曰"地角天涯眇难测"者，成都有此三石也。张世南《游宦纪闻》云：倾在成都，乃知天涯石，在中兴寺。《耆老传》云：人坐其上，则脚肿不能行，至今人不敢践履。地角石，旧有庙，在罗城内西北角，高三尺余，王均之乱，为守城者所坏，今不复存矣。此则末俗传闻，本非故实。

又，"涂山执玉应昌期，曲水开襟重文会"注，笔者按，以下为地名之辨：

> 杜预曰：涂山在寿春东北。非也。余按《国语》曰：吴伐楚，堕会稽，获骨焉，节专车。（韦昭注："骨一节，其长专车。专，擅也。"吴曾祺《国语韦解补证》："专车，满一车。"）吴子使来聘，旦问之，客执骨而问曰："敢问骨何为大？"仲尼曰："丘闻之，昔禹致群神于会稽之山，防风氏后至，禹杀之。其骨专车，此为大也。"盖丘明亲承圣旨，录为实证矣。《说文·九篇》：嵞，会稽山，一曰：九江当嵞也。

《宿温城望军营》"投笔怀班业，临戎想霍勋。还应雪汉耻，持此报明君"注，笔者按，以下为故实之辨，陈氏以宾王诗意所指，得出近本作"顾勋"非：

> 蜀本缺"霍"字，近本一作"召"，又作"顾"，今从颜本。投笔，用《后汉书》班超本事。……案上二句，用班、霍，俱是汉臣，故云"雪汉耻"。沈宗伯德潜以顾荣有挥扇破陈敏事，遂作"顾勋"，非是。

《早发淮口回望盱眙》"徙帝留馀地，封王表旧城"注，笔者按，以下为史事之辨，陈氏以为"徙帝封王，皆盱眙事"，颜文选以为"封王"指淮阴侯韩信事，

非,故颜注有误:

《史记·项羽本纪》:项梁诸别将会薛计事,乃求楚怀王孙心,立以为楚怀王,都盱眙,项梁死,怀王恐,从盱台之彭城,项王乃尊怀王为义帝,自立为西楚霸王。汉之元年,项王使使徙义帝长沙郴县。趣义帝行,乃阴令衡山临江王击杀之江中。……《汉书·平帝纪》:"元始二年,立江都易王孙盱台侯宫为广川王。"案《江都易王传》作"广陵王"。《水经注·淮水篇》:"淮水经盱眙县故城南,汉武帝元朔元年,封江都易王子刘蒙之为侯国。又东经广陵淮阳城南,淮水右岸,即淮阴也。城西二里,有公路浦。又东经淮阴县故城北。汉高帝六年,封韩信为侯国,昔漂母食信于淮阴,信王下邳,盖投金增陵,以报母矣。"按徙帝封王,皆盱眙事,颜注以封王属淮阴侯,非是。

卷六《荡子从军赋》"楼船一举争沸腾,烽火四连相隐见"注,笔者按,以下为楼船始置之辨,陈氏以楼船为秦制,汉因之:

章如愚《群书考索后集·兵门》:"《汉官仪》曰:高祖命天下选能引关蹶张,材力威猛者,以为轻车骑士、材官、楼船,皆于正卒中选而为之,一岁而满。平地用车骑,山阻用材官,水泉用楼船,三者各随所宜。又按《地理志》:庐江郡有楼船,《卜式传》曰,愿与博昌习楼船者击吕嘉;《伍被传》曰,有浔阳之船,朱买臣为会稽太守,诏到郡治楼船;《刑法志》,武帝外有楼船,疑武帝始置也;及考《严安书》曰,秦皇帝使尉屠睢将楼船攻越,则楼船盖秦制也,汉因之,《汉官仪》以出于高祖,其岂然哉!"

《灵泉颂》题注,笔者按,以下为地名之辨,陈氏以萧县为萧山,系字之误:

宋祁《新唐书·孝友传》:宋思礼,字过庭。事继母徐,为闻孝,补萧县主簿。会大旱,井池涸,母羸疾,非泉水不适口,思礼忧惧,且祷,忽有泉出诸庭,味甘寒,日不乏汲。县人异之,尉柳晃为刻石颂其孝感。刘昫《旧书·孝友传》不载。案萧县,唐属河南道徐州,与颂云：此邑城控剡山，地连禹穴，回相悬隔；又云：出赞荒隅，途经胜境，当是之官临海经过所做。唐自长安至临海，亦无由经徐州之萧县。毛氏奇龄以为萧山，又疑永兴改名萧山，在天宝年。以《文苑英华》作"前县尉"，谓即永兴。据李吉甫《元和郡县志》，江南道越州萧山县，本曰余暨，吴王弟夫概邑，吴大帝改曰萧山，以县西一里萧山为名，则萧山实名于三国吴。疑颂本作"萧山县尉"，此以旧地名为称。亦犹洛州天宝元年始改为广平郡，篇中已称曰广平也。是必编斯集者，因其时永兴尚未更名萧山，据删一字，移之萧县。作《新书》者，遂沿其误，莫能订正尔。

又，"事后母徐，以至孝闻"注，笔者按，以下为典制之辨，陈氏以"闻孝"为典制：

> 毛氏奇龄曰：宋思礼举闻孝，补永兴主簿。六朝及唐，有闻孝望孝诸荐举科，故《旧唐书》云：事继母徐，为闻孝。《骆丞集》引注，改以孝闻，非是。案事见《新书》。毛氏误，其曰闻孝，亦以此序有"以至孝闻"之语，称闻孝也。

又，"前县尉柳晃，耿介之士也"注，笔者按，陈氏以为"夫士怀耿介之心"数句为《管子》亡篇之句：

> 李善注陆机《猛虎行》曰：江邃《文释》云："《管子》曰：夫士怀耿介之心，不荫恶木之枝，恶木尚能耻之，况与恶人同处。今检《管子》，近亡数篇，恐是亡篇之内，而邃见之。"

卷七《为齐州父老请陪封禅表》"大帝凝图，玄猷畅东巡之礼"注，笔者按，陈氏以为"柴，则封禅之义"，许懋之说"封于泰山，考绩柴燎，禅乎梁甫，此纬书之曲说，非正经之通义"乃不实：

> 《后汉书·张纯传》：岁二月，东巡狩，至于岱宗，柴，则封禅之义也。《梁书·许懋传》：臣案舜幸岱宗，是为巡狩。而郑引《孝经·钩命决》曰：封于泰山，考绩柴燎，禅乎梁甫，刻石纪功，此纬书之曲说，

非正经之通义也。

又,"业绍禋宗,必涂金于日观"注,笔者按,以下为禋祀"六宗"之辨,陈氏以为六宗主"乾坤六子,水火雷风山泽","谓宜依旧","近代以来,皆不立六宗之祠":

《舜典》:禋于六宗,精意以享谓之禋。宗,尊也。所尊祭者,其祀有六,谓四时也、寒暑也、日也、月也、星也、水旱也。疏,《周礼·大宗伯》云:以禋祀祀昊天上帝,以实柴祀日月星辰,以槱燎祀司中、司命、风师、雨师。郑云:禋之言烟,周人尚臭,烟气之臭闻者也。郑以禋祀在燎柴之上,故以禋为此解耳。而《洛诰》云:秬鬯二卣,曰明禋,又曰:禋于文王武王;又曰:王宾,杀禋,咸格,非燔柴祭之也。知禋是精诚洁敬之名耳。六宗,明是所尊祭者有六。《祭法》云:"埋少牢于太昭,祭时。相近于坎坛,祭寒暑。王宫,祭日。夜明,祭月。幽禜,祭星。雩禜,祭水旱也。"故传以彼六神谓此六宗。汉世以来,说六宗者多矣。欧阳及大小夏侯说《尚书》,皆云所祭者六,上不谓天,下不谓地,旁不谓四方,在六者之间,助阴阳变化,实一而名六宗矣。孔光、刘歆以六宗谓乾坤六子,水火雷风山泽也。贾逵以为六宗者,天宗三,日月星辰也;地宗三,河海岱也。马融云:万物非天不覆,非地不载,非春不生,非夏不长,非秋不收,非冬不藏,此其谓六也。郑玄以六宗言禋,与祭天同名,则六者皆是天之神祇,谓星辰、司中、司命、风师、雨师。晋初,幽州秀才张髦上表云:三昭三穆是也。司马彪又上表云:天宗者,日月星辰寒暑之属也;地宗,社稷五祀之属也;四方之宗,四时五帝之属。惟王肃据《家语》,六宗与孔同。司马彪《续汉书》云:安帝元初六年,立六宗祠于洛阳城西北亥地,祀比大社,魏亦因之。晋初,荀𫖮定新祀,以六宗之神,诸说不同,废之。挚虞驳之,谓宜依旧。近代以来,皆不立六宗之祠也。

《上兖州刺史启》"甘雨随车,云低轻重之盖"注,笔者按,以下为地名之辨：

《后汉书·朱冯虞郑周传》：郑弘，字巨君。显宗拜为驺令，政有仁惠，民称苏息，迁淮阴太守。章怀太子注："谢承《书》曰：弘消息徭赋，政不烦苛。行春大旱，随车致雨。白鹿方道，夹毂而行。"刘攽曰：案汉郡无淮阴者，当是淮阳。

又，"缛翠萼于词林，绰鲜花于笔苑"注，笔者按，以下为音义之辨：

《说文·十三篇》：缛，繁采饰也。杨慎《丹铅录》："嵇康《琴赋》：新衣翠粲，缨徽流芳。"翠粲，鲜明之貌，注以为衣声，非也。骆宾王文"缛翠萼于词林，绰鲜花于笔苑"可以证之。又东坡诗"两朵妖红翠欲流"，高似孙《纬略》云：翠谓鲜明之貌，非色也。束晳《补亡诗》：白华朱萼，被于幽薄。李善注：《毛诗》曰：萼不韡韡。郑玄曰：承华者萼也。案今本作鄂。

《上齐州张司马启》"于是翔鳣应符，观光上国"注，笔者按，以下为音义之辨：

《后汉书·杨震传》：杨震，字伯起。尝客居于湖，不答州郡礼命数十年，后有冠雀衔三鳣鱼，飞集讲堂前，都讲取鱼进曰：蛇鳣者，卿大夫服之象也；数三者，法三台也，先生自此升矣。章怀太子注：冠，音贯，即鹳雀也；鳣，音善。韩子云：鳣似蛇，臣贤按《续汉》及谢承《书》，鳣字皆作"鲜"，然则鳣、鲜古字通也。鳣鱼长者不过三尺，黄地黑文，故都讲云，蛇鲜卿大夫之服象也。郭璞云，鲜鱼长二三丈，音知然反。安有鹳雀能腾二三丈乎？此为鳣明矣。

又"然而日夜相待，恐沟壑之非遥；贫病交侵，思薜萝之可托。常愿处幽控寂，追夏黄于商山；乐道栖真，从鲁连于沧海"注，笔者按，明人田汝成以为"四皓名字，当读为绮里季夏，而后人误为夏黄公"，而陈氏以为夏黄公"唐以前俱作'夏黄公'"：

《汉书·王贡两龚鲍传》：汉兴有园公、绮里季、夏黄公、甪里先生。田汝成曰：四皓名字，当读为绮里季夏，而后人误为夏黄公，亦犹乐正裘牧仲之误耳。案《史记·留侯世家》：四人前对，各言名姓，曰东园公、甪里先生、绮里季、夏黄公。司马贞《索隐》，按《陈留志》云：园公，姓唐，字宣明，居园中，引以为号；夏黄公，姓崔，名广，字少通，齐人，隐居夏里修道，故号曰夏黄公；甪里先生，河内轵人，太伯之后，姓周，名术，字远道，京师号曰霸上先生，一曰甪里先生。孔父《秘记》作"禄里"，皆王邵据《崔氏周氏世谱》及陶潜《四八目》而为此说。《后汉书·郑康成传》：孔融《告高密县》：又南山四皓，有园公、夏黄公潜光隐耀，世嘉其高，皆悉称公。可证唐以前俱作夏黄公也。

卷八《上廉察使启》题注，笔者按，陈氏以为高宗时诗人上此启文"具陈为亲欲仕之意"，可证其时廉察使未分左右台：

《新书·百官志》：龙朔二年，改御史台曰宪台。光宅元年，分左右台，两台岁再发使八人。春曰风俗，秋曰廉察，以四十八条察州县。案光宅系武后纪元，而此启具陈为亲欲仕之意，必上于高宗时。盖武后元年，始分左右台，其设廉察等使，则非始于此时矣。

《上瑕邱韦明府启》"是以临淄遣妇，寄束缊于齐邻"注，笔者按，以下为故实之辨，颜注不用王楙《野客丛书》引述《韩非子》"里妇"之典，陈氏以为简陋：

《汉书·蒯伍江息夫传》，蒯通，范阳人也，至齐悼惠王时，曹参为相，礼下贤人，请通为客。初，齐王田荣怨项羽，谋举兵畔之，劫齐士，不与者死。齐处士东郭先生、梁石君在劫中，强从。及田荣败，二人丑之，相与入深山隐居。客谓通曰："先生知梁石君、东郭先生，世俗所不及，何不进之于相国乎？"通曰："诺。臣之里妇，与里之诸母相善也。里妇夜亡肉，姑以为盗，怒而逐之。妇晨去，过所善诸母，语以事而谢之。里母曰：'女安行，我今令而家追女矣。'即束缊请火于亡肉家，曰：'昨暮夜，犬得肉，争斗相杀，请火治之。'亡肉家遽追呼其妇。故里母非谈说之士也,束缊乞火,非还妇之道也,然物有相感,事有适可。臣请乞火于曹相国。"乃见相国曰:"妇人有夫死三日而嫁者,有幽居守寡不出门者,足下即欲求妇,何取?"曰:"取不嫁者。"通曰:"然则求臣亦犹是也,彼东郭先生、梁石君,齐之俊士也,隐居不嫁,未尝卑节下意以求仕也。愿足下使人礼之。"曹相国曰:"敬受命。"皆以为上宾。注,师古曰:缊,乱麻,音于粉反。王楙《野客丛书》:"《韩非子》曰:人有亡其豚肩者,意其妇,而逐之。邻媪闻之,束缊而诣之,曰:昨夜狗争骨,须火以烛之。主悟,乃归妇。"通盖用此语尔,而(颜)注不云。

又,"加以招携白屋,劝幼青衿"注,笔者按,以下为名物之辨,陈氏以"白屋"为等级之谓,并非如颜注所云"以白茅覆屋":

《说苑·尊贤篇》:周公旦,白屋之士所下者七十人。李翀《日闻录》:白屋者,庶人屋也。《春秋》:丹桓公楹,非礼也。在礼,楹,天子丹,诸侯黝垩,大夫苍,士黈,黄色也。按此,则屋楹循等级用采。庶人则不许,是以谓之白屋也。又,主父偃曰:士或起白屋而致三公。颜注云"以白茅覆屋",非也。古者宫室有度,官不及数,则屋室皆露本材,不容僭施采画,是为白屋也。白茅覆屋,古今无传。后世诸侯王及达官所居之室,概饰以朱,故曰朱门,又曰朱邸,以别于白屋也。

《与博昌父老书》"某月日,骆宾王谨致书于博昌父老,承并无恙"注,笔者按,以下为音义之辨,陈氏以为"恙",忧思之谓,非为噬人之虫:

《尔雅·释诂》:"恙,忧也。"郭璞注:"今人云无恙,谓无忧也。"颜师古《匡谬正俗》:"应劭又释'无恙'云:上古之时,草居露宿,恙,噬人虫也,善食人心,每患苦之,凡相问曰:'无恙乎?'非谓疾也。"按《尔雅》云:"恙,忧心也。"《楚辞·九辩》云:"还及君之无恙。"此言君之无忧,岂谓不被虫噬乎?汉元帝诏贡禹曰:"今生有疾,何恙不已?乃上书乞骸骨。"此言病何忧不差而乞骸骨,岂又被虫食心耶?凡言无恙,谓无忧耳。此博昌父老先有书贻临海,故曰承并无恙也。

又,"伫中衢而空轸,巾下泽而莫因"注,笔者按,以下为音义之辨,"以巾拭物曰巾",此处之"巾"非名词:

> 《周礼·夏官》:"有巾车。"郑注:巾,犹衣也。段玉裁曰:以巾拭物曰巾,如以帨拭手曰帨。《吴都赋》:"吴王乃巾玉路。"陶渊明文:"或巾柴车,或棹孤舟。"皆谓拂拭用之,不同郑说也。案江淹《拟陶徵君田舍诗》:"日暮巾柴车。"李善注引《归去来》曰:或巾柴车,今作"或命巾车",非也。案此数句,言途次密迩,未得往博昌,与父老畅叙也。

卷九《对策文三道》其三"青莲江使,自裂兆于非熊"注,笔者按,以下为避讳之辨,陈氏以为"特改'非虎'为'非熊'实起于唐":

> 《史记·齐世家》:太公望吕尚者,东海上人。西伯将出猎,卜之,曰:"所获非龙非彨,非虎非罴;所获霸王之辅。"于是周西伯猎,果遇太公于渭之阳,载与俱归,立为师。叶大庆《考古质疑》:按《六韬》《史记》,"非龙非彨,非虎非罴",无"熊"字。《白氏六帖》于"熊部""猎部""卜部",皆作"非熊非罴"。盖"虎"字乃唐高祖讳,所以章怀注《东汉书》,虽引《史记》之文,特改"非熊"之字。或谓:汉桓宽《盐铁论》云:起磻溪熊罴之士,则汉人固尝以熊罴为言,岂必因国讳而改,盖熊罴乃世之常言,至于特改"非虎"为"非熊"实起于唐也。若夫李善注《文选》,其于《宾戏》,则引《史记》,曰"所获非龙非虎,非熊非罴",于《非有先生论》,则引《六韬》曰"非熊非罴,非虎非狼",其实非《史记》《六韬》之文,特仿佛记忆而为之注尔,不足为据也。

《晦日楚国寺宴序》"情均物我,缁衣将素履同归"注,笔者按,陈氏据《考工记》,以为"缁本出绛",颜注非:

> 《魏书·释老志》:高祖立制,非徒使缁素殊途,抑亦防微深虑。《释氏要览》:"《僧史略》云:'问:缁衣者,色何状貌?答:紫而浅

黑。'"《考工记》云：三入为纁，五入为緅，七入为缁矣。知缁本出绛，雀头色即紫赤色。故梁尼净秀见圣众如桑熟椹，此乃浅赤深黑色也。……颜注引《诗·缁衣》，以为卿大夫之服，非是。

《初春邪岭送益府窦参军宴序》"分首三秦，送君千里"注，笔者按，陈氏以为"三春"误，文中后句有"渭水北流，动临川之叹"，可证实为"三秦"：

《太平寰宇记》：关西道雍州，项籍灭秦，分其地三，以章邯为雍王，都废丘，今兴平县；司马欣为塞王，都栎阳，今栎阳县；董翳为翟王，都高奴，今延州金明县，谓之三秦。或作"三春"，非也。

卷十《代李敬业传檄天下文》题注，笔者按，以下为考证史事，陈氏以为《文苑英华》作"徐敬业"非，近本作"讨武曌檄"，亦"违实甚矣"：

《旧书·李勣传》：勣孙敬业。高宗崩，则天太后临朝，既而废帝为庐陵王，立相王为皇帝，而政由天后，诸武皆当权任，人情愤怨。时给事中唐之奇贬授括苍令，长安主簿骆宾王贬授临海丞，詹事司直杜求仁黟县丞，敬业坐事左授柳州司马，其弟盩厔令敬猷亦坐累左迁，俱在扬州。敬业用前盩厔尉魏思温谋，据扬州。嗣圣元年七月，敬业遣其党监察御史薛璋先求使江都，又令雍州人韦超诣璋告变，云"扬州长史陈敬之与唐之奇谋逆"，璋乃收敬之系狱。居数日，敬业矫制杀敬之，自称扬州司马，诈言"高州首领冯子猷叛逆，奉密诏募兵进讨"。是日开府库，令士曹参军李宗臣解系囚，及丁役、工匠，得数百人，皆授之以甲。录事参军孙处行拒命，敬业斩之以徇。遂据扬州，鸠聚民众，以匡复庐陵为辞。乃开三府：一曰匡复府，二曰英公府，三曰扬州大都督府。敬业自称匡复府上将，领扬州大都督，以杜求仁、唐之奇、骆宾王为府属，余皆伪署职位。旬日之间，胜兵有十余万，仍移檄诸郡县。则天命左玉钤卫大将军李孝逸将兵三十万讨之，追削敬业祖、父官爵，剖坟斫棺，复本姓徐氏。初，敬业兵集，图其所向，薛璋曰："金陵王气犹在，大江设险，可以自固。且取常、润等州,以为霸基,然后治兵北渡。"魏思温曰:"兵贵神速,但宜早渡淮而北,招合山东豪杰,乘其未集,直取东都,据关决战,此上策也。"敬业不从。十月,率众渡江,攻拔润州,杀刺史李思文。先是,太子贤为天后所废,死于巴州,敬业乃求状貌似贤者,置于城中,奉之为主,云贤本不死。孝逸军渡淮,至楚州,敬业之众狼狈还江都,屯兵高邮以拒之。频战大败,孝逸乘胜追蹑。敬业奔至扬州,与唐之奇、杜求仁等乘小舸,将入海投高丽。追兵及,皆捕获之。初,敬业传檄至京师,则天读之微哂,至"一抔之土未干",遽问侍臣曰:"此语谁为之?"或对曰:"骆宾王之辞也。"则天曰:"宰相之过,安失此人?"《新书》:敬业以之奇为左长史,求仁右长史,宗臣左司马,璋右司马,江都令韦知止为英公府长史,宾王为艺文令,前盩厔尉魏思温为军师。旬日,兵十余万,传檄州县,疏武氏过恶。此题《文萃》作"为徐敬业以武后临朝移诸郡县檄",《文苑英华》亦作"徐",今正。近本作"讨武曌檄"。案朱子《资治通鉴纲目》:"中宗嗣圣六年,太后自名曌,改诏为制目,凤阁侍郎宗秦客改造十二字以献,至是行之。"曌,即"照"字也。是武后名曌,在起兵后五年,作檄时,不得有是名,违实甚矣。

又,"伪临朝武氏者,人非温顺,地实寒微"注,笔者按,陈氏据顾炎武《日知录》,以为"近刻古文,改作'伪周武氏'",非是:

> 《新书·后妃传》:嗣圣元年,太后废帝为庐陵王,自临朝。以睿宗即帝位,后坐武成殿。帝率群臣上号册,越三日,太后临轩,命礼部尚书摄太尉武承嗣、太常卿摄司空王德真,册嗣皇帝。自是太后常御紫宸殿,施惨紫帐临朝。顾炎武《日知录》曰:伪临朝武氏者,敬业起兵,在光宅元年九月,武氏但临朝,而未革命也。近刻古文,改作"伪周武氏",不察檄中所云"包藏祸心,睥睨神器",乃是未篡之时,故有是语。越六年,天授元年九月,始改国号曰周。

又,"桓君山之流涕,岂徒然哉"注,笔者按,陈氏"言敬业以世臣坐贬,无异于微子出奔,(桓)君山外谪",《旧书》作"袁君山",非是:

> 桓谭字君山,事见《灵泉颂》"暂雪桓谭之涕"句注。(《后汉书·桓谭传》:桓谭字君山,沛国相人也。世祖即位,征待诏。拜议郎给事中,因上疏陈时政所宜,书奏不省。时帝方信谶,多以决定嫌疑。又酬赏少薄,天下不时安定。谭复上疏,帝省奏,愈不悦。其后,有诏会议灵台所处,帝谓谭曰:"吾欲以谶决之,何如?"谭默然良久,曰:"臣不读谶。"帝问其故,谭复极言谶之非经。帝大怒曰:"桓谭非圣无法,将下斩之!"谭叩头流血,良久乃得解。出为六安郡丞,意忽忽不乐,道病卒。……言桓谭者,骆以言事左迁,亦如桓谭以极谏出为郡丞也。)《新书》"二李传":敬业少从勣征伐,有勇名。历太仆少卿,袭英国公,为眉州刺史。嗣圣元年,坐赃贬柳州司马。言敬业以世臣坐贬,无异于微子出奔,君山外谪。朝即无子孟、朱虚其人,讨乱之兵,固不获已也。《旧书》作"袁君山",误。今正。

《兵部奏姚州道破逆贼诺莫弄杨虔柳露布》"逆贼蒙俭、和舍等,浮竹遗乱,沈木余苗"注,笔者按,陈氏以为"竹王非夜郎,乃且兰":

> 常璩《南中志》:楚庄蹻泝沅水出且兰,以伐夜郎,植牂柯,系船,于是因名且兰为牂柯国。汉兴,有竹王者兴于豚水。初,有一女子浣于水滨,有三节大竹流入女子足间,推之不肯去。闻有儿声,取持归破之,得一男儿,长养有才武,遂雄夷濮,氏以竹姓。捐所破竹于野,成竹林,今竹王祠竹林是也。唐蒙为都尉,以重币喻告诸种侯王,侯王服从,因斩竹王,置牂柯郡,以吴霸为太守。及置越、嶲、朱提、益州四郡。后夷濮阻城咸怨诉竹王非血气所生,求立后嗣。霸表封其三子列侯,死配食父祠,今竹王三郎神是也。《汉书》以竹王为夜郎侯。案且兰既为牂柯国,夜郎无由与且兰并域而居。《汉书·西南夷传》:诛隔滇道者且兰,夜郎侯遂入朝。而竹王不载,并

无夜郎被诛之事,以常志证之。竹王非夜郎,乃且兰也。

《兵部奏姚州破贼设蒙俭等露布》"西距大秦,杂金行而孕气"注,笔者按,陈氏以大秦在"条支西行百里日入处"为非:

  张谏之《乞省罢姚州表》:前汉唐蒙开夜郎滇笮,而哀牢不附。至光武季年,始请内属,汉置永昌郡以统理之,乃收其盐布毡罽之税,以利中土。其国西通大秦,南通交趾,奇珍异宝,进贡岁时不阙。《后汉书·西域传》:大秦国,一名犁鞬,以在海西,亦云海西国。地方数千里,其人民皆长大平正,有类中国,故谓之大秦。案《魏书·西域传》:大秦国,东南通交趾,又水道通益州永昌郡。于彼处观日月星辰,无异中国,而前史云"条支西行百里日入处",失之远矣。以西距大秦证之,魏收此传核于班史矣。

又,"陆梁方命,旅拒偷生"注,陈氏以为"陆梁犹跳梁",张守节谓之"人处山陆,望文生训":

  《史记·秦始皇本纪》:三十三年,发诸尝逋亡人、赘婿、贾人,略取陆梁地,为桂林、象郡、南海,以适遣戍。司马贞《索隐》:南方之人,其性陆梁,故曰陆梁。张守节《正义》:岭南之人,多处山陆,其性强梁,故曰陆梁。扬雄《甘泉赋》:蚩尤之伦,带干将而秉玉戚兮,飞蒙茸而走陆梁。注:晋灼曰:飞者蒙茸而乱,走者陆梁而跳,谓猛士之辈。案《庄子·马蹄篇》:龁草饮水,翘足而陆,此马之真性也。陆德明《释文》:司马云,陆,跳也。字书作𨇖,𨇖,马健也。又《逍遥游》篇:子独不见狸狌乎,卑身而伏,以候敖者,东西跳梁,不避高下。又《秋水》篇:子独不闻夫埳井之䵷乎?谓东海之鳖曰:吾乐与!出跳梁乎井干之上。《汉书·萧望之传》:今羌虏一隅小夷,跳梁于山谷间,然则陆梁犹跳梁也。张谓人处山陆,望文生训,非也。

又,"于是三略训兵,五申誓众……楚人三户,蜀郡五丁"注,笔者按,陈氏以为"三略"不始于黄石公,且楚"但令有三户,其怨深足以亡秦,意更显著,作地名解，未免附会"：

> 李康《运命论》：张良受黄石之符，诵三略之说。李善注：《黄石公记序》曰：黄石者，神人也，有《上略》《中略》《下略》。《隋书·经籍志》：《黄石公三略》，三卷，下邳神人撰。成氏注：按《北堂书钞·武功部》引《孙子兵法论》云：非文无以平治，非武无以治乱，善用兵者，有三略焉，上略伐智，中略伐义，下略伐势。今本孙子无之，是三略不始于黄石公矣。……《史记·项羽纪》：范增往说项梁曰：夫秦灭六国，楚最无罪，自怀王入秦不反，楚人怜之至今。故楚南公曰：楚虽三户，亡秦必楚也。《集解》：瓒曰：楚人怨秦，虽三户。犹足以亡秦也。《索隐》：臣瓒与苏林解同。韦昭以为三户，楚三大姓昭、屈、景也，二说皆非。按左氏以畀楚师于三户。杜预注云：今丹水县北三户亭，则是地名不疑。《正义》按服虔云：三户，漳水津也。孟康云：津峡名也，在邺西三十里。《括地志》云：浊漳水又东经葛公亭，北经三户峡，为三户津，在相州滏阳县界，后项羽果渡三户津，破章邯军，降章邯，秦遂亡，是南公之善识。案颜师古《汉书》注引苏林曰：但令有三户在，其怨深足以亡秦，意更显著，作地名解，未免附会。

又，"杖节扬麾，能通九变之策，诣藁街而献捷"注，笔者按，陈氏以为藁街在长安，而非洛阳铜驼街：

> 《汉书·陈汤传》：汤与延寿出西域，上疏曰：郅支单于惨毒行于民，大恶通于天，臣延寿臣汤将义兵，行天诛，斩郅支首，及名王以下，宜悬头藁街蛮夷邸间，以示万里，明犯疆汉者，虽远必诛。注，晋灼曰，《黄图》：在长安城门内。师古曰：藁街，街名，蛮夷邸在此街也。邸，若今鸿胪客馆也。崔浩以为稾当为橐，橐街，即铜驼街也，此说失之。铜驼街在洛阳，西京无也。

《为李总管祭赵郎将文》"委质昌期,弃笔文场"注,笔者按,以下为音义之辨:

《左传》僖公二十三年,策名委质,贰乃辟也。杜预注:名书于所臣之策,屈膝而君事之,则不可已贰。辟,罪也。孔颖达疏:策,简也;质,形体也。古之仕者,于所臣之人,书已名于策,以明系属之也,拜则屈膝,而委身体与地,以明敬奉之也。质如字,俗以《曲礼》"童子委挚而退",《孟子》"出疆必载质",读作委质,非。

结　语

一

陈熙晋《骆临海集笺注》，在众多骆集注本中属于后出转精者，也是总结性之作，其原因主要有三点：

其一，在文献整理体式上的完备。元、明以来众多刻本及诸家注本所辑集骆宾王诗文数量多寡有异，编次混乱，且文字出入亦多，陈熙晋在此基础上，主要参照宋蜀本的编次方式，篇目则参核各家，将骆宾王诗文集重新编订为一个十卷的本子，施以辑佚、分体编年①以及文字上的校勘；陈氏以《凡例》冠其卷首，以明其体例，以史传、碑文和历代咏骆诗辑为《附录》一卷，尾之集后。凡此种种，亦可谓体工思精，过去诸家注本则无有其比，到陈氏这里，使之得以完备，尤其是陈氏在重新编订骆集这一方面，对于今天从事古典文学

---

① 陈氏把骆集按文学体裁分为杂诗、赋颂、杂著三个部分，凡十卷，每部分篇目基本按作年先后排次，有能考出其详细作年者，则考之，不能者，亦以篇目排次顺序体现，将《夕次旧吴》《过故宋》《咏怀》三首归于一处，此三首，又位列众诗之最后。按：此三首据陈氏考证乃为骆亡命之作。而此三首亦按骆亡命作时之先后排次，极能体现陈氏治学之精细审慎。其他赋、颂与杂文之编排一如此，不赘。

典籍的整理和研究工作,也有一定的借鉴意义。

其二,注释的完善。明以来金、虞、童、陆注本、颜文选注本、施羽王(凤来)注本(按,施羽王四卷本可能亡佚,目前能见到的施注本,即为本书第三章第一节所述其评注本《骆宾王狐白》)、黄之绮注本和项家达注本(据本人通览黄、项二家注本,其注释语言简单寥寥,严格地说,不能称其为注释意义上的本子),甚至上溯到明万历早期陈魁士注本,等等,诸家注释内容和方法多属寡陋疏舛。各家注本多集中于明万历间,之所以寡陋,盖与明代空疏学风之影响亦不无关系。比如颜文选注本,其中有许多地方不言引文之出处,治学态度亦很不严谨,这给研究者带来最大的不利就是无从查证其引文来源及其可靠性等等,陈氏则一一注明其出处。陈氏《笺注·凡例》亦曰:"凡引经史必书某篇某传,诸子百家亦引篇目,至引古人文集,务举其题,以便核签。"足见其治学态度之严肃和谨慎。陈氏《笺注》的主体部分,即以文字、音韵、训诂和考据的方法逐篇笺释骆集,并且始终贯彻着"订疑纠谬"的原则,而此四个环节又互相包罗,融为一体,一如前文所述,陈氏的考证特点基本上是"通核"诸籍,"据守"前人成绩,稽考排比,予以辨章学术、考镜源流。陈氏生于嘉庆,值乾嘉考据派后期,则受其影响亦大。清人焦循总结乾嘉学派成就之一的"通核",即所谓"主以全经,贯以百氏,协其文辞,揆以道理",陈氏考证方法也颇类于此,有时是连举数说而不断,今有学者认为这是陈氏最大的弊病之一。但笔者则认为,这正是陈氏谨慎之处,如卷九《扬州看竞渡序》,陈氏对"竞渡"习俗由来之考证云:

> 宗懔《荆楚岁时记》:五月五日竞渡,俗谓是屈原投汨罗日,伤其死,故并命舟楫以拯之……邯郸淳《曹娥碑》云:五月五日,时迎伍君,逆涛而上,为水所淹,斯又东吴之俗,事在子胥,不关屈平也。《越地传》云:起于越王勾践,不可详矣。《隋书·地理志》:屈原以五月望赴汨罗,土人追至洞庭,不见……鼓棹争归,竞会亭上,习以相传,为竞渡之戏……诸郡率然,而南郡襄阳尤甚。

事实上,远古遗俗,多无从具体考索其渊源,附会之说由来已久,"竞渡"之说亦然。陈氏所列众说而不予下断,恰能说明其态度之客观和严谨。

当然,更重要的是,陈氏注骆,在内容上主要的特点是精博,今人亦多所称道。主要体现为陈氏在说明一个问题时,非但引文详实,而且集采众家,就以颜注为例:对《在狱咏蝉并序》"白头吟"的注释,颜注云:"司马相如过茂陵,见女子绿鬓白齿,欲聘之为妾,卓文君作《白头吟》以自绝,其词曰:凄凄重凄凄,嫁女不须啼。愿得同心人,白头不相离。"亦未注明出处,且只举一例;陈氏则引《宋书·乐志》、吴兢《乐府古题》、冯舒《诗纪匡谬》等古籍来考证,按冯舒得出的结论是:"凄凄重凄凄"诗乃非文君之作,或文君有别篇同题者,这样的结论则比较客观和全面,相比之下,颜注则显得粗疏寡陋。此外,凡涉及训诂和考证典故、名物、天文、历史、地理等,陈氏亦以详征博引为能事,且多精辟之言,其功力之深,非积学而难得,前文已述,此不赘。且后人称之为"精博"者,非但以征引广博见长,更以取材精审取胜。陈氏笺注之精审,笔者认为:一方面是其举引的例证之典型性;一方面为其在考证上的精益求精,关于此点,陈氏强调云:"注家必引作者以前之书,今于唐以前之书,殚力搜讨,至于互相考证,虽近人所注,亦必据引。"(《笺注·凡例》)就陈氏所谓据引"近人所注",其一为明代颜文选《骆丞集注》的合理之处,其他诸家注骆则未据引;其二,陈氏考据至为精确的地方便是举引自清初顾炎武以来,尤其是乾嘉考据学派诸名家的考证成果,比如段玉裁、阎若璩、朱彝尊、顾栋高、邵晋涵、阮元等,其中又以征引顾炎武、段玉裁二家为最多,引段玉裁《说文解字注》达15处,多为文字、音韵、训诂和名物、历史、地理等方面的考证。引颜注和乾嘉考证成果的例证,使得陈氏自己的考证更加确凿,例如:

1. 骆诗"敬爱混浮沉"(卷一《赠高四》),陈氏注曰:"《吕氏春秋·八览·必己篇》:……敬爱人者,已也;见敬爱者,人也……"颜注:浮沉,谓隐显之士也,所以敬爱之如一,不分浮沉之异也。

2. 骆文"唯鬼唯仙"(卷九《对策文三道》其一),陈氏注云:"《说文·八篇》:仙,长生仙去。段玉裁曰:'《释名》曰:老而不死曰仙;仙,迁也,迁入山也,故其制字,人旁作山也'云云。"

其三，比之以往各家注骆，陈熙晋以诗史互证的精神去阐释骆集，贯之以"知人论世""以意逆志"的原则，于传统解释学之关系主要是继承，于历来注骆诸家而言则是创新，因为以往注骆诸家，尤其是为《四库全书》所收的颜文选注本在此方面没有体现出来。而陈氏在此方面也有得失：陈氏将骆集诗文与诸史籍互相取证时，以"古典"释"今典"，是其主要的考证方法之一，此为陈氏之得。但近代学者陈寅恪就"古典"与"今典"如何结合使用而强调道："凡诠释诗句，要在确能举出作者所依据构思之古书，并须说明其所以依据此书，而不依据他书之故，若仅泛泛标举，则纵能指出最初之出处，或同时之史事，其实无当于第一义谛也。"① 陈寅恪所谓"第一义谛"，即指以"古典"释"今典"。汤汉注陶诗《述酒一首》"王子爱清吹，日中翔河汾。朱公练九齿，闲居离世纷"云："王子晋好吹笙，此托言晋也。朱公者，陶也，意古别有朱公修炼之事，此特托言陶耳。晋运即去，故陶闲居以避世，明言其志也。"② 可见，汤汉将陶诗中古典（"王子晋好吹笙""朱公修炼之事"）与今典（"晋运即去""陶闲居以避世"）二者的关系用陈述的语气分析出来，使读者能够较为准确地把握作者的深刻用意和其诗法所在，且汤汉注陶所法均如此类，带有很大的自觉性。而陈氏注骆在这点上却不皆似汤汉，如对骆诗《宿温城望军营》"投笔怀班业，临戎想霍勋"，陈氏云："二句用班、霍。……《新书·高宗纪》：调露元年六月辛亥，吏部侍郎裴行俭伐西突厥……此必行俭征突厥时，招骆至幕府……"按：古典即指《汉书》载班、霍破匈奴事，今典即指宾王从军西域事，唐史无载，此属于"以诗补史"，但是，陈氏此处没有将历史典故与今典的关系点透。由前文的分析再结合上两例，根据陈寅恪的理论来审视陈熙晋对之的具体运用，不难看出，当中亦有流于简单粗糙者，即"泛泛标举"，多缺乏对"古典"和"今典"之间关系细致的剖析，使读者不能较清晰地理解诗文之表意和明白其笺释的真正用意所在。故比之汤汉，陈熙晋对之没有深入的发展和开拓，是其不足之处，但对传统的"诗史互证"法有继承和丰富，不能轻易否定。

---

① 陈寅恪：《元白诗笺证稿》，上海：上海古籍出版社，1978年，第131页。
② ［越南］阮氏明红：《汤汉注〈陶靖节先生诗〉研究》，北京师范大学2004年博士论文，第四章第二节，第83页。

二

陈氏注骆在文献学方面的意义大致有二：

首先，据本人粗略统计，《笺注》引经史子集四部书籍，不下三百种，其中引历来诗家之单篇只句则更多，一时无法统计其数，现有两点值得深思：一为凡陈氏所引古籍是否今有亡佚者，若有，则可提供辑佚之资；二为陈氏所引古籍，在今天看来，其中有无辨伪之价值，若有，可当古籍辨伪之佐证。其引历来诗文的单篇只句，情况亦然。

其次，陈氏引用古籍时，对其内容进行了辨析，颇有意义。如对于《韩非子·和氏篇》的纠正即是其一，其中载楚人和氏历楚厉王、武王、文王三朝献璧之事，陈氏据《史记》《淮南子》等书纠正之，认为由厉王至文王经历可达"六世"之久，"几于百年"，故和氏不可能历经百年而屡献璧，《韩非子》所载乃"谬妄显然"（卷一《赠宋五之问》）。此为纠正古书之失误。

又，洪迈《容斋四笔》认为《文选》所收张景阳《七命》之"浮三翼，戏中沚"，事出于《越绝书》，陈氏通过考证《水战兵法·内经》得出"案，今本《越绝书》无此文，疑在佚篇也"的结论（卷二《晚泊江镇》）。此为对古书佚文的考证。

又，《淮南子》云："日西垂，景在树端，谓之桑榆。"陈氏按：今本（《淮南子》）《天文训》中无此语（卷七《请陪封禅表》）。此为对古书衍文的考证。

又，王楙《野客丛书》，今用"披雾睹青天"事，此语已先见于徐干《中论》："……文王之识也，灼然若驱云见白日，霍然如开雾而睹青天……"陈氏按：今本《中论·审大臣第十六》作"灼然若披云而见日，霍然若开雾而观天"（卷二《冬日宴》）。此为对古书新、旧本的校勘。

总之，上述诸例，对这些古籍的保存和整理还是有借鉴意义的。

三

毋庸讳言，陈氏注骆在具体的考证上亦存在诸多方面的问题，多为后人诟病，如：

1. 附会典故

卷四《咏怀古意上裴侍郎》"铁骑拍风尘"，陈氏对"铁骑"作出如此解释："《新书·太宗纪》：武德三年，讨王世充……四年……六月凯旋，太宗被金甲，陈铁骑一万。"实际上，此处"铁骑拍风尘"为常语，并非用典，陈氏却把"铁骑"用作典故来附会解释。

2. 穿凿出处

卷二《夏日游目聊作》"浦夏荷香满"，陈氏便引梁元帝《牛渚矶碑》"花飞拂袖，荷香入衣"来解释"荷香"的出处，此处骆诗用"荷香"乃即景之句，为常语，陈氏却犯穿凿之忌，但此种在陈注中所犯绝少，对诗文用语出处的解释大都非常贴切。

3. 引而不释

卷六《灵泉颂》"长而能贤，趋庭《诗》《礼》之风"，陈注云："'趋庭'，见《论语》。"此外，卷七《上兖州张司马启》"奉过庭之严规"，《上兖州催长史启》"少奉过庭之训"，卷八《上瑕丘韦明府启》"幸以奉训趋庭"等处，此实暗用《论语》孔子训诫其子孔鲤事，陈氏均未作解释。

4. 引书不当

卷五《灵隐寺》"刳木取泉遥"，陈氏对"刳木"的解释还算得当，云："《易·系辞》：刳木为舟。"接着对于"取泉遥"的注释，则显得穿凿可笑，注曰："徐光启《农政全书·水利灌溉图》：渚间有聚落，去水既远，各家共力，造木为槽，递相嵌接，不限高下，引水而至于泉。"此莫非宾王读明徐光启之书而为诗耶？若按陈氏自云"注家必引作者以前之书"，则据引是例即为失当。

5. 考证繁琐

《笺注》中对舆地、水道、河流之考证，有时则显得繁琐冗杂，如对卷十《祭赵郎将文》"万里长安，城危疏勒"中"疏勒"的考证，引《水经注》《汉书》《旧唐书》等古籍，长达千言，由于前后地名、史实相乖讹，陈氏又不做具体交代，最后又疑而不断，未知孰是，不知所云，流于繁芜，令人生厌，类此处者陈注亦所在不少,于解读骆文并无多大益处,应坚决予以摒弃。

6. 附会史实

卷一《夏日游德州赠高四》"雾卷天山静,烟销太史空",陈注云:"按:临海游齐鲁最久,当其时,值西域用兵,故以天山起下句也。"此诗具体作于何时,今天难以考证,但从内容上看,属抒写怀才不遇之作,诗中牵涉了很多地名,除"天山"外,还有"全赵""旧吴""易水""太史""吴门""禹穴""金华""南山""东陵"等处,且多写景寄情之语,时空跨度大,但丝毫不涉有征战之辞。陈氏凭空想象,附会"西域用兵"后作,上文有"霞水两分红,川源四望通"之语,下文接着又有"鸟声流回薄,蝶影乱芳丛"等景语,单言中间这两句就是写征战之事,于骆诗章法结构上也说不过去。

除上述几种情形外,还有如编年失误、该注不注、误注等情形兼而有之,但这些丝毫不影响陈注本居于众多骆集注本之上的富有总结性的学术价值和意义,对此我们应予以客观评价,分别对待。

总之,陈熙晋《骆临海集笺注》是目前关于明清两代骆宾王文集注释本中最为出色且流传较广的一个本子,很多研究初唐文学和骆宾王的学者,无不以之为第一手资料而征引,如骆祥发的《骆宾王评传》和其《骆宾王诗评注》、张志烈的《初唐四杰年谱》等,都对之多所引用。又,历代注骆者多,鄙陋疏舛者亦多,如颜文选注本,四库馆臣对之早有定论。而陈氏注本,问世之初,即被人誉为"博通淹雅""阐幽微显"之作。① 清末民初义乌学人黄侗在重印陈注本时亦不无感慨道:"陈西桥之《笺注》,淹博古雅,为世所重。"② 近人马茂元先生亦称其"苦搜冥索、勾稽排比"之可贵,足见其学术价值之弥足珍贵。

---

① (清)骆祖攀:《骆临海集笺注跋》,见《骆临海集笺注》,附录,上海:上海古籍出版社,1985年,第424页。

② (民国)黄侗:《临海集笺注序》,《临海集笺注》,卷首,民国二十五年(1936)黄侗重印本,国家图书馆藏本。

附录　陈氏遗文辑录

陈熙晋《文集》已佚，今从各本辑录其遗文，并与《骆临海集笺注》内容相关者六篇，以竟陈氏注骆学问之渊薮。

续补《唐书骆侍御传》

骆宾王，婺州义乌人。父为青州博昌令，有遗爱。宾王七岁能属文，目为神童。随父至博昌，与其邑之张学士、辟闾公游。趋庭奉训，负笈从师，学问得于齐、鲁者为多。既而父卒于博昌，旅葬其地，父老多怜之者，寻奉母居兖州之瑕丘县。性笃学，每读书见古人负米之情，捧檄之操，未尝不废书辍卷，流涕伤心。

道王元庆，永徽中，历滑州刺史，后历徐、沁、卫三州刺史。宾王为府属，使自叙所能。宾王状曰："某官某谨再拜言，伏奉恩旨，令通状，自叙所能。某本江东布衣人也，幸属大炉贞观，合璧光辉，易彼上农，叨兹下秩，于今三年矣。然而进不能谈社稷之务，立事寰中；退不能扫丞相之门，买名天下。徒以黄离元吉，白贲幽贞，沐少海之波澜，照重光之丽景。虽任能尚齿，载弘进善之规，而观过知人，异降自媒之旨，是用披诚沥恳，以抒愚哀。若乃忘大易之谦光，矜小人之丑行，弹冠入仕，解褐登朝，饰怀禄之心，效当年之用，莫不徇名养利,励朽磨铅。自谓身负管、乐之资,志怀周、召之业,若斯人者,可胜道哉?而循誉察能,听言观行,舍真筌而择士,沿虚谈以取材,将恐有其语而无其人,得其宾而丧其实。故曰知人不易,人不易知。抑又闻之,知臣莫若君,知子莫若父。诚能简材试剧,考绩求功,观其所由,察其所以,临大节而不可夺,处至公而不可干,冀斯言之无亏,于从政乎何有?若乃脂韦其迹,干没其心,说己之长,言身之善,腼容冒进,贪禄要君,上以紊国家之大猷,下以渎狷介之高节。此凶人以为耻,况吉士之为荣乎?所以令衔其能,不奉令。谨状。"

麟德初,高宗有事于泰山,应岳牧,举对策。车驾至齐州,宾王《为齐州父老请陪封禅表》曰:"臣闻圆天列象,紫宫通北极之尊;大帝凝图,玄猷畅东巡之礼。是知道隆光宅,既辑玉于云台;业绍禋宗,必涂金于日观。伏唯陛下乘乾握纪,纂三统之重光;御辨登枢,应千龄之累圣。故得河浮五老,启赤文于帝期;海荐四神,奉丹书于王会。瑞开三脊,祥洽五云,既而辑总章之旧文,捃辟雍之故事;非烟翼轪,移玉辇于梁阴;若月乘轮,祕金绳于岱巇。臣等质均刍狗,阴谢桑榆。幸属尧镜多辉,照余光于连石;轩图广耀,追盛礼于拟金。然而邹鲁旧邦,临淄遗俗,俱穆二周之化,咸称一变之风。境接青畴,俯瞰获麟之野;山开翠屺,斜连辨马之峰。岂可使稷下遗氓,顿隔陪封之礼;淹中故老,独奏告成之仪。是用就日披丹,仰璧轮之三舍;望云抒素,叫天阍于九重。倘允微诚,许陪大礼,则梦琼余息,玩仙阙以相欢;就木残魂,游岱宗而载跃。诏兖州给复二年,齐州一年半。拜奉礼郎,为东台详正学士。"

咸亨元年,吐蕃入寇,罢安西四镇,以薛仁贵为逻娑大总管。适宾王以事见谪,从军西域。会仁贵兵败大非川,宾王久戍未归,作《荡子从军赋》以见意。未几,自塞外还,至蜀,从军姚州。姚州者,古哀牢之国。咸亨三年,姚州群蛮叛,蛮刺史蒙俭,实始其乱,郎将赵武贵失律,蜀兵大溃。使将军李义为姚州道大总管,往征之。转战百余里,历三昼夜,诛首领诺莫弄、杨虔等于行阵。蒙俭及首领和舍遁,鸠集余众,陆梁旅拒。贼帅夸干,独率马军转斗。击败之,乘利深入,擒和舍等,唯蒙俭仍脱身归巢穴。前后露布,皆宾王所草也。

游蜀久之,历武功主簿。上元三年二月,吐蕃寇鄯、廓、河、芳等四州,诏吏部侍郎裴行俭为姚州道左二军总管,受元帅周王节度,聘宾王为记室。宾王上书曰:"四月一日,武功县主簿骆宾王,谨再拜奉书吏部侍郎裴公执事。《易》曰'书不尽言,言不尽意',然则理存乎象,非书无以达其微;词隐乎情,非言无以诠其旨。仆诚鄙人也,颇览前事。每读古书,见高堂九仞,曾生负北向之悲;积粟万钟,季路起南游之叹。未尝不废书辍卷,流涕沾衣。何者?情蓄自衷,事符则感。形潜与内,迹应斯通。是用布腹心,沥肝胆,庶大雅含弘之量,矜小人悃款之诚,唯君侯察焉。宾王一艺罕称,十年不调。进寡金、张之援,退无毛、薛之游。亦何尝献策干时,高谈王霸,炫才扬己,历抵公卿?不汲汲于荣名,不戚戚于卑位,盖养亲之故也,岂谋身之道哉?不图君侯忽垂过听,礼以弓招之恩,任以书记之事。拟人则多惭阮瑀,入幕则高谢郤超。昔聂政、荆轲,刺客之流也;田光、豫让,烈士之分也。咸以势利相倾,意气相许,尚且捐躯燕、赵,甘死秦、韩。今君侯无求于下官,见接以国士,正当陪麾后殿,奉节前驱。贾余勇以求荣,效轻生而答施。所以逡巡于成命,踌躇于从事者,徒以凤遭不造,幼丁闵凶,老母在堂,常婴羸恙。藜藿无甘旨之膳,松槚阙迁厝之资。抚躬存亡,何心天地?故寝食梦想,噬指之恋徒深;岁时蒸尝,崩心之痛罔极。若仆者,固名教中一罪人耳,何面目以奉三军之事乎?况属天伦之丧,奄逾七月;违膝下之养,忽已三年。而凶服之制行终,哀疚之情未泄。兴言永慕,举目增伤。夫怨于心者,哀声可以应木石;感于情者,至性可以通神明。故徐元直指心以求辞,李令伯陈情以穷诉。上以弃兴王之佐命,下以全奉亲之笃诚,而蜀主不以为非,晋君待之逾厚。此二人者,岂贪贫贱,恶荣华,厌万乘之交,甘匹夫之辱也?盖有不得已者哉!人有干没为心,脂韦成性。舍慈亲之色养,许明主以驰驱。内忘顾复之私,外存傅会之眷。薄骨肉,厚荣宠,苟背恩而自效,则君侯何以处之?而且义士期乎贞夫,忠臣出乎孝子。既不能推心以奉母,亦安能死节以事人?虽物议之无嫌,实吾斯之未信也。流沙一去,绝塞千里。子迷入塞之魂,母切倚闾之望;就令欢以卒岁,仰南薰之不赀。而使忧能伤人,迫西山而何几?君侯情深锡类,道协天经,明恕待人,慈心应物。倘矜犬马之微愿,悯乌鸟之私情,宽其负恩,遂其终养,则穷魂有望，老母知归。宾王死罪再拜。"是时周王不行，行俭亦未出塞。

调明堂主簿，著《帝京篇》上行俭，当时以为绝唱。俄持母服，隐栖浐滨。服阕，补长安主簿。仪凤三年，以荐迁侍御史。时高宗不君，政由武氏。宾王数上章疏讽谏，为当时所忌。诬以赃，下狱久系。尚未昭雪，作《萤火赋》以自广。仪凤四年，高宗幸东都，六月改元调露，遇赦得释。历叙平生坎壈，以抒怀抱，曰《畴昔篇》。调露二年，除临海县丞。缘之官便，还义乌葬母。始行，道经永兴，主簿宋思礼，事继母徐以孝闻。会亢旱，川源堙绝，思礼祷于天，忽有泉出庭下，味甘且寒，日以养母。宾王为《灵泉颂》，县尉柳晃刻之石。至临海，怏怏不得志，弃官去。

高宗崩，宰相裴炎受顾命立中宗。天后武氏听政，废帝为庐陵王，立相王为皇帝。时诸武当权，人情愤怨。李勣孙敬业，少从勣征伐，有勇名，历太仆少卿，袭英国公，为眉州刺史。嗣圣元年，左迁柳州司马。弟敬猷，以盩厔令坐事免，同客扬州。左骁骑卫大将军程务挺，检校羽林军，与炎、敬业相结。嗣圣元年，宾王以荐举至长安，敬业令宾王画计，取炎同起事。临行，有《与程将军书》曰："昨见武郎将，备陈将军之言，恩出非常，谈过其实，恭闻嘉惠，深用惭惶。君侯怀管、乐之才，当卫、霍之任，丰功厚利，盛德在人，送往事居，元勋盖俗，智足以兴皇业，道足以济苍生，尚且屈公侯之尊，伸管库之士。若下仆者，天地中一无用刍狗耳。粤自旄贲之辰，即逢圣明之历。材不经务，不能成佐命之功；智不通时，不能包周身之虑。加以天资木强，不能屈节权门；地隔蓬心，不能买名时议。常愿为仁由己，丧我于吾，见机可以绝机，无用之为有用，随时任其舒卷，与物同其波流者矣。其于木也，般倕无所措其钩绳；其于驾也，良乐无所施其衔策。不悟圣朝发明扬之诏，君侯缉雍熙之道。曲垂提奖，广借游扬。猥以樗栎之姿，忝预贤良之荐。方今鸿都富学，麟阁多英，非游、夏不可以升堂，非夔、牙不可以击节。倘使片言失德，事暴区中，匹夫窃议，语流天下，进乖得贤之举，退贻薄德之讥，恐不肖之躯，为高明之累耳。必能一昕增价，九术先登。燕昭为市骏之资，郭隗居礼贤之始，则当效驽铅之用，饰固陋之心。陶铸尧、舜之典谟，宪章文、武之道德。上以究三才之能事，下以通万物之幽情。勿使将词翰为行己外篇,文章是立身歧路耳!又何足道哉?言而不惭者,恃惠子之知我也。所恨禁门清切,造别无缘;官守牵缠,程期有限。某尚期辞满,倘泛孤舟。万里烟波,举目有江山之恨;百龄心事,劳生无晷刻之欢。嗟夫!流水不穷,浮云自远,沾襟此别,把袂何时?恃以平生之私,忘其贵贱之礼。幸勿为过,谨不多谈。"遂至扬州。敬业自称"匡复府上将",领扬州大都督。以括苍令唐之奇为左长史,黟令杜求仁为右长史,参军李宗臣为左司马监察御史,薛璋为右司马江都令,韦知止为英公府长史,宾王为艺文令,盩厔尉魏思温为军师。旬日,兵十余万。宾王为敬业作文檄传天下,武氏读檄,但嬉笑,至"一抔六尺"之句,矍然曰:"谁为之?"左右以宾王对。武氏曰:"此宰相之过也,人有如此才,而使之沦落不偶乎?"义师大集,四方振动。楚州司马李崇福,率所部三县应之。敬业使敬猷屯淮阴,韦超屯都梁山,自引兵渡江,拔润州。回兵屯高邮下阿溪,败左玉钤卫大将军李孝逸,歼总管苏孝祥。敌营风逆不利,俄而风回,孝逸纵火逼敬业军,败之。敬业入海,欲奔东夷,至海陵界,阻风。敬业将王那相斩以降,余党多赴水死。宾王亡命,不知所之。

十余载,考功郎宋之问游灵隐寺,月色空明,长廊行吟曰"鹫岭郁岧峣,龙宫隐寂寥",思不属。一老僧坐大禅床问故,续曰"楼观沧海日,门听浙江潮",之问愕然。迟明访之,不复见。寺僧有知者曰:"此骆宾王也!"

龙朔初载,文场变体,争构纤微,竞为雕刻,骨气都尽,刚健不闻。宾王与龙门王勃、华阴杨炯、范阳卢照邻,务革其弊,以经典为根柢,积年绮碎,一朝清廓,海内称为"王杨卢骆",亦号为"四杰"。照邻谓人曰:"吾喜居王后,耻在骆前。"在武功与富嘉谟齐名,称为"富骆"。在长安与畿尉李峤、刘光业等夷。宾王既以举义事不捷逃遁,无有哀其著作者。则天素重其文,遣使求之。中宗复辟,降敕搜访宾王诗笔。兖州人郗云卿,集当时之遗漏,为十卷,又《百道判》三卷。明万历中,郡人胡应麟上其事,祀于乡。福藩监国,东阳张国维请于朝,谥文忠。本朝雍正中,建忠孝祠,与颜孝子乌、宗忠简泽并祀云。

(陈熙晋注《临海全集》卷首,清咸丰刻本。)

《临海集》序

　　临海，志士也，非文士也。杨用修有言："孔北海与建安七子并称，骆宾王与垂拱四杰为列，以文章之末计，掩立身之大闲，可惜也。"呜呼，文章与立身，果有二道哉？亦论其志而已矣。北海志乎汉，建安，献帝纪年也，概北海与七子不可，概以建安未始不可；临海志乎唐，垂拱，武氏纪年也，概临海于四杰不可，概以垂拱尤不可。北海糜身，无救于炎祚。临海昌明大义，志卒伸于二十一年之后，非直北海比。唐史于临海，不传之忠义，而侪王、杨诸人，违其志矣。

　　或曰："孔璋居袁，呼操为豺狼；在魏，目绍为蛇虺。颜黄门以为文人之巨患。临海穷途落魄，幕府草檄，非必出于本心。设宰相怜才，牝朝物色，安知不与李峤、陈子昂诸人，颂金轮功德乎？"是不然。夫观人于其素。临海于道王使自叙所能，则不奉令。于《上裴行俭书》，则辞以养亲；于《答员半千书》，则勖以守道；于《赋萤》《咏蝉》诸作，则见上疏之实，坐赃之诬。读"宝剑思存楚，金锤许报韩"之句，自命不在申包胥、张子房下，非其素所蓄积者然乎？

　　或曰："敬业开三府与扬州，不扫地渡淮，而岂负江之固？此蝥螫尉料其无能为者也。临海杖策从之，不可谓智！"是又不然。兵法，常为不可胜，以待敌之可胜。祖逖自京口纠合骁健，击楫渡江，威行河朔。刘季奴奋起京口，定晋室，克燕秦。敬业犹是也。异时琅琊王冲、越王贞举兵于博、豫二州，何尝不败乎？然临海未尝不联长安将相以为声援也。绯衣小儿之谣，盖出于倾陷之口。而为敬业画计，取裴炎同起事，当不诬。

　　武氏曰："炎反有端，岂即青鹅之字欤？"炎与程务挺，以将相行废立之事。炎以请复辟诛。务挺以申理炎诛。按临海《与程将军书》有曰"送往事居"，知此书作于嗣圣元年，将军即务挺。书又有"忝预贤良之荐"及"辞满泛舟"诸语，则是去临海后，以荐举至长安，即以是年由长安至广陵，并非失职怨望也。夫敬业有弟敬猷、唐之奇、杜求仁、薛璋、魏思温、李宗臣、李崇福谋于外；有临海结裴炎、程务挺应于内。与朱虚、绛侯何以异？事之成不成，天也。未可以病敬业，何可以病临海？且武氏凶狡，百倍吕雉。然卒不敢舍庐陵而立承嗣、三思者，大义持之也。当是时，武氏所信者，张易之兄弟耳。均房之居，李昭德、狄仁杰、苏安恒辈争之不能得。而天下人人思唐，易之、昌宗心孤，故吉顼之谋得入，乘间言于武氏，始托疾召庐陵。不然，武氏以羽林属之诸武，张柬之、桓彦范等，何从举兵乎？由是观之，唐之复，非复于五王讨乱之日，而复于中宗再入东宫之时；非复于中宗再入东宫之时，而复于柳州司马传檄天下之时。虽谓唐之中兴，兴于一檄可也。中宗追复李勋官爵，敬业不在原宥。至于临海，独下诏求其文传之。后人因其文以见其志，临海亦可以无憾矣。吾故曰：临海，志士也，非文士也。

集编自郄云卿，凡十卷，著录于《唐志》。行世既久，讹舛滋多，因取各本校正，援据载籍，为之笺注，自知涓滴无补江河。西陵郡斋公余多暇，因取箧衍旧稿排次之，临海一生踪迹，略见于兹。不具论，论其大者于简端。

道光二十三年，岁在昭阳单阏，夏五月，义乌后学陈熙晋序。

（陈熙晋注《临海全集》卷首，清咸丰刻本。）

《春秋规过考信》自叙

刘光伯《春秋规过》，新旧《唐书志》著录三卷。孔冲远称规杜氏之失凡一百五十余条，今从《正义》中悉心搜采，乃得一百七十三事，辄依经传排次，仍为三卷。文或不具、义之缺佚者鲜矣。不可谓非完书也。汉以来言《左氏》者十数家，皆杂取《公》《穀》以释《左氏》，至晋而《左氏》盛行，二《传》浸微，是杜氏之有功于《左氏》也；典午后，服虔、杜预二注俱立国学，至隋而杜氏盛行，服义浸微，是刘氏之有功于杜氏也。然杜氏有功亦有过，以刘氏所规，言之致过之由，其蔽有三。

《六艺》者，学问之枢辖；《尔雅》者，训诂之权舆。杜氏锐于立言，疏于稽古；拥武库而有余，擅颟门而不足。是以释元正昧始长之义，释大逵违九达之义,以先王遗民谓有殷王余俗,不知孔子未正《乐》以前,《小雅》无《正雅》,《大雅》无《变雅》也。以盛德所同谓《颂》有殷、鲁,不知季札观乐之时,但据《周颂》,无殷、鲁也。鲍国归费,不引《聘礼》;主国待卿,饔饩五牢,而谓牢礼,如其命数。使宰请安,不引《燕礼》。使司正请安于宾,而谓齐侯使自安。甚至缘饰经传,附会短丧。晋人败狄于箕,距晋文之丧不及九月,谓非背丧,而不讳用兵。惠叔毁而犹请,距公孙敖之丧才七月余,谓已期年,而不须匝月。沿误无穷,阶厉斯甚,其蔽一也。

一巷之市,必立之平;一卷之书,必立之师,杜氏之解不详所自。古字、古言诸多散佚,家法、师法鲜所据依。架空立义,往往有之。降娄旦中六月,而以为五月;西陆朝觌四月,而以为二月,此星历之舛也。不羹一国,强别东西;鄢氏二名,倒区先后;平阴乃齐邑,书围何与于堑门;昔阳果肥都伪籴,何当云袭鼓,此则地理之误也。蚡冒非熊达之父,郑简岂良霄之兄,此世系之差也。训如为而失悬罄之象,借音为荫诡走险之意。大路木路而非金路,否则与越席不相偶矣;粟为穗状而非敬谨,否则与旨酒不相偶矣,此名物之讹也。为谥下属为义,显戾传文裔焉;上属为辞,殊乖繇韵;赵衰径馁,径不当上属;子革从夕,从木当下属,此句读之错也。师心自用,习非胜是,其蔽二也。

贾景伯以刘氏征尧后,何邵公以获麟验汉瑞,冲远诋其趋时媚世,曾不稍贷。杜氏祖父并仕当涂,身为司马氏贵婿,废芳弑髦,事涉不韪,但求固宠于当世,不恤厚诬乎古人。宋贬孔父以称名为有罪,齐纵催杼以讨贼为伐丧。郑祭仲实易君位,乃谓见诱不称行人。公子慭欲抑臣权,乃谓谋乱,还不复位。天王入周而曰子朝来告,不顾奔楚之文。齐侯围郓而曰郓人自服,务掩意如之恶。义本非义,例亦非其例,其蔽三也。

夫曲说胜则纷,纷则杂;臆说胜则窒,窒则戾;饰说胜则谬,谬则乱。此三者注家之过,亦即疏家之过也。冲远顾谓习杜义而攻杜氏为非,其理岂不固哉?

丙午冬,郡斋多暇,治《左氏春秋》,撮抄光伯规杜各条,鳞次栉比,都为一编。并刺取经史百家及近儒著述,与《刘规》相发明者胪列而备论之。非曰聚讼，务求考信。其杜氏非而刘氏是者，则为之申，以见其说之可据也；若杜氏是而刘氏非者，则为之释，以见其不足难也。至杜、刘两说义俱未安，则为之证，证之群言，断以己意，以明所言之不敢出入于绳墨也。盖刘说未合者不及十之二焉，可谓精而核矣。非学通南北，博极古今之大儒，其孰能与于斯？昔魏卫冀隆精服氏学，上书难《杜氏春秋》六十三事。贾思同驳冀隆乖者一十余条。后姚文安、秦道静复述思同意，刘休和又持冀隆说，竟未能裁止。周乐逊著《春秋序义》，通贾、服说，发杜氏违辞，理并可观。梁崔灵恩先习服解，不为江东所行，乃改说杜义，每文句常申服，亦难杜，遂著《左氏条议》以明之。虞僧诞又精杜学，因作《申杜难服》，以答灵恩。陈王元规从沈文阿受业，通《春秋左氏》，自梁代诸儒，皆以贾逵、服虔之义难驳杜预，凡一百八十条，元规引证通析，无复凝滞。张冲撰《春秋义略》，异于杜氏七十余事，隋以前，南北之难杜者不一。唐初奉敕删定时，未尽佚也。今唯卫冀隆难杜数条，见于《正义》中，余无存者。独光伯之《规》，一事不遗。殆以疏家之体，尊注若经，非显加排斥，则无由尽录欤。考冲远之于刘《义》，不曰妄解杜意，则曰不达杜旨；不曰与杜无别，则曰各自为义；其无可辨者，则以为传写之误；名护注家，实多舍注而用其说。且冲远于《规过》外间取刘说，每与杜异，并不以为非。俾光伯之书得以略见梗概，是又孔氏之有功于刘氏也。异同两端，是非千古，信信疑疑，折中斯在，序其缘起，以俟好学深思之君子。

道光二十七年岁在强圉协洽端阳前三日，义乌陈熙晋撰于宜昌府署愿规吾过之斋。

(《春秋规过考信》卷首，清光绪广雅书局刻本。)

《春秋左氏传述义拾遗》叙

杜元凯注《春秋经传》曰《集解》，刘光伯疏杜氏《集解》曰《述义》。集解者，集诸家之解。第拘一家之解，不可谓之集。述义者，述一家之义，必通诸家之义，始可谓之述。自集解行而汉儒之家法尽废。今疏中刘、贾、郑、服之说得以不绝者,光伯之力也。《五经》之有义疏,昉于宋、齐。案,郑康成《六艺论》云:"注诗宗毛为主,其义若隐略,则更表明。如有不同,即下己意,使可识别也。"实为疏家之祖。郑笺《毛》而异毛,不害其宗毛;刘述杜而异杜,岂害其宗杜乎?孔氏于规杜一百七十三事,无一不以为非。兹于所规之外又得一百四十三事,异杜者三十事,驳正甚少。殆以唐初奉敕删定,著为令典,党伐同异,亦势会使然欤。今参稽经籍,援据群言,案其事理,辨其得失,厘为八卷,题曰《拾遗》。

窃谓集两汉之大成者,康成也;集六朝之大成者,光伯也。康成于众经并为注解。光伯之自状曰:"《周礼》《礼记》《毛诗》《尚书》《公羊》《左传》《孝经》《论语》,孔、郑、王、何、服、杜等凡十三家,虽义有精粗,并堪讲授。"《周易》《仪礼》《穀梁》用功差少,著录《隋志本传》,凡百四十余卷。古来注家注经之多未有过于康成者,疏家疏注之多未有过于光伯者。唐初修《五经正义》,《易》虽有江南义疏十余家,无足据者,故诸疏唯《易》最下。自《礼记》据皇侃外,《尚书》《毛诗》《春秋》皆据光伯本也。或曰《春秋》序但称光伯,不及士元。而《诗》《书》之序并言二刘,似不尽属光伯者。案,《士元本传》第言《五经》《述义》并行于世,不详卷数,《志》亦未著其目。贞观初,诏擢皇侃等子孙官,亦及炫而不及焯意者,士元之疏已并入光伯疏欤。《春秋述义》稍见崖略,其于《书》及《诗》亦有可窥测者焉。孔传自宋以前无有指其伪者。后人皆以《书》不用郑而用孔,咎颖达。今考颖达据炫,炫据焯,焯据费甝,自萧梁已然矣。《皋陶谟》"思曰赞,赞襄哉",二刘并以"襄"为"因"。《武成》"皇天后土",小刘以"后土"为地。《吕刑》"刑罚世轻世重",刘君以为"上刑适轻,下刑适重"。皆以违传意,为颖达所驳。其《祖乙序》"圮于耿"以"圮于相""迁于耿"为大不辞。《立政》"三亳",归周在武王时,非文王时。《吕刑》"九黎",在少昊之末,非蚩尤。皆直攻孔传之失。当亦刘说。《舜典》"在璇玑玉衡",谓江南。宋元嘉年,大史丞钱乐铸铜作浑天仪,传于齐、梁。周平江陵,迁其器于长安,今在大史书矣。此在隋未并陈之前,故云"江南若鞭作官刑,宫辟疑赦",疏中两称大隋,比于不去葛龚,尤属显然。《新唐书·历志》引《书》乃"季秋月朔,辰弗集于房",载光伯说。检《胤征》疏,全用其文,他可知矣。《诗》之《述义》最为殊绝,而三百五篇,疏中都无一字。以《左氏》及《诗正义》证之。襄二十四年"无贰尔心",用《毛传》也。昭二十六年"赋《蓼萧》",用郑笺也。与孔氏之依违毛、郑者不同。《周南》疏引《左传》,如"鱼赪尾,衡流而彷徉"。《小雅》疏引《左传》为吴季札歌《小雅》《大雅》。《大雅》疏引《左传》"嘉栗旨酒"。所引服注,均与规杜合,亦与孔氏之彼此歧异者不同。据孔氏之序,但云"削烦增简",则全本之光伯矣。由此言之,孔氏《书》《诗》《春秋》诸疏,皆剿袭光伯之成书,以为己功。向使南北分裂之际,微光伯为之兼综条贯,包罗古义,贞观君臣即欲成《五经正义》,岂能炳烁今古乎?故光伯为功,经术不在康成下。因《春秋》而备论之,世有研经之君子,其不以斯言为河汉夫!

道光二十八年岁在著雍涒滩人日,义乌陈熙晋序于宜昌郡斋。

(《春秋述义拾遗》卷首,清光绪广雅书局刻本。)

河间刘氏书目考

六朝经术之盛,南莫著于崔灵恩,北莫著于徐遵明。而学通南北,撰述之多,独推河间刘氏。唐初《五经正义》据刘氏以为本者三,六朝之中,一人而已。余既为《春秋规过考信》及《春秋述义拾遗》,以存其梗概,今据《隋书》本传并《经籍志》《旧唐书·经籍志》《新唐书·艺文志》《玉海》《通志》《通考》诸书分别考之,俾后之学者详焉。

《尚书述义》二十卷,《隋经籍志》:"国子助教刘炫撰。"本传作《述议》,非也。李延寿《北史·儒林传》云:"齐时诸生略不见孔传注解。武平末,刘光伯、刘士元始得费甝《义疏》,乃留意焉。"孔颖达《尚书正义》序:"上断唐虞,下终秦鲁,时经五代,《书》总百篇,安国注之,实遭巫蛊,遂寝而不用。历及魏晋,方始稍兴。故马、郑诸儒莫睹其学,所注经传时或异同。晋世皇甫谧独得其书,载于《帝纪》,其后传授乃可详焉。但《古文经》虽然早出,晚始得行。江左学者咸悉祖焉。近至隋初,始流河朔,其为《正义》者,蔡大宝、巢猗、费甝、顾彪、刘焯、刘炫等。其诸公旨趣多或因循浅略，唯刘焯、刘炫最为详雅。然焯乃织综经文，穿凿孔穴，诡其新见，异彼前儒，非险而更为险，无义而更生义。窃以古人言诰唯在达情，虽复时或取象，不必辞皆有意。若其言必托数，经悉对文，斯乃鼓怒浪于平流，震惊飙于静树，使教者烦而多惑，学者劳而少功，过犹不及，良为此也。炫嫌焯之烦杂，就而删焉。虽或微稍省要，又好改张前义，义更太略，辞又过华，虽为文笔之善，乃非开奖之路。义既无义，文又非文，欲使后生，若为领袖，此乃炫之所失，未为得也。今奉明敕，考定是非，览古人之传记，质近代之异同，存其是而去其非，削其烦而增其简，此亦非敢臆说，必据旧文。"近攻伪孔传者，皆集失于光伯。以今考之，炫因焯，焯因觊。观《文选》录孔安国序，则萧梁已然矣。《舜典》首二十八字，陆德明以为孔氏传本无。案，《正义》云："昔东晋之初，豫章内史梅赜上孔氏传，犹阙《舜典》'自此乃命以位'已上二十八字，世所不传，多用王、范之注补之，而皆以'慎徽'以下为《舜典》之初。至齐萧鸾建武四年，吴兴姚方兴于大航头得孔氏传古文《舜典》，亦类太康中书，乃上表之。事未施行，方兴以罪致戮。至隋开皇初购求遗典，始得之。"当是《述义》之言，则光伯固未尝讳之矣。然则二十八字之传亦皆光伯所撰可知。据《皋陶谟》："予未有知，思曰赞，赞襄哉。"刘以"襄"为"因"。案，《释文》引马融云："襄，因也。"《谥法解》："因事有功曰襄。"异孔传"徒赞奏上古行事而言之"之说。《吕刑》："上刑适轻下服，下刑适重上服。"刘以"上刑适轻，下刑适重"皆为一人有二罪，上刑适重者，若今律重罪应赎，轻罪应居作官当者，以居作官当为重，是为上刑适轻；下刑适重者，若二者俱是赃罪，罪从重科，轻赃亦备，是为轻并数也。案，《后汉书·刘般传》："刘恺引《尚书》曰：'上刑挟轻，下刑挟重，如令使臧吏禁锢子孙以轻从重，惧及善人，非先王详刑之意也。'"章怀太子注："谓二罪俱发，原其本情，须有亏减，故言适轻适重。此言挟轻挟重，意亦不殊，但与今《尚书》不同耳。"光伯本此，与孔传"重刑有可以亏减，则之轻服下罪；一人有二罪，则之重而轻并数"亦异。《武成》"告于皇天后土"，《召诰》疏引小刘云："后土与皇天相对，"以后土为地，不从孔传"以后土为社"。案，"僖十五年"，《左传》云"戴皇天而履厚地"，晋大夫要秦伯以地神后土而言之，刘说近之。此光伯释《书》不纯，主孔传之显证也。《武成》："唯一月壬辰旁生魄，厥四月哉生明。"传："旁，近也，月二日旁死魄，始生明月三日。"疏云："顾氏解死魄与小刘同，大刘以三日为始死魄，二日为旁死魄。"《洪范》"'初一曰五行'至'威用六极'"，传："此以上，禹所第叙。"疏云："'其敬用农用'一十八字，大刘及顾氏以为龟背先有总三十八字，小刘以为'敬用'等亦禹所第叙，其龟文唯有二十字。""一，五行"，孙引大刘与顾氏，皆以为水、火、木、金得土数而成，故水成数六，火成数七，木成数八，金成数九，土成数十。《牧誓》疏及《庸蜀》疏引大刘，以蜀是蜀郡，是光伯又不同与士元也。《新唐书·历志书》曰："季秋月朔，辰弗集于房，刘炫曰：'房，所舍之次也；集，舍也；会，合也，不合则日食可知。或以房为房星，知不然者，且日之所在正可推而知之，君子慎疑，宁当以日在之宿为文。'新历仲康五年癸巳岁九月庚戌朔，日食在房二度。炫以《五子之歌》，仲康当是其一。"今《允征》疏全袭其文。观于"鞭作官刑""宫辟疑赦"，两称大隋，则孔颖达刺取光伯成书，攘善之失，尤其彰彰者。

《尚书述义》三卷，《隋志》："刘先生撰。"朱彝尊《经义考》曰："刘先生《尚书义度》非光伯，即士元著也。"案，《隋儒林传》："焯卒，炫为请谥，不许。炫因冻馁而死，门人谥曰宣德先生。"则刘先生乃光伯，非士元也。

《尚书百篇义》一卷，郑樵《通志·艺文略》："刘炫撰。"

《尚书孔传目》一卷，《通志略》："刘炫撰。"

《尚书略义》三卷，《通志略》："刘炫撰。"朱彝尊《经义考》："按，刘光伯《尚书百篇义》《孔传目》《略义》三书，绍兴《四库续》到《阙书》俱有之。"考《新唐书·历志》引"辰弗集于房"说，则宋初尚未尽佚，殆抄撮成书者。

《毛诗述义》四十卷，《隋志》："国子助教刘炫撰。"孔氏《正义》序云："为义疏者有全缓、何允、舒瑗、刘轨思、刘丑、刘焯、刘炫。然焯、炫并聪颖特达，文而又儒，擢秀干于一时，骋缋辔于千里。固诸儒之所揖让，日下之所无双，所作疏内特为殊绝。今奉敕定，据以为本。然焯、炫等负恃才气，轻鄙先达，同其所异，异其所同，或应略而反详，或宜详而更略。准其绳墨，差忒未免，勘其会同，时有颠踬。今则削其所烦，增其所简，唯意存于曲直，非有心于爱憎。"案，孔氏《毛诗正义》于五经为殊绝，据二刘为本故也。如序所言，但云"削烦增简"，则是词有详略，义无异同也。士元之说不可见，光伯《述义》以《左疏》证之。传则传，笺则笺，异于冲远之依违毛、郑矣。《北史·儒林传》："通《毛诗》者多出于魏朝刘献之。献之传李周仁，周仁传董令度、程规则，规则传刘敬如、张思伯、刘轨思。其后能言《诗》者多出二刘之门。"案，二刘受《毛诗》于刘轨思，轨思仕齐，位国子博士。今《疏》中非特全缓、何允、舒瑗、刘轨思、刘丑不见名字，即二刘之说亦无从区别。盖北学于《毛诗》最深，终唐之世于《毛诗正义》无异辞，二刘之功夫。

《毛诗集小序》一卷，《隋志》："刘炫撰。"

《毛诗谱注》二卷，《玉海》曰："《唐志》：'《郑玄诗谱》三卷，太叔求及刘炫注。'"今《隋志》：《毛诗谱》二卷，但云"太叔求及刘炫注，载在徐整《毛诗谱》下"，不知是郑君所撰之谱矣。徐整亦非自撰《诗谱》。《释文·叙录》："徐整畅，太叔裘隐。"《国史志》云："整既畅演而裘隐托之。"是皆注郑谱耳。

《周礼义》，《隋儒林传》："炫自状曰：'《周礼》《礼记》《毛诗》《尚书》《公羊》《左传》《孝经》《论语》，孔、郑、王、何、服、杜等凡十三家。虽义有精粗，并堪讲授。'"

《礼记义》，《隋儒林传》："刘焯字士元，信都昌亭人也。少与河间刘炫结盟为友，同受《诗》于同乡刘轨思，受《左传》于广平郭懋，常问《礼》于阜城熊安生，皆不卒业而去。武强交津刘智海家素多坟籍，焯与炫就之读书，向经十载。虽衣食不继，晏如也。遂以儒学知名。"今熊安生说尚见于孔氏《正义》，可以识其渊源矣。

《春秋左氏传述义》四十卷，《隋志》："东京太学博士刘炫撰。"今缉一百四十三事，合之《规过》一百七十三事，共三百一十六事。

《春秋规过》三卷，《唐志》："刘炫撰。"案，《隋志》本传俱不著录，《唐志》有之。而《述义》但云三十七卷，盖从《述义》中别出单行者也。今缉一百七十三事。

《春秋攻昧》十卷,见本传。《唐志》:"十二卷。"

《春秋左传杜预序集解》一卷,《隋志》:"刘炫注。"《正义》别之。

《春秋述义略》一卷,《宋史·艺文志》:"刘炫撰。"马端临《文献通考·经籍考》同,引《崇文总目》曰:"《述义》本四十卷,今三十九篇亡。"案,《述义略》当是掇拾丛残之本,未必如《总目》所言也。

《春秋义囊》二卷,《宋志》:"刘炫撰"。

《公羊义》,见自状。

《五经正名》十二卷,《隋志》:"刘炫撰。"案,《隋志》云孔子曰"必也正名乎",名谓书,字光伯。此书盖考订五经文字也。

《古文孝经述义》五卷,"古文"今作"干文",据《玉海》改,《隋志》:"刘炫撰。孔子作《孝经》,适秦焚书,为河间人颜芝所藏。汉初,芝子贞出之,凡十八章。而长孙氏、博士江翁、少府后苍、谏议大夫翼奉、安昌侯张禹皆名其学。又有《古文孝经》与《古文尚书》同出,而长孙有《闺门》一章,其余经文大较相似,篇简缺解,又有衍出三章,并前二十二章,孔安国为之传。至刘向典校经籍,以颜本比《古文》,除其繁惑,以十八章为定。郑众、马融并为之注。又有郑氏注,相传或云郑玄。梁代,安国及郑氏二家并立国学,而安国之本亡于梁乱。陈及周齐,唯传郑氏。至隋,秘书监王邵于京师访得《孔传》,送至河间刘炫。炫因序其得丧,述其义疏,讲于人间,渐闻朝廷,遂著令与郑并立。儒者喧喧,皆云炫自作之,非孔旧本,而秘府又先无其书。"《唐会要》刘知几曰:"《古文孝经》孔传本出孔氏壁中,至隋开皇十四年,秘书学士王孝逸于京师陈人处买得一本,送与著作郎王邵,邵以示河间刘炫,仍令校定,而此书更无兼本,难可依凭,炫辄以所见率意刊改,因著《古文孝经稽疑》一篇。"案,《汉书·艺文志》:"《孝经古孔氏》一篇二十二章,《孝经》一篇十八章,《长孙氏说》二篇,江氏、翼氏、后氏《说》各一篇,《杂传》四篇,《安昌侯说》一篇。"不言《孔氏说》。许冲上许慎《说文叙》:"慎又学《孝经孔氏古文说》。《古文孝经》者,孝昭帝时鲁国三老所献,建武帝时给事中议郎卫宏所校。皆口传,官无其说,谨撰具一篇并上。"既曰口传,则未著竹帛也。《玉藻》疏引异义,有《古文孝经说》,是即《孔氏说》也。孔衍《家语》后序:"孔安国为《古文论语训》二十一篇,《孝经传》三篇,皆壁中科斗本也。"案,许冲所撰一篇,安得有三篇之传乎?《家语》及衍此序均王肃所为,则《孔传》当亦肃所为矣。不得谓光伯伪作。然谓传为伪可也,谓经为伪则不可。何者?此经古今有异文无异言,有异读无异本。《班志》曰:"经文皆同,唯孔氏壁中古文为异,'父母生之,续莫大焉','故亲生之膝下',诸家说不安处,古文字读皆异。"刘向曰:"'庶人章'分为二,'曾子敢问章'分为三,又多一章,凡二十二章。"是则古今文所异者,唯古文多《闺门》一章耳。若字读之异,章数之异,虽异,不害其同也。考元行冲《疏》所载光伯《述义略》,皆发明夫子自作《孝经》之意。唐之注疏盖据刘为本,且有以古文之义施之于今文者,如"女知之乎"上有"曑"字,至于"庶人"上有"已下"二字,"不爱其亲"上无"故"字,"君子"下有"所"字,皆灼然知其依刘本者,余可知矣。郑注非康成,乃郑称,汉末魏初人。《公羊》"昭十五年"疏明言训"资"为"取",与郑称同,与康成异,是其显据,详余所著《古文孝经疏证》。

《论语述义》十卷,《隋志》:"刘炫撰。"今《穀梁》"庄公二十七年"疏引《释废疾》云:"自柯之明年,葵丘以前,去贯与阳谷,固已九合矣。则郑意不数北杏,或云'去贯数阳谷'。"光伯云:"贯与阳谷非管仲之功,何得去贯而数阳谷也?数洮会为九"云云。似是《论语述义》中说,详见"庄二十七年"《述义拾遗》。

《连山易》十卷,《唐志》:"司马膺注。"胡应麟曰:"《北史·刘炫传》:'隋文搜访图籍,因伪造《连山》及《鲁史记》上之。'马端临据此以为炫作,或有然者。盖炫后事发除名,故《隋志》不录。而其书尚传于后,开元中盛集群书,仍入禁中尔。"案,《连山》《归藏》,《汉志》不载,而郦道元注《水经》引《连山易》云:"有崇伯鲧伏于羽山之野。"《御览》百三十五载《帝王世纪》引《连山易》曰:"禹娶涂山之子名曰攸女,生启。"是古时本有其书。李淳风《乙巳占》云:"有冯羿者得不死之药于西王母,姮娥窃之以奔月。将往,枚筮于有黄,有黄占之曰:'吉。翩翩归妹,独将西行,逢天晦芒,无恐无惊,后且大昌。'姮娥遂托身于月。"恐是伪本《连山》之文,今其书亦亡。《文中子·问易篇》:"刘炫问《易》,

子曰：'圣人于《易》没身而已，况吾侪乎？'炫曰：'吾谈之于朝，无我敌者。'子不答。退谓门人曰：'默而成之，不言而信，存乎德行。'"

《鲁史记》，《隋本传》："时牛弘奏请购求天下遗逸之书，炫遂伪造书百余卷，题为《连山易》《鲁史记》等，录上送官，取赏而去。后有人讼之，经赦免死，坐除名。"

《考定石经》，《隋儒林刘焯传》："六年，运洛阳石经至京师，文字磨灭，莫能知者，奉敕与刘炫等考定。"据《北史》，盖开皇六年也。

《隋朝仪礼》一百卷，《隋书·礼仪志》："高祖命牛弘、辛彦之等采梁及北齐《仪注》，以为《五礼》云。"《牛弘传》："开皇三年奉敕修撰《五礼》，勒成百卷行于当世。"《儒林传》："炫与诸儒修定《五礼》，授骑尉。"案，光伯以修《五礼》授秩，《志》以弘。总其事，题为牛弘撰也。

《隋大业律》十一卷，《大业令》三十卷，《隋志》不著撰者人名。《儒林传》："炀帝即位，牛弘引炫修律令。"

《算术》一卷，《隋书本传》作《算述》，今据《北史》。案，炫以开皇初与诸术者修《天文律历》，自状曰："天文律历穷覆微妙。"

《隋书》六十卷，《隋志》："未成，秘书监王邵撰。"据《北史·儒林传》，刘炫隋开皇初"奉敕与著作郎王邵同修国史"，则炫与邵同著也。刘知几《史通·史官篇》："王邵、魏澹展效于开皇之朝，诸葛颖、刘炫宣功于大业之世。"

《筮涂》，《隋书本传》："拟屈原《卜居》为《筮涂》以自寄。"

《抚夷论》，《隋书本传》："开皇之末，国家殷盛，朝野皆以辽东为意，炫以为辽东不可伐，作《抚夷论》以讽焉。"

《文集》，《北史本传》："所著《文集》数卷，今存《自赞》一篇。"

（《春秋述义拾遗》卷末，清光绪广雅书局刻本。）

重建宜昌府署记

鲁语曰："署者，大位之表也。"后世以官舍为署，昉于此。夫非有署曷有位？非有位曷有表？宣上德而达下情，发号使令皆于是。平在闲闼，阶序井如秩如，非徒以壮观瞻，乃所以肃体制也。

宜昌介于荆夔之间，地最冲要，本彝陵州。国朝雍正十三年升州为府，因《宋州郡志》宜都郡有宜昌、彝陵二县，遂以为名府署，建于乾隆初。至嘉庆中，岁久倾圮，官此者传舍旅宿之不若四、五十年矣。前政屡欲兴修，以费无所出而辍。

道光二十二年秋，熙晋奉命守宜昌，冬始践任，至则僦居民舍。明年，借居考棚。视事听讼，案牍无常储，胥役无定处，往视旧署，则蔓草荒榛，不辨瓦砾，此欲改作，与创始无异。询之僚属，佥以费繁役巨难之。

二十五年，偕东湖令双君穗集、绅士顾封君槐暨、朱绍邑、张佩、罗开达、傅文烺、□德藩、张尚忠、王春元、唐秉伦、朱名铿、鲁先榜、杜凤翔等谋葺造捐，廉俸为倡，而郡人皆踊跃愿助。鸠工庀材，秽者蠲之，翳者剔之，高者慨之，卑者增之。始作大堂需二十四柱，适王氏以杉进堂，遂成堂之外为大门，为仪门，为吏舍。堂之内为听事，为燕寝，为宾馆，为书寮，为庖湢，为园圃。凡三载余而始竣。夫建公署，官事也。今兼民力为之，借养廉修衙署，通例也。今吾以所领之廉节为修署之费。

郡处三峡之外丛峰蔓壑，多石少田，唯近城稍平衍，瘠苦为三楚最，在锐于进取者方望望然。计岁月以迁，去遑暇造作哉。我则官于斯既安于斯，而谋所以居官。郡人亦安于我，而谋所以拙无毫末之德于郡人。而郡人之所以谋我之居者如是。甚矣，郡人之厚也！是役也，屋以楹计者八十有奇，钱以缗计者七十有奇，有朴坚无华饰，有致密无巧构。经营累载，务为垂久之计，不以邮驿视之，而以室家视之。后之君子其知之矣，兹不赘述云。

（聂光銮修，王柏心纂：《宜昌府志》，清同治三年刊本。）

主要参考文献

古今书籍

[1] (宋)朱熹:《四书章句集注》,北京:中华书局,1983年。

[2] (清)焦循:《孟子正义》,北京:中华书局,1987年。

[3] (清)陈熙晋:《春秋规过考信》,清光绪十五年(1889)广雅书局刻,国家图书馆藏本。

[4] (清)陈熙晋:《春秋述义拾遗》,清光绪十七年(1891)广雅书局校刻,国家图书馆藏本。

[5] (清)方玉润:《诗经原始》,北京:中华书局,1986年。

[6] (晋)皇甫谧撰,(清)宋翔凤集校:《帝王世纪集校》,《续修四库全书》工作委员会编:《续修四库全书》,第301册,上海:上海古籍出版社,2002年。

[7] (后晋)刘昫:《旧唐书》,北京:中华书局,1975年。

[8] (宋)欧阳修、宋祁:《新唐书》,北京:中华书局,1975年。

[9] (清)赵尔巽:《清史稿》,北京:中华书局,1976年。

[10] 章钰等编:《清史稿艺文志补编》,北京:中华书局,1982年。

[11] 郭霭春编:《清史稿艺文志拾遗》,北京:华夏出版社,1999年。

[12] 王绍曾编:《清史稿艺文志拾遗》,北京:中华书局,2000年。

[13] 张其昀编:《清史》(四),《仁寿本二十六史》,台北:成文出版社,1961年。

[14] 不著撰者:《清史列传》,周俊富辑,清国史馆原编:《清代传记丛刊》,第100册,台北:明文出版社,1985年。

[15] (清)李桓辑:《国朝耆献类征初编》,周俊富辑,清国史馆原编:《清代传记丛刊》(综录类7),第140册,台北:明文书局,1985年。

[16] (清)李元度:《国朝先正事略》,沈云龙主编:《近代中国史料丛刊》第12辑,第111册,台北:文海出版社,1966年。

[17] 蔡冠洛:《清七百名人传》,沈云龙主编:《近代中国史料丛刊》第63辑,第623册,台北:文海出版社,1966年。

[18] (清)缪荃孙:《续碑传集》,沈云龙主编:《近代中国史料丛刊》第99辑,第991册,台北:文海出版社,1966年。

[19] (清)钱仪吉:《碑传集》,北京:中华书局,1993年。

[20] (唐)李吉甫:《元和郡县图志》,北京:中华书局,1983年。

[21] (清)聂光銮修,王柏心纂:《宜昌府志》,台北:成文出版社,1970年。

[22] (清)诸自谷修,程瑜纂:《义乌县志》,台北:成文出版社,1980年。

[23] (清)赵弘恩修,黄之隽纂:《江南通志》,影印《文渊阁四库全书》,第511册,台北:商务印书馆,1986年。

[24] (宋)陈振孙:《直斋书录解题》;影印《文渊阁四库全书》,第432册,台北:商务印书馆,1986年。

[25] (清)永瑢等撰:《四库全书总目提要》,北京:中华书局,1973年。

[26] (清)孙殿起:《贩书偶记》,上海:上海书店影印,1992年。

[27] (清)张之洞:《书目答问》,《续修四库全书》工作委员会编:《续修四库全书》,第921册,上海:上海古籍出版社,2002年。

[28] (清)杨绍和撰,杨保彝增补,王绍曾等整理:《订补〈海源阁藏书目〉五种》,济南:齐鲁书社,2002年。

[29] 山东省图书馆编:《山东省图书馆馆藏海源阁书目》,济南:齐鲁书社,1999年。

[30] 万曼：《唐集叙录》，北京：中华书局，1980年。

[31] 王重民：《善本书提要》，上海：上海古籍出版社，1983年。

[32] 中国古籍善本编辑委员会编：《中国古籍善本书目》，上海：上海古籍出版社，1987年。

[33] 郑振铎：《劫中得书记》，上海：上海古籍出版社，2006年。

[34] 柯愈春：《清人诗文集总目提要》，北京：北京古籍出版社，2002年。

[35] 上海图书馆编：《中国丛书综录》，上海：上海古籍出版社，2007年。

[36] 郑伟章：《文献家通考》，北京：中华书局，1999年。

[37]（清）刘锦藻：《清朝续文献通考》，王云五纂：《万有文库》，第二集，十通，第七科，上海：商务印书馆，1935年。

[38]（清）章学诚：《文史通义》，上海：上海书店影印，1988年。

[39]（清）陈澧：《东塾读书记》，上海：商务印书馆，1930年。

[40]（清）章太炎：《章太炎全集·膏兰室札记》，上海：上海人民出版社，1982年。

[41] 上海书店编：《四部丛刊初编》，第103册，上海：上海书店，1989年。

[42] 新文丰出版公司编辑：《丛书集成新编》，台北：新文丰出版公司，1986年。

[43]（梁）萧统撰，（唐）李善注：《文选》，长沙：岳麓书社，2002年。

[44]（宋）李昉等编：《文苑英华》，北京：中华书局，1966年。

[45]（唐）骆宾王撰：《骆宾王文集》，上海：上海古籍出版社影印宋蜀刻本，1994年。

[46]（明）张燮辑：《宋大夫集》，《续修四库全书》工作委员会编：《续修四库全书》，第1583册，上海：上海古籍出版社，2002年。

[47]（明）胡应麟：《诗薮》，北京：中华书局，1958年。

[48]（唐）骆宾王撰，（明）陈魁士注：《骆子集注》，万历七年（1579）刘大烈刻本，国家图书馆藏本。

[49]（唐）骆宾王撰，（明）虞九章、陆宏祚、童昌祚订释：《唐骆先生文集》，明万历十九年（1591）金继震刻，国家图书馆藏本。

［50］（唐）骆宾王撰，（明）施凤来注：《鼎镌施会元评注选辑唐骆宾王狐白》，明万历余文杰自新斋刻本，国家图书馆藏本。

［51］（唐）骆宾王撰，（明）黄兰芳注：《重订骆丞集》，明万历刻本，国家图书馆藏本。

［52］（唐）骆宾王撰：《骆宾王文集》，清康熙四十六年（1707）黄之琦觉非斋刻本，国家图书馆藏本。

［53］（唐）骆宾王撰：《骆丞集》，星渚项氏刊本：《初唐四杰集》，清乾隆四十六年（1707），国家图书馆藏本。

［54］（唐）骆宾王撰，（明）颜文选注：《骆丞集》，影印《文渊阁四库全书》，第 1065 册，台北：商务印书馆，1986 年。

［55］（唐）骆宾王撰，（清）胡凤丹辑：《骆丞集》，《丛书集成新编》，第 59 册，台北：新文丰出版公司，1986 年。

［56］（唐）骆宾王撰：《骆宾王文集》，李一氓、赵守俨、傅熹年等辑：《古逸丛书三编》，北京：中华书局，1986 年。

［57］（唐）骆宾王撰，（清）陈熙晋注：《骆临海集笺注》，上海：上海古籍出版社，1985 年。

［58］（唐）骆宾王撰，（清）陈熙晋注，（民国）黄侗重印：《临海集笺注》，民国二十六年（1937）铅印，国家图书馆藏本。

［59］（唐）骆宾王撰，（清）陈熙晋注：《临海全集》，《续修四库全书》工作委员会编：《续修四库全书》，第 1305 册，影印清咸丰三年（1853）松林宗祠刻本，上海：上海古籍出版社，2002 年。

［60］（清）陈熙晋：《征帆集》，清咸丰元年（1851）刻本，国家图书馆藏本。

［61］（清）朱一新：《拙盦丛稿》，沈云龙主编：《近代中国史料丛刊》第 28 辑，第 272 册，台北：文海出版社，1966 年。

［62］（清）王柏心：《百柱堂全集》，《续修四库全书》工作委员会编：《续修四库全书》，集部，第 1527 册，上海：上海古籍出版社，2002 年。

［63］（清）钱维成：《茶山文钞》，《续修四库全书》工作委员会编：《续修四库全书》，集部，第 1443 册，上海：上海古籍出版社，2002 年。

[64]（清）潘衍桐辑:《两浙輶轩续录》,《续修四库全书》工作委员会编:《续修四库全书》,集部,第 1686 册,上海:上海古籍出版社,2002 年。

[65]（清）徐世昌辑:《清诗汇》,北京:北京出版社,1996 年。

[66]（清）仇兆鳌注:《杜诗详注》,北京:中华书局,1979 年。

[67]（清）孙洙编,章燮注:《唐诗三百首注疏》,合肥:安徽人民出版社,1983 年。

[68]金性尧注:《唐诗三百首新注》,上海:上海古籍出版社,1980 年。

[69]中国社会科学院文学研究所编:《唐诗选》,北京:人民文学出版社,1978 年。

[70]胡朴安:《古书校读法》,南京:江苏古籍出版社,1985 年。

[71]梁启超:《中国近三百年学术史》,北京:东方出版社,2003 年。

[72]梁启超:《清代学术概论》,北京:中华书局,2010 年。

[73]梁启超:《饮冰室文集》之七,北京:中华书局,1989 年。

[74]陈寅恪:《元白诗笺证稿》,上海:上海古籍出版社,1978 年。

[75]陈寅恪:《柳如是别传》,上海:上海古籍出版社,1980 年。

[76]吴晗:《江浙藏书家史略》,北京:中华书局,1981 年。

[77]闻一多:《闻一多全集》,上海:三联书店,1982 年。

[78]傅璇琮主编:《唐才子传校笺》,北京:中华书局,1987 年。

[79]骆祥发:《骆宾王评传》,北京:北京出版社,1987 年。

[80]骆祥发:《骆宾王诗评注》,北京:北京出版社,1989 年。

[81]张志烈:《初唐四杰年谱》,成都:巴蜀书社,1993 年。

[82]蒋寅:《〈杜诗详注〉与唐诗之注释》,《唐代文学研究》第六辑,桂林:广西师范大学出版社,1994 年。

[83]李致忠:《宋版书叙录》,北京:书目文献出版社,1994 年。

[84]郝润华:《〈钱注杜诗〉与诗史互证法》,合肥:黄山书社,2000 年。

[85]张晖:《中国"史诗"传统》,北京:三联书店,2016 年。

[86]孙钦善:《中国古文献学史简编》,北京:高等教育出版社,2001 年。

[87] 周光庆:《中国古典解释学导论》,北京:中华书局,2002 年。

[88] 周裕锴:《中国古代阐释学研究》,上海:上海古籍出版社,2003 年。

[89] 傅璇琮、罗联添主编:《唐代文学研究论著集成》,西安:三秦出版社,2004 年。

[90] 杜泽逊:《文献学概要》,北京:中华书局,2005 年。

期刊论文

[1] 王增斌:《骆宾王系年考》,载《唐代文学论丛》,1982 年第 2 期。

[2] 蒋寅:《起承转合:机械结构论的消长》,载《文学遗产》,1998 年第 3 期。

[3] 李厚培:《骆宾王士履有关问题辨正》,载《青海社会科学》,1999 年第 1 期。

[4] 莫予勋:《陈熙晋和他的〈之溪棹歌〉》,载《贵州文史丛刊》,2003 年第 2 期。

[5] 屠旭云:《鸿儒太守陈熙晋》,载《文史天地》,2004 年第 12 期。

[6] 彭庆生:《唐高宗朝诗歌系年考》,载《中国文化研究》,2006 年秋之卷,总第 53 期。

[7] 程继红:《陈熙晋〈春秋规过考信〉申刘炫以驳孔颖达述例》,载《浙江海洋学院学报》(人文科学版),2017 年第 34 卷第 1 期。

[8] 郝润华:《〈钱注杜诗〉与诗史互证法》,南京大学 1999 年博士论文。

[9] [越南]阮氏明红:《汤汉注〈陶靖节先生诗〉研究》,北京师范大学 2004 年博士论文。

[10] 武国权:《赵次公杜诗先后解研究》,西北师范大学 2005 年硕士论文。

[11] 杨冰梅:《〈骆临海集笺注〉注释研究》,陕西师范大学 2010 年硕士论文。

[12] 葛亚杰:《〈骆宾王文集〉版本研究》,浙江大学 2011 年硕士论文。

后　记

　　大道周天,岁月峥嵘,西京为别,行将一纪!斯逝流年,披星戴月,乐而忘忧,敬业修宏,踌躇而满志;时不我待,学术繁呈,日新月异,所以发砺,他山而来攻。然变化万端,理唯一贯:缀彩词林,落日霞云;守拙恬淡,抱朴归真。登坛授艺,遵师[①]不吝之诲;荡舟书海,岂遑俄顷之怠?而生性竭愚,劳生屡顿,不舍驽马之功;身处绝塞,消息频闭,罔顾河曲之哂。羡游刃之余,何解牛而无恙,是所甘心;河伯之望,叹海若而无量,固其宜矣!

　　一言已成,愚意未尽;勒为四韵,聊以自靖:

昔日赴秦轩,今逢晋上岩。[②]
十年梦犹断,一纪心自闲。
春柳繁庶地,秋风艳阳天。
谷云回望近,为有系舟仙。

丁酉年仲夏,贾军谨识于忻师

---

　　① 师尊李芳民先生,西北大学文学院教授。
　　② 金代诗人元好问,号遗山,其墓位于山西省忻州市区东南韩岩村侧,此间杨柳葱茏,一冢高居,东南远外,系舟山高耸入云,中有遗山先生读书处曰"薛云谷"。